w

Ariana Godoy

ALMAS PERDIDAS
LA REVELACIÓN

LIBRO 1

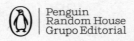

Primera edición: junio de 2023

© 2023, Ariana Godoy
© 2023, Penguin Random House Grupo Editorial, S. A. U.
Travessera de Gràcia, 47-49. 08021 Barcelona
© 2023, Penguin Random House Grupo Editorial USA, LLC
8950 SW 74th Court, Suite 2010
Miami, FL 33156
© 2023, Inés Pérez, por las ilustraciones de interior

Impreso en México - *Printed in Mexico*

ISBN: 978-1-64473-647-0

23 24 25 26   10 9 8 7 6 5 4 3 2 1

Para aquellos que disfrutan navegando
y perdiéndose en mundos ficticios.
Y para mi esposo, el fan número uno de esta trilogía.
Aquí está, amor, en papel. Disfrútalo.

TERRITORIO

BOSQUE
MUERTO

VILLAS
NORTEÑAS

MORTEN

BERMOUTH

BOSQUE OSCURO

VILLAS
COSTEÑAS

RUINAS DE GRANIA

ESC
GU

ESCUDOS
GULCH

GRANJAS PRODUCTORAS

TERRITO

«A menudo el sepulcro encierra, sin saberlo, dos corazones en el mismo ataúd».

Alphonse de Lamartine

Lo percibo antes de verlo, así de extravagante es su poder. El aire se enfría y se vuelve pesado, el bosque cae en un silencio absoluto, como si la naturaleza se doblegara ante él.

—Suficiente —ordena una voz profunda a un lado de nosotros.

Mi corazón se acelera al oírlo, una extraña sensación me revolotea en el estómago. Siento la necesidad de bajar la cabeza, de rendirle respeto, pero me contengo. Mis ojos buscan al dueño de esa voz.

Es muy alto…

Viste completamente de negro y lleva una especie de máscara que le cubre la cara desde el puente de la nariz hasta el cuello. Únicamente puedo ver sus ojos, de color rojo carmesí, ardiendo con cientos de años de historia y dolor. Camina como lo que es: un ser poderoso, capaz de acabar sin mucho esfuerzo con cualquiera que se interponga en su camino. Cuando su mirada se cruza con la mía, algo en mí se paraliza, se retuerce y me deja sin aire.

«¿Quién es?».

I

Cazar o ser cazado.

Es simple, pero así es como funcionan las cosas en mi mundo. El aire nocturno me acaricia la piel, los enormes árboles a los lados permanecen en silencio mientras camino flanqueada por ellos. Mi cabello largo y oscuro cae hasta el final de mi espalda y baila a mi alrededor al ritmo del viento. Gotea sangre de mis ropas, y me consuelo al pensar que por lo menos no es la mía. Estoy descalza, siguiendo un camino solitario; el reloj marca casi la medianoche. Una gloriosa luna llena ilumina el sendero; aunque hermosa e imponente, es la culpable de mi precario estado.

Tuve que luchar contra un *cruentus*: una bestia que me dobla en altura cuya dieta incluye sangre caliente y carne. Por lo general, son criaturas calmadas y se alimentan de animales; sin embargo, cuando hay luna llena, se vuelven incontrolables y matan a quien se atreva a merodear por sus territorios, y el norte del Bosque Oscuro es conocido por ser suyo. No debí ir. Pero no me di cuenta de lo mucho que me había adentrado en el bosque hasta que ya fue demasiado tarde.

He sobrevivido, pero apesto; mi cuerpo está cubierto de sus fluidos asquerosos.

Quiero limpiar la sangre de esa bestia maloliente; el olor es similar al que emite un cadáver putrefacto. A veces mi avanzado sentido del olfato puede ser una maldición.

El camino es largo, pero debo seguirlo. Media hora más tarde, llego al refugio donde vivo con mi clan. Nos llamamos Almas Silenciosas porque somos expertos en entrar y salir de lugares, acechando desde las sombras. Somos un grupo pequeño formado por alrededor de doce vampiros. Sin embargo, la mayoría siempre está de caza o viajando, y algunos nunca regresan. Somos menos de diez los que solemos permanecer aquí.

Llego a la entrada de la guarida: un agujero de tamaño medio que me lleva a una red subterránea de túneles. La mayoría de nuestros escondites siempre han estado bajo tierra y este ha sido el más duradero. El Bosque Oscuro es extenso y espeso, hogar de muchos clanes como nosotros. Nos hemos resguardado en su grandeza por décadas.

Me dejo caer en el agujero y aterrizo en el fondo. Hay un gran pasillo de paredes de tierra. Troto a mi habitación, intentando pasar desapercibida.

—¿Morgan? —llama alguien detrás de mí. Por supuesto, no puedo ser invisible en un escondite de vampiros con sentidos avanzados.

—Ian —saludo.

En un segundo, está frente a mí, revisándome. Es alto, de cabello castaño y ojos grandes color chocolate, atractivo, como suelen ser los vampiros; la naturaleza nos ha hecho así con el fin de atraer a nuestras víctimas humanas.

—¿Qué te ha pasado? ¿Estás bien? —Su expresión se oscurece. Ian es como mi hermano; hemos estado juntos desde que me convertí, aunque él es mayor que yo. Ya es un vampiro maduro; domina el elemento fuego.

—Estoy bien. Solo un *cruentus* en el camino —digo, empezando a caminar de nuevo a mi habitación.

—¿Un *cruentus*? ¿Cómo es que estás viva? Un *cruentus* en luna llena es una muerte segura para una vampira joven como tú. —Me tenso. Tiene razón. Aún no he alcanzado mi madurez vampírica y no controlo ningún elemento—. ¿Qué hacías en el norte del Bosque Oscuro? Es peligroso y lo sabes.

—Estoy bien, no es para tanto. —Entro en mi habitación con él pisándome los talones.

—Eres tan terca… Vas a conseguir que te maten. —Suspira con cansancio—. Por mucho que me gruñas, no dejaré de cuidarte —me asegura antes de salir de la habitación.

Me acerco a uno de los recipientes de agua de la esquina y mojo un par de toallas para limpiar la sangre de ese monstruo apestoso. Cuando me siento lo suficientemente limpia, me envuelvo en una toalla y me miro en el espejo. Contemplo mi piel pálida y mis ojos de jade. Los rasguños ya están sanando. Me pongo un pantalón y una camiseta negra. La ropa oscura es útil para camuflarse por las noches y es el color que más envían los humanos a nuestro territorio siguiendo el acuerdo de cooperación que tenemos con ellos. Supongo que asumen que es nuestro favorito.

Salgo del refugio de un salto e inspiro tan hondo como puedo mientras el aire me roza la piel una vez más. Me encanta el exterior. El Bosque Oscuro es peligroso y terrorífico, pero ya hace tiempo que es mi hogar y le he tomado cariño. Me gusta el olor de la naturaleza; hay algo en ella que me relaja y me llena. Respiro de nuevo profundamente y, cuando dejo salir el aire, veo a nuestro líder —mi creador— llegar. El vampiro convertido más antiguo que conozco.

Noto una punzada de nerviosismo. No sé por qué siempre me he sentido atraída por él; tal vez porque su sangre corre por mis venas, y el hecho de que sea un enigma también tiene algo que ver, al igual que su cara de expresión impenetrable y rasgos perfectos y su cabello negro con reflejos azules que hacen juego con el color de sus ojos.

—Buenas noches, Morgan —me saluda con frialdad cuando pasa por mi lado. Nunca me mira; tal vez no existo para él. Solo me habla cuando es necesario o por cortesía.

—Buenas noches, señor. —Como mi creador, debo dirigirme así a él, aunque sé que su nombre es Aidan. Si me ordena algo, tengo que hacerlo. Pero ni siquiera me habla. Todo lo que he obtenido de él a lo largo de los años han sido saludos fríos. Es como si estuviera en un nivel superior, inalcanzable.

«Tengo que sacármelo de la cabeza. Soy una miembro más en el clan para él; eso es todo», pienso. Me convirtió porque yo estaba muriendo cuando me encontró; no tuvo opción.

Nostálgica, suelto una bocanada de aire y observo los altos árboles poblados a mi alrededor. Ramas caídas cubren parte del suelo. Tuvimos una tormenta hace un par de días que causó algunos estragos, nuestra guarida casi se inunda. Creo que necesito correr un poco, eso siempre me ayuda a dejar de pensar estupideces. Corro tan rápido como puedo, sintiendo el aire en mi piel; solo me detengo cuando me doy cuenta de que estoy muy lejos de nuestro refugio; no me gustaría encontrarme otro monstruo en el camino.

Algo se mueve a mi izquierda y mis sentidos se ponen alerta. No puedo tener tanta suerte, no puede ser otro *cruentus*. Olfateo el aire, buscando la esencia que podría revelarme de qué se trata. Sin embargo, un olor desconocido me golpea la nariz: huele como un vampiro, pero no del todo. Y proviene de atrás. Me doy la vuelta con brusquedad para encontrarme con un vampiro alto a unos metros de mí. El poder que emana sale de él en ondas invisibles, haciéndome dar un paso atrás; nunca he sentido algo así. En silencio, nos evaluamos mutuamente. Él va todo de negro y su rostro mantiene una expresión de cautela. Entonces veo el tatuaje en su pálido cuello y me quedo congelada.

«¡Mierda!».

Tengo frente a mí a mi enemigo natural: un vampiro Purasangre. Nunca me he enfrentado a uno en toda mi vida, a pesar de que los convertidos estamos en una lucha constante con ellos, ya que se alimentan de nosotros y son conocidos por su frialdad y crueldad. Nos consideran inferiores y a veces una abominación, porque ellos nacen vampiros, mientras nosotros somos humanos convertidos en vampiros. Trago con dificultad. Él ladea la cabeza, observándome.

«Piensa, Morgan, piensa».

—Este es territorio de Almas Silenciosas. —Trato de no sonar afectada por su poder, pero me tiembla la voz. La fuerza que irradia es aterradora.

No dice nada, no se mueve. Pero no debería estar aquí, los Purasangres viven en las zonas heladas más allá del norte del Bosque Oscuro. Solo hay una razón para que haya venido a nuestras tierras: cazar. Sé qué esperar de los de su raza, así que me pongo en posición defensiva.

Él sonríe, mostrando un par de colmillos afilados.

—¿Crees que tienes alguna oportunidad si te enfrentas conmigo, pequeña? —Su voz es puro terciopelo, pero el tono de amenaza es claro.

Asiento. Sé que no tengo nada que hacer contra él, sin embargo, mantendré la cabeza alta y protegeré mi orgullo hasta mi último aliento. De repente, desaparece. Lo busco entre los árboles con la mirada, tratando de detectar el más mínimo movimiento; pero no percibo nada.

—Eres valiente —lo oigo decir sin verlo.

Me giro hacia todos los lados; no hay señales de él. Lo siento aparecer detrás de mí y, antes de que pueda girarme, me empuja bruscamente al suelo. El simple toque de su mano tiene una fuerza impresionante. Aterrizo sobre mis manos y rodillas, y me levanto tan rápido como puedo, lista para defenderme. Sin embargo, él me agarra del cuello con una facilidad insultante y lo aprieta con firmeza, levantándome en el aire.

Sin poder evitarlo, grito de dolor; si continúa apretando, me romperá el cuello. Lucho, pateo, le araño las muñecas, pero él ni se inmuta; es como si mis golpes no le hicieran nada.

Sus ojos oscuros encuentran los míos y aparece una sonrisa perversa en sus labios. Me libera y caigo al suelo, tosiendo descontroladamente.

—Estoy sediento —dice para sí mismo.

Me quedo congelada porque esa afirmación confirma mi miedo: ha venido a nuestra zona del bosque para cazar. Trato de levantarme, pero es como si mi mente y mi cuerpo se hubieran vuelto más pesados. El Purasangre debe de tener algún poder mental que me debilita. Me agarra del brazo y me obliga a ponerme de pie.

—¡No me toques! —grito en su cara viendo sus colmillos—. ¡No te atrevas!

Trato de liberarme de su agarre, pero me tambaleo; es como si me hubiera quedado sin energía. ¿Qué tipo de poder es este? Su cara está cada vez más cerca de mi cuello.

—¡No! ¡Detente! —pido, porque es lo único que puedo hacer.

Toma un puñado de mi pelo para dejar mi cuello expuesto mientras con la otra mano me tapa la boca. Siento su aliento en la piel. Su lengua traza círculos en mi garganta y noto el roce de sus colmillos. Me revuelvo, pero su mano ahoga mis protestas.

«¡Por favor, no!».

Odio sentirme tan expuesta y vulnerable. Soy una vampira, debería ser capaz de defenderme. Noto que aprieta con más fuerza mi boca; sé lo que eso significa: va a morderme. Y lo hace. Entierra los afilados colmillos en mí, hundiéndome en un mar de dolor por unos segundos. Lucho entre sus brazos mientras siento cómo se alimenta con mi sangre. No hay mayor humillación para un vampiro que el que tomen su sangre a la fuerza, es una muestra de debilidad. Él lo está disfrutando; asqueada, lo oigo gemir.

Finalmente, me libera y caigo al suelo más débil que nunca. Con la espalda contra el suelo, solo puedo mirar al cielo; la luna llena sigue en lo alto. Ni siquiera tengo la fuerza suficiente para ponerme de pie. Siento al Purasangre subirse encima de mí. Su rostro bloquea mi vista del cielo nocturno, una de sus manos me acaricia el hombro. La diversión en sus ojos es clara; he escuchado que los Purasangres disfrutan jugando con sus víctimas, dejando marcas de mordidas sobre sus cuerpos como muestra de poder y sumisión.

—No… Por favor… —Pongo mi orgullo a un lado y ruego. No tengo ninguna manera de detenerlo o luchar contra él.

—Simplemente estoy jugando, pequeña —susurra, riendo.

—Por favor… No me muerdas otra vez.

Desliza su mano fría debajo de mi camiseta mientras clava los colmillos en mi hombro. Me estremezco de dolor; se separa ligeramente, con la boca llena de sangre.

—Puedo sentir tu miedo, puedo sentir tus deseos de luchar. Eso me divierte —murmura y se lame los labios.

Cierro los ojos mientras ese cruel Purasangre deja marcas por todas las partes descubiertas de mi cuerpo. El dolor es insoportable. Cuando termina, se levanta de encima de mí.

—Nos veremos de nuevo, pequeña.

Enseguida caigo en la más absoluta oscuridad, deseando que todo haya sido una pesadilla.

II

Despierto poco a poco. El dolor palpita en diferentes partes de mi cuerpo y me recuerda todo lo que he pasado: el bosque, el *cruentus* y el Purasangre. La ira y la impotencia corren por mis venas; pero no abro los ojos, mi cuerpo se demora en despertar por completo.

—La encontramos inconsciente en el bosque. Tiene marcas de mordeduras por todas partes. —La voz está llena de tristeza, como si cada palabra que pronuncia le lastimara.

—¿Señales de abuso sexual? —pregunta una voz femenina que reconozco: Lyla. Es una vampira madura de nuestro clan con habilidades curativas. Son pocos los que poseen ese poder en el territorio sobrenatural. Se podría decir que es la doctora del grupo y, también, la mano derecha de nuestro líder.

—No, no creo que haya ido tan lejos, su ropa estaba intacta —responde Ian—. Esa esencia… Fue un Purasangre, estoy seguro. ¡Juro que lo encontraré! ¡Lo mataré con mis propias manos!

—Si no puedes controlarte, debes salir de la habitación —le dice Lyla con su característica serenidad.

—Está bien, puede quedarse —digo entre gruñidos de dolor mientras trato de sentarme. Inmediatamente, Ian corre hacia mí.

—Morgan, ¿estás bien? —pregunta preocupado, sosteniendo mi cara entre sus manos.

—Estoy bien. —Sueno tan incómoda como me siento, no me gusta ser el centro de atención.

—¿Estás segura? ¿Qué fue lo que pasó?

—No la presiones, Ian —dice Lyla, salvándome de su interrogatorio.

—Lo siento, pero necesito saberlo… —comienza él de nuevo.

—Ian… —le advierte la vampira.

—Fue un Purasangre, ¿verdad? —Me mira a los ojos. Mi silencio le da su respuesta—. Te prometo que lo encontraré, Morgan, y lo mataré. ¡Quemaré cada pedazo de su cuerpo!

Las llamas se forman y ondean en sus manos.

—¡Contrólate, Ian! —exclama Lyla.

A pesar de estar ahí, mi cabeza se encuentra en otra parte. Mi mente está en un proceso de aceptación…

Un proceso de asimilación.

Recuerdo al vampiro.

Sus colmillos.

Recuerdo su voz.

Sus ojos negros sin alma.

Me levanto y camino hacia Ian, quien todavía tiene las llamas en sus manos. Lo agarro del cuello de la camisa y el fuego desaparece mientras él me mira con sorpresa. Lyla permanece en silencio.

—No actúes como un inmaduro. No harás nada estúpido, no te lo permitiré, ¡estoy bien! —Sueno más imperativa de lo que quiero, pero necesito asegurarme de que no haga nada de lo que pueda arrepentirse. No puedo dejar que se arriesgue por mí, es lo más parecido a un hermano que tengo—. Ahora, si me disculpan, necesito estar a solas.

Cuando se marchan, me dirijo al baño. Mi reflejo en el espejo me hace estremecer: estoy más pálida que de costumbre. Tengo moretones y marcas de mordidas en el cuello, los hombros, los brazos, las muñecas…

«Bastardo».

Despacio, me levanto el camisón para examinarme el resto del cuerpo. También tengo marcas en el abdomen. Algo capta mi atención; en la parte baja de mi vientre, a un lado, hay una letra; probablemente, el Purasangre me la hizo con sus garras. Es la B.

«¡Bastardo!».

Me ha marcado con lo que supongo que es su inicial y permanecerá en mi piel quién sabe por cuánto tiempo, ya que las lesiones hechas por Purasangres tardan mucho en sanar.

Un golpe en la puerta me trae de vuelta a la realidad. Me bajo la camiseta, esperando que no sea Ian con sus preguntas.

—¿Qué quieres? —pregunto al tiempo que abro de mala gana, pero cierro la boca en cuanto veo que tengo a nuestro líder, Aidan, delante de mí. Frunce el ceño, nunca le había hablado de esa forma—. Lo siento, señor, pensé que…

—¿Puedo pasar? —pregunta indiferente, sin dejarme terminar.

Me aparto. Nunca ha estado en mi habitación antes, no puedo evitar sentirme nerviosa. Entra y se queda observándome con esos ojos azules con los que nunca antes había compartido una mirada tan directa.

—Cierra la puerta.

Obedezco; mis manos tiemblan un poco sobre el pomo de la puerta cuando la cierro.

—¿En qué puedo ayudar? —pregunto, rompiendo el silencio.

Sin despegar sus ojos de los míos, se lleva las manos detrás de la espalda.

—Tengo que morderte —declara sin piedad.

—¿Qué? ¿Por qué? —No debo cuestionar sus decisiones, pero no estoy en mi mejor momento.

—Es la única manera de ver en tus recuerdos y saber lo que pasó —me explica lentamente.

Cuando un vampiro muerde a otro, por lo general, recibe los recuerdos y sentimientos del sujeto al que muerde.

«Esto no es bueno», pienso; no quiero que sepa que me siento atraída por él.

—Puedo decirte lo que ocurrió —digo para tratar de evitar sus colmillos a toda costa.

—No es lo mismo; necesito ver con detalle para identificar quién era ese Purasangre.

Aidan se acerca a mí y yo retrocedo.

—Ahora no es un buen momento —repito.

No sé cómo reaccionaré si me muerde. Por lo general, las mordidas vienen acompañadas de una sensación de lujuria o bienestar para que el cuerpo se relaje y la sangre pueda ser tomada fácilmente. Aunque el vampiro puede elegir que resulte tan dolorosa como sea posible, como hizo el Purasangre que me sorprendió en el bosque.

—Morgan. —Su tono cambia, está listo para ordenarme—. Dame tu sangre.

Nunca había usado el poder que tiene sobre mí hasta ahora. Mi cuerpo reacciona y le ofrezco el cuello. Él enrosca la mano en la parte de atrás de mi cabello y me mueve la cabeza hacia un lado. Cierro los ojos, incapaz de soportar verlo tan cerca de mí.

Entierra sus colmillos rápida y profundamente en mi piel. La sensación de bienestar corre por mis venas y me resulta difícil controlarme. Siento cómo bebe de mí, cómo roba mi energía… La lujuria me conduce a agarrarme de sus fuertes brazos y apretarlos. Aidan no muestra ninguna señal de satisfacción; se queda como una estatua. Tal vez le resulto indiferente, tal vez solo puede verme como una vampira inmadura. Mis manos bajan hasta su pecho acariciándolo lentamente. Lo escucho gruñir, pero enseguida me suelta y caigo al suelo, debilitada por la pérdida de sangre.

—No vuelvas a tocarme —me ordena muy serio.

Lo miro con rabia. ¿Él sí puede tocarme y ordenarme que le dé mi sangre, aunque yo no quiera hacerlo? Me pongo de pie y lo veo salir apresuradamente de la habitación.

«¿Qué me ha pasado?».

Nunca había perdido el control de esa manera. ¡Me he atrevido a tocar a Aidan! ¿Es que estoy loca? Ahora pensará que soy una de esas convertidas que lo persiguen todo el tiempo.

Mi garganta seca y mi falta de energía me recuerdan que necesito sangre, necesito encontrar a Travis; él es uno de los pocos humanos que viven con nosotros en el territorio sobrenatural. Los Escudos Gulch que separan nuestros territorios fueron creados después de la Gran División y sellaron el acuerdo entre nosotros y los humanos: cooperar y coexistir sin invadir los terrenos del otro. Así que los humanos, además de enviar a este lado de los escudos ropas y todo tipo de enseres como parte del acuerdo, nos proporcionan a los criminales que consideran peligrosos o un estorbo para ellos. Me he estado alimentando de Travis durante los últimos dos años.

Tengo ganas de tomar aire fresco, pero no lo haré desarmada. Busco mi daga con funda y la coloco en la parte de atrás del cinturón. De camino a la salida, cruzo la sala donde solemos ir los del clan para pasar el rato juntos.

Lyla e Ian están hablando. También hay otros dos vampiros: Drake, alto, rubio y de ojos verdes, casi tan frío y reservado como nuestro líder —los otros vampiros suelen burlarse de él diciéndole con ironía que parece el típico príncipe encantador, porque de encantador no tiene nada, apenas habla—, y Luke, que es el más extrovertido del grupo, siempre hace bromas, aunque nadie se ría. No es muy alto y tiene la piel oscura, el pelo negro y rizado y unos preciosos ojos del color de la miel.

—Buenas noches —saludo. Todos se quedan en silencio y me miran con la lástima—. Estoy bien. —Necesito que dejen de observarme de esa forma.

Luke es el primero en hablar. Me cae muy bien. La mayoría de los de nuestra especie son jodidamente fríos —supongo que, cuando se puede vivir eternamente, los sentimientos tienden a congelarse con el tiempo—, pero él no.

—¡Morgy! —Odio el apodo que ha inventado para mí, pero ya estoy acostumbrada—. Acabamos de regresar de nuestro viaje, ¡te he echado de menos!

Me abraza con fuerza y yo no puedo evitar la sonrisa tonta que se forma en mis labios. Su buen humor es contagioso.

—Basta, Luke —me quejo al tiempo que me alejo de él.

—¿Estás bien? —Me sorprende escuchar a Drake hablar.

—Sí. —Le dedico una sonrisa rápida.

—Lamentamos mucho no haber estado aquí para defenderte —comenta Luke, pasándome un brazo por encima del hombro—. Ese Purasangre pagará por lo que te ha hecho, Morgy.

Le dedico una mirada fría a Ian.

—¿Se lo has contado?

Él me dedica una sonrisa de disculpa.

—Somos un clan, no hay secretos entre nosotros.

—Tiene razón —lo apoya Lyla.

Empujo el brazo de Luke, quitándomelo del hombro.

—¿Han visto a Travis?

—Oh —Luke me sonríe—, me preguntaba la razón de tu mal humor, y ahora ya sé cuál es. —Me señala con el dedo—. Tú, malhumorada, tienes un caso curable de hambre.

Pongo los ojos en blanco.

—¿Lo has visto o no?

—Ha salido —responde Ian, masticando algo—. Dijo que necesitaba un poco de aire.

—¿Qué hay de una carrera más tarde? —grita Luke mientras camino hacia la salida—. Después de que comas, por supuesto.

—¡Me apunto! —grito, alcanzando el agujero.

Estoy a punto de impulsarme hacia arriba para salir cuando Ian aparece frente a mí.

—No puedes salir de nuevo.

—Por supuesto que puedo.

—Morgan, ¿por qué eres tan imprudente? Es peligroso, y lo sabes. ¿Ya has olvidado lo que te pasó anoche?

—Preocúpate de tu propia vida, Ian —dijo, ignorando sus advertencias.

No me resulta difícil encontrar a Travis, no está lejos de la entrada.

—Morgan —me saluda. Es un buen humano y de complexión fuerte y definida. Tiene el pelo largo y negro atado en una cola. Está a punto de cumplir treinta años, pero parece más viejo que yo, que tengo más de ochenta. Soy una vampira próxima a alcanzar la edad de madurez (los cien), pero aún me falta mucho para controlar un elemento.

—Tengo sed. —Me acerco, pero él se aleja de mí, metiéndose entre los árboles, sin dejar de mirarme—. ¿Adónde vas, Travis? —No me muevo. Aunque no quiero admitirlo, tengo miedo de volver a entrar en el bosque.

Él sigue alejándose. La sed duele, siento que me arde la garganta. No estoy segura de poder sobrevivir otra noche sin alimentarme; he perdido demasiada sangre con ese Purasangre y con el líder del clan. Maldiciendo por lo bajo, lo sigo y rápidamente aparezco frente a él, bloqueando su camino.

—Travis, para, el bosque es peligroso.

—¿Te gustó lo de anoche, pequeña? —Su boca se mueve, sin embargo, no es su voz la que me habla.

Me pongo rígida de inmediato. El Purasangre lo está controlando. Algunos seres humanos pueden ser dominados mentalmente por Purasangres. Doy un paso atrás. Travis me dedica una sonrisa maliciosa que no encaja con su inocente rostro humano. Escaneo el lugar; el Purasangre que lo controla tiene que estar cerca.

—Muéstrate —ordeno, mientras escruto el bosque que nos circunda.

—¿Quieres repetir lo de anoche?

Sus preguntas me enfurecen.

—Deja al humano… ¡ahora!

Me llevo la mano al cinturón y saco la daga de su funda. Travis parpadea y luego cae al suelo, inconsciente. Miro alrededor, pero no veo ni huelo a ningún vampiro; tal vez se ha ido. De repente, alguien me tira del pelo con fuerza y me arrastra hacia el bosque.

«No… Otra vez, no…».

Me arroja contra un árbol y caigo al suelo abruptamente. Estoy muy débil, no solo por las heridas, sino por la pérdida de sangre que aún no he recuperado. Me pongo de pie para enfrentarme al vampiro. El Purasangre sonríe de forma burlona. Es el bastardo que me hizo tanto daño anoche. De repente, una ola de llamas se dirige a él, pero consigue esquivarlas con un movimiento rápido.

—¡No te atrevas a tocarla otra vez! —grita Ian, colocándose delante de mí. Me muevo para ponerme a su lado—. ¡Quédate detrás!

—¡No! Soy una vampira, no una damisela en apuros. —Agarro la daga con fuerza.

—¿Quién eres tú? —pregunta Ian, extendiendo las llamas al vampiro, que sigue sonriendo.

Mi amigo gruñe furioso. Su desprecio por los Purasangres está más que justificado. Antes de unirse al clan de Aidan, estaba en otro que fue víctima de una masacre hecha por un Purasangre; y perdió a la vampira que amaba a manos de otro.

Ian conjura todo el fuego que puede controlar y se lo arroja. El Purasangre mantiene su expresión mientras sus manos se mueven en círculos, formando dos gigantescas bolas de agua, las cuales empuja para que se estrellen contra nosotros. Las llamas de Ian se extinguen por completo; estamos empapados.

—Solo necesito una cosa y te dejaré ir, pequeña —dice el vampiro, caminando hacia nosotros. Lo observo desenvainar su espada.

—¡No te dejaré tocarla! —grita Ian de manera defensiva.

—¿Qué es lo que quieres? —pregunto con amargura.

—No lo harás voluntariamente.

—Solo dilo —insisto, tratando de ganar algo de tiempo. Este Purasangre puede hacernos mucho daño, incluso matarnos con facilidad.

—Quiero que bebas mi sangre.

Su fría afirmación me sorprende. Esperaba que me pidiera más sangre, no que me ofreciera la suya. De todos modos, no lo haré. Él ha bebido de mí, lo que significa que, si me alimento de él, estableceremos una conexión mental y física. Cuando dos vampiros comparten su sangre, se crea un fuerte vínculo entre ellos.

—No pienso hacerlo —digo contundente. No quiero tener una conexión con ese bastardo.

Él sigue sonriendo. De pronto, se mueve tan rápido que apenas lo puedo ver y clava su espada en el estómago de Ian. Me quedo aterrorizada viendo cómo la sangre sale de la boca de mi amigo.

«¡No!».

—¡Ian! —No puedo evitar gritar su nombre. Sé que de esta forma muestro debilidad ante mi enemigo, pero no me importa.

El Purasangre saca su espada del cuerpo de Ian, que cae al suelo. No puedo moverme. Ese monstruo levanta entonces su arma por encima de la cabeza de mi amigo, rozando su pelo con la punta, que chorrea sangre.

—¿Lo has pensado mejor? —me pregunta el muy bastardo, con esa maldita sonrisa en sus labios.

No puedo creer que Ian esté en el suelo desangrándose. Su herida sanará, pero no sé cuánto tiempo tardará en hacerlo.

Hay espadas que están hechas para causar heridas profundas difíciles de curar. Me arrodillo frente a mi compañero y coloco su cabeza sobre mi regazo para tratar de calmarlo. Mi respiración es errática. Ian intenta hablar, pero lo único que sale de su boca es sangre. Su expresión de dolor hace que se me parta el corazón.

—Tranquilo. Te pondrás bien —le prometo.

Ian cierra los ojos, haciendo una mueca de dolor.

—Si estás pensando en llamar a tu clan, quiero que sepas que, para cuando lleguen aquí, ya habré matado a tu amigo —me advierte el Purasangre con frialdad.

Observo a Ian ahogándose en su propia sangre. Me ha resultado muy difícil mantenerme distante con él, pero, lamentablemente, en este mundo de cazar o ser cazado, querer a alguien es una debilidad que puede salir cara. Sin embargo, él sabe que lo quiero como a un hermano.

—No tengo toda la noche, pequeña.

Me trago todos los insultos que quiero gritarle, la impotencia recorre cada músculo de mi cuerpo y me tensa. Levanto la mirada para encontrarme con su estúpida sonrisa de victoria; sabe que ya ha ganado.

—Lo haré —digo entre dientes.

—Levántate —me ordena el Purasangre.

Acaricio la mejilla de Ian antes de poner su cabeza con cuidado en el suelo y, temblorosa, me pongo de pie. El bastardo se me acerca y sostiene mi barbilla para moverme la cara hacia un lado.

—¿Quién te ha mordido? —pregunta con curiosidad—. ¿Acaso ha sido ese líder que admiras y deseas en secreto?

Ha bebido mi sangre y lo sabe todo de mí: conoce mis recuerdos, mis sentimientos. No respondo, y entonces pasa.

Lo percibo antes de verlo, así de extravagante es su poder. El aire se enfría y se vuelve pesado, el bosque cae en un silencio absoluto, como si la naturaleza se doblegara ante él.

—Suficiente —ordena una voz profunda a un lado de nosotros.

Mi corazón se acelera al oírlo, una extraña sensación me revolotea en el estómago. Siento la necesidad de bajar la cabeza, de rendirle respeto, pero me contengo. Mis ojos buscan al dueño de esa voz.

Es muy alto...

Viste completamente de negro y lleva una especie de máscara que le cubre la cara desde el puente de la nariz hasta el cuello. Únicamente puedo ver sus ojos, de color rojo carmesí, ardiendo con cientos de años de historia y dolor. Camina como lo que es: un ser poderoso, capaz de acabar sin mucho esfuerzo con cualquiera que se interponga en su camino. Cuando su mirada se cruza con la mía, algo en mí se paraliza, se retuerce y me deja sin aire.

«¿Quién es?».

—Tenemos que irnos —dice ese ser poderoso. ¿Por qué no puedo dejar de mirarlo fijamente? Es mucho más fuerte que el Purasangre—. Ahora, Byron.

El bastardo, que ahora sé que se llama Byron, me suelta y camina hacia él.

—Esto no ha terminado, pequeña, volveré —promete ese repugnante monstruo antes de desaparecer en la oscuridad.

El recién llegado de ojos carmesís se queda mirándome en silencio y no puedo evitar sentirme un poco intimidada.

—Será mejor que encuentres otro lugar donde vivir.

Aún me sorprende la profundidad de su voz. Sé que tengo que darle las gracias por haberme librado de beber la sangre de Byron, pero mi ego no me lo permite; me limito a asentir y entonces él desaparece.

Han transcurrido unas horas desde que traje a Ian al refugio. Lyla ha estado con él en la habitación, curando su herida. Yo me he quedado fuera. La sequedad de mi garganta me está quemando. Estoy poniendo a todo mi clan en peligro. Ese Purasangre no va a rendirse; a su especie le encantan los retos, y yo me acabo de convertir en uno para él.

«Será mejor que encuentres otro lugar donde vivir». El consejo del Purasangre dominante llega a mi mente. Sería demasiado egoísta por mi parte hacer que todo mi clan se moviera por mi culpa.

Nuestro líder aparece en el pasillo en ese momento. Me pongo de pie, un poco nerviosa y avergonzada después de lo que pasó entre nosotros. Aidan ni siquiera me mira.

«¿Ha sido ese líder que admiras y deseas en secreto?».

Las palabras de Byron aún me molestan. ¿Deseo a mi creador? ¿Acaso eso no es normal? No, no lo es; lo normal es sentir gratitud y lealtad hacia tu creador, pero no desearlo. Lo peor de esta situación es que Aidan debe de haberlo visto todo en mi sangre.

—Señor, tengo algo que decirle.

—Habla —responde, aún sin mirarme.

—Quiero dejar el clan.

III

Un profundo silencio reina entre Aidan y yo. Él se queda con la mano en el aire a punto de tocar la puerta del cuarto de Ian, de espaldas a mí. No ha dicho una palabra, pero yo ya he tomado una decisión. No pondré en peligro al clan. Ian, Drake, Luke, Lyla y Aidan son como mi familia. Y también le tengo aprecio al resto de los miembros que van y vienen. Ese Purasangre solo me quiere a mí, no a ellos. Estoy segura de que no va a detenerse hasta que consiga lo que desea. Tengo que alejarme de los míos, jamás me perdonaría que salieran heridos por mi culpa, como le ha ocurrido a Ian… Estaré bien sola. Después de todo, el camino de un vampiro siempre es solitario. Sé cómo sobrevivir por mi cuenta.

Aidan, finalmente, se gira hacia mí y sus ojos se encuentran con los míos. Su rostro, como de costumbre, es inexpresivo.

—No, no dejarás el clan —dice. Es una orden. Luego llama a la puerta del cuarto en el que Lyla está sanando a Ian.

—Ya lo he decidido.

—He dicho que no —responde imperativo.

—No te estoy pidiendo permiso.

Me cruzo de brazos. Él es mi creador, sí, y tiene algo de poder sobre mí, pero yo soy libre de hacer lo que quiera. Si mi decisión es dejar al clan, tiene que respetarla.

—No te irás, Morgan, y esta conversación ha terminado —me asegura.

Quiero protestar, pero Lyla abre la puerta en ese momento y deja entrar a Aidan en la habitación.

—¿Cómo está Ian? —pregunto antes de que ella vuelva a cerrar.

—Sobrevivirá.

Dejo escapar un suspiro de alivio.

—Gracias.

Ella me sonríe.

—No hay problema.

Está más pálida de lo normal. Sé que cuando cura alguien, siempre termina sintiéndose débil y cansada. Nos quedamos en silencio, pero es como si pudiéramos comunicarnos con la mirada; ambas estamos preocupadas. Ella se masajea la frente, suspira y me mira.

—¿Estás bien? —Yo asiento—. Aidan no dejará que te vayas. Lo sabes, ¿no? —comenta. No me sorprende que haya escuchado nuestra conversación. En un clan de vampiros, donde todos tienen un sentido muy desarrollado de la audición, es difícil tener privacidad.

—Eso es algo que solo puedo decidir yo.

Lyla me dedica una mirada de simpatía. Me alejo de ella, caminando por el pasillo. Solo yo puedo decidir si me quedo o me voy, pero, por respeto a Aidan, no quiero hacerlo sin su aprobación. Él me salvó la vida.

Me detengo a mitad de pasillo y apoyo el hombro contra la pared de tierra. El recuerdo borroso de la noche en la que Aidan me dio su sangre danza en mi mente. Estuve a punto de morir y él decidió convertirme para salvarme, no fue una decisión tomada a la ligera. Hay un número determinado de humanos que pueden ser convertidos. Los vampiros tienen que pedir permiso al Consejo Sobrenatural si quieren convertir a alguien, pero Aidan se saltó esa norma.

Yo sobreviví, pero mis padres no fueron tan afortunados. No sé los detalles sobre su asesinato, ni tampoco tengo recuerdos de mis dieciocho años de humanidad. Aidan me explicó que es algo que pasa cuando te conviertes en vampiro: algunos pierden todos los recuerdos de su tiempo como humanos, otros solo recuerdan algunas cosas, como si fueran piezas sueltas de un rompecabezas.

Suspiro y corro hasta mi habitación. Me acuesto en la cama y trato de relajarme. No necesito dormir; para descansar puedo entrar en una especie de trance, dejando mi mente en blanco y mi cuerpo inmóvil. Sin embargo, mi descanso termina pronto, pues al cabo de poco rato siento a alguien aproximarse.

Esa esencia…

—Ian. —Lo veo aparecer en la habitación. Es difícil creer que estaba casi muerto hace unas horas. Ahora tiene buen aspecto—. Deberías estar descansando.

—No vas a dejar el clan, Morgan. —La preocupación es obvia en su tono. Seguramente, Lyla ya se lo ha contado.

—Ha sido rápido, ¿eh? —Bufo y me incorporo en la cama apoyándome en los codos.

—Aidan no dejará que te vayas.

—No me importa, es mi decisión.

—Él es tu creador, si te lo ordena…

—Lo sé, Ian —interrumpo—, pero él no tiene derecho a decidir por mí; ya lo hizo una vez, y eso no volverá a suceder.

—No seas desagradecida. Aidan te salvó al convertirte —me dice, enfatizando cada palabra, como si estuviera tratando de grabármelas en la mente.

Me pongo de pie, furiosa.

—Para ya con el drama, Ian.

—Morgan, ¿recuerdas lo que me dijiste cuando cumplí cien años? —pregunta, sujetándome por los hombros.

Sacudo la cabeza.

—No —miento.

—Dijiste que nunca perderíamos nuestra humanidad, porque fuimos humanos una vez y debemos estar orgullosos de ello. —Me sostiene la cara con las dos manos—. Dijiste que nunca nos volveríamos fríos, que nunca dejaríamos de tener corazón y sentimientos, porque eso era lo que nos diferenciaba de vampiros como los que mataron a tus padres —termina con un tono triste.

Inspiro profundamente. La muerte de mis padres es un tema delicado para mí.

—Supongo que estaba equivocada, está en nuestra naturaleza ser fríos y no tener corazón.

La desilusión es evidente en su rostro. Me suelta la cara.

—Ahora eres una vampira fría y despiadada.

—Así es.

—No me engañas, Morgan; llevamos más de ochenta años juntos.

Nos quedamos en silencio unos segundos. A pesar de lo que he dicho, la presión en mi pecho cuenta otra historia. Estoy segura de que Ian puede verlo todo en mis ojos: la preocupación, el miedo y sobre todo la desesperanza. No entraba en mis planes convertirme en la presa de un Purasangre cuando salí la otra noche, y ahora no sé qué he de hacer.

—No te irás —me asegura Ian—. Aidan no te lo permitirá.

—Eso ya lo veremos.

Hace una mueca.

—Yo no te lo permitiré.

—¿Podrías, por favor, dejarme en paz? —le pregunto con amargura. Me dedica una última mirada triste y sale de la habitación.

Me quedo sola observando mi habitación. Si me voy, dejará de ser mi lugar seguro. De repente, los recuerdos de todo lo que he vivido aquí se cuelan en mi cabeza: todas las veces que llegué herida y Lyla me curó, las marcas en las paredes de tierra de los golpes que dábamos cuando hacía prácticas de lucha con Ian para medir cómo aumentaba mi fuerza, la esquina donde me sentaba con Luke para escucharlo contarme sus viajes y aventuras por el territorio sobrenatural y las veces que Drake venía discretamente a ver si estaba bien sin saber que yo me daba cuenta de que se preocupaba por mí.

No podré despedirme de ellos. Si lo hiciera, intentarían convencerme para que me quedara, y quizá lo lograrían. Me ha resultado difícil hacerme la dura con Ian, no creo que consiguiera mantener mi decisión si tuviera que enfrentarme a los demás. Tengo que irme sin decirles nada; dolerá, y sé que es cobarde por mi parte; sin embargo, es la única forma de asegurarme de que puedo hacer esto.

Recojo una mochila con ropa, acomodo mi daga en mi cinturón y echo una última mirada a mi dormitorio. Después salgo y empiezo a correr hasta que veo la entrada. Me impulso hacia arriba y emerjo a través de ella para seguir corriendo a toda velocidad por el bosque. Solo me detengo cuando estoy lo suficientemente lejos del refugio. Respiro profundamente. No sé qué voy a hacer ahora, ni a dónde iré. Sé que no será fácil escapar. También sé que hay alguien siguiéndome.

—Debes respetar mi decisión —digo, apretando los puños a mis costados.

No necesito darme la vuelta para saber que es Aidan.

—No respeto las decisiones estúpidas —me responde. Su voz es tan fría como de costumbre. Estoy cansada de su actitud, de que él decida por mí.

—¿Por qué te importa lo que yo haga? —Nunca le había hablado así antes, pero él ya conoce mis pensamientos más profundos, así que ya no me importa nada.

—No sobrevivirás sola, ni siquiera has alcanzado la madurez.

Me doy la vuelta y me enfrento a él. Tiene el cabello oscuro alborotado y su rostro se muestra inexpresivo, como siempre.

—¿Y qué si me muero? ¿Por qué te importa? —pregunto de nuevo. Él tensa la mandíbula, pero no responde—. No te importa, ¿verdad? —Me sienta bien poder decirlo.

—No te dejaré ir, y eso es definitivo.

La ira corre por mis venas. ¿Por qué no responde a mis preguntas? Saco mi daga.

—Entonces tendremos que luchar; no volveré voluntariamente al refugio —digo, arrojando la mochila al suelo y poniéndome en una posición defensiva.

—Sí lo harás, si te lo ordeno. —La seguridad en su voz es irritante.

—¿Por qué? ¿Me tienes miedo? ¿Temes que pueda derrotarte? —bromeo, tratando de hacerlo dudar.

Aidan me sorprende sonriéndome. Es la primera vez que lo veo sonreír; parece como si la idea de un reto le gustara. De pronto, desaparece, y al instante siguiente lo siento detrás de mí, sin darme tiempo a reaccionar. Me rodea con sus brazos por la cintura y me atrae hacia él. Al sentir su cuerpo contra el mío y su aliento en la parte de atrás de mi cuello, me estremezco.

—Yo gano —me susurra al oído.

Su cercanía me tiene desconcertada. Su cabello me roza la oreja, haciéndome cosquillas.

«¿Qué está haciendo?».

No puedo concentrarme, y antes de que pueda darle significado a lo que está ocurriendo, desliza su mano, me quita la daga y luego se separa abruptamente de mí, liberándome, y se queda observándome, esperando, como si quisiera saber qué más planeo hacer.

—Puedes volver caminando o puedo arrastrarte hasta el refugio —dice—. Siempre te quejas de que decido por ti, así que, bien, ahora te dejo tomar una decisión.

Aprieto los labios furiosa, pero no tengo la suficiente energía para pelear con él ahora, no le ganaría. De mala gana, cojo la mochila del suelo y vuelvo al refugio en silencio.

—Mañana por la noche cambiaremos de guarida —informa a todos cuando entramos, y luego desaparece por el pasillo.

Me quedo mirando el vacío por un momento. ¿Qué ha pasado? Todavía puedo sentir su cálido aliento en mi cuello y sus manos alrededor de mi cintura.

«Olvídalo, Morgan», me regaño.

—¡Morgy! A ti te estaba buscando —chilla Luke desde el final del pasillo. En unos segundos, está a mi lado con dos tazas de té caliente—. No hemos hablado desde que regresé de mi viaje por... —se interrumpe al ver la mochila en mi hombro.

—No quiero hablar de ello.

—De acuerdo. —Me pasa una taza, la tomo y le dejo entrar a mi habitación para sentarnos en la esquina de siempre.

Luke ha llegado en el momento justo. Si hay algo que puede ayudarme a despejar mi mente, es escucharlo. Su entusiasmo y habilidad para contar algo con detalle son extraordinarios. Se ha convertido en mis ojos allá afuera. Nunca he explorado el territorio sobrenatural, lo más lejos que he llegado ha sido a los límites del Bosque Oscuro. Los vampiros convertidos solemos permanecer en lo espeso del bosque, donde los árboles mantienen unidas sus copas y nos protegen del sol, incluso en pleno día. Ha sido así desde la Gran División, cuando el territorio humano y el sobrenatural fueron separados por los grandiosos Escudos Gulch, que me muero por ver.

—¿Llegaste esta vez? —pregunto de inmediato. Luke ha intentado llegar a ellos cada vez que viaja.

—¿Crees que estaría aquí si no lo hubiera hecho?

Eso me hace sonreír como una idiota.

—¿Y? ¿Cómo son? ¿Es cierto que son tan altos que no ves el final?

—Son... —los ojos de Luke se iluminan— majestuosos, Morgan. No sé cómo describirlos. Están hechos de una especie de energía azulada que se mueve constantemente. Y confirmé lo que pensábamos: no puedes ver dónde acaban, aparte de que bloquean por completo el territorio humano. Pensé que podría echar un vistazo, pero me resultó imposible. Además, en cuanto me acerqué, un soldado Gulch me ordenó que me fuera.

Suspiro porque no me sorprende, los soldados Gulch son la milicia del Consejo Sobrenatural, los señores que mantienen el orden en nuestro territorio y también los que se encargan de cuidar que nuestra relación con los humanos sea pacífica y de beneficio mutuo.

—¿Cómo son las Ruinas de Grania? —Luke debió cruzarlas para llegar a los escudos, esas ruinas son las que los separan del Bosque Oscuro—. ¿Están plagadas de espectros como cuentan?

—Ufff... —Sacude la cabeza—. Ese lugar es terrorífico, Morgy, no durarías ni un día. No crece nada en él. Es árido, caluroso y muy oscuro. Estuve a punto de rendirme.

—Pero lo lograste. —Le sonrío—. Estoy orgullosa de ti, Luke.

—Gracias, gracias. Aunque ahora siento mucha curiosidad, Morgy.

Le lanzo una mirada interrogante.

—Quiero ver el territorio humano. ¿Crees que será muy diferente al nuestro? Ellos necesitan otras cosas para sobrevivir, al fin y al cabo.

—Olvídalo, Luke, los sobrenaturales tenemos prohibido entrar en el territorio de los humanos... Si lo intentas, no habrá un guardia para advertirte, te matarán sin dudarlo.

—Ya lo sé.

—Entonces, olvídalo. —Hablar de los humanos me recuerda lo hambrienta que estoy—. Ahora, si me disculpas, debo comer. Continuamos nuestra charla luego.

Luke sale conmigo, pero se aleja por el pasillo en dirección opuesta a la mía.

Encuentro a Travis en uno de los pasillos. Al verme, asiente, entendiendo qué necesito. Bajo esta tenue luz, se ve muy atractivo. Me acompaña de vuelta a mi habitación. Entramos y, en silencio, se quita la camisa. Sé que no quiere mancharse de sangre. Me muerdo el labio inferior con anticipación. Puedo sentir cada latido de su corazón y el sabroso líquido que corre por sus venas… Tan atrayente.

Es como si la sangre estuviera danzando para mí, llamándome. Es el baile suave, pero silencioso, entre un vampiro y su sustento. Me acerco a él; huele tan bien… Olfateo su cuello antes de lamerlo lentamente. Travis suelta un suspiro de placer. Siempre es lo mismo. Sé que él me desea, lo he visto en su sangre antes. Sin poder contenerme más, entierro los colmillos en su piel. Cuando el líquido entra en mi boca, envía ondas de energía a través de mi cuerpo débil. Siento sus manos acariciando mi cintura y bajando. Dejo que me toque porque entiendo la lujuria que siente.

—Oh, Morgan… —exclama con voz ronca.

Cuando tengo suficiente, me alejo de él. Me agarra la cara con ambas manos y siento su aliento sobre los labios. Se inclina para besarme, pero doy un paso atrás. No querría arriesgarme a que una sola gota de mi sangre cayera en su boca; con eso bastaría para convertirlo, y no quiero.

—Travis, ya basta.

Sumido en la tristeza, sale de la habitación sin decir una palabra. Respiro hondo; si las cosas siguen así, tendré que cambiar de alimentador.

Estoy tan inmersa en mis pensamientos que no me doy

cuenta de que hay alguien más conmigo. Su aliento acaricia la parte de atrás de mi cuello; está justo detrás de mí.

—Eres muy deseada. —Su voz juguetona resuena en mi habitación.

Me doy la vuelta.

—Byron.

IV

El bastardo Purasangre que me atacó está justo delante de mí. Como siempre, el poder que emana me asusta, pero me esfuerzo para que él no se dé cuenta. Sé que no tengo ninguna oportunidad si me enfrento a él. Lleva el mismo uniforme negro; se notan los músculos definidos de sus brazos y de su pecho, aferrándose a su ropa. Sus ojos negros son insondables.

—¿Qué quieres?

—Sabes lo que quiero —responde, sonriendo con malicia.

Retrocedo un paso. Rápidamente, él salta hacia mí y me agarra del brazo.

—¡No me toques!

Sé que puedo llamar a mi clan, pero no quiero que salgan heridos como Ian. No pueden derrotar a un Purasangre como el que tengo delante de mí. Definitivamente, se trata de uno antiguo; debo salir de esto yo sola. Su aliento me roza el cuello y me lame la piel, haciéndome temblar. No intento luchar contra él porque sé que no soy lo bastante fuerte para detenerlo. Me tapa la boca con una mano y luego sus colmillos se entierran en mi carne. En esta ocasión no hay dolor como la última vez: la lujuria me ataca sin piedad. Maldigo esa sensación de deseo que hace que la víctima se relaje ante su depredador.

«¿Por qué es tan difícil controlarse?».

Byron bebe mi sangre con desesperación y, segundo a segundo, me siento más y más débil. Tiene que parar; me fallan las rodillas y caigo en sus brazos como una muñeca de trapo.

Oscuridad...

Algo dentro de mí se agrieta un poco, como si una parte oculta quisiera emerger a la superficie.

Morgan..., escucho en mi cabeza.

—Ahora no podrás resistirte a beber mi sangre —dice antes de morderse una de las muñecas y acostarme en el suelo.

No quiero crear un vínculo tan fuerte con él, pero tiene razón. Estando tan debilitada me resulta imposible negarme.

—Byron.

De nuevo esa voz que me eriza la piel. Es tan profunda...

—Hermano, ¿ahora tu pasatiempo es seguirme? —pregunta Byron, poniéndose de pie.

Giro la cara en el suelo para ver al recién llegado. Ya me salvó la otra vez. Ahora está de pie junto a nosotros, con su uniforme y su máscara. Sus ojos encuentran los míos por un segundo, tan rojos, pero tan... deslumbrantes.

—Me han ordenado vigilarte —contesta con frialdad.

—Bueno, entonces dame tiempo para terminar esto. —Byron se arrodilla y me ofrece su muñeca. Su sangre huele tan bien... Es tan apremiante la sed que siento... Me arde la garganta.

En un instante, de forma tan rápida que apenas puedo verlo, el vampiro está ahora contra la pared. Su hermano le presiona el cuello. Lleva puestos unos guantes negros que dejan ver la mitad de sus dedos.

—Vete de aquí, Byron —le ordena con brusquedad.

Aunque lo estoy viendo todo, no puedo mover un músculo. Estoy tan mareada... Intento mojarme los labios, pero tengo la boca dolorosamente seca.

—Nunca dejas que me divierta —se queja Byron antes de desmaterializarse en la oscuridad.

Por un momento, su hermano permanece inmóvil. Finalmente, se arrodilla frente a mí y, con gentileza, me ayuda a sentarme y a apoyar la espalda contra la pared. ¿Por qué me ha ayudado? No lo entiendo; estoy demasiado débil para poder pensar. Necesito sangre.

Él se queda arrodillado delante de mí, sin decir nada. Ahora que está cerca lo puedo ver mejor. Sus ojos son una combinación de negro y rojo. Nunca había visto unos ojos como los suyos; son simplemente magníficos. También puedo ver sus labios gruesos y cómo se los humedece con la lengua. Eso es todo lo que su máscara me permite distinguir. Extiende la mano hacia mi cara, pero se detiene a medio camino, como si se diera cuenta de lo que está haciendo, y la baja aclarándose la garganta. Las alertas cruzan mi mente cuando lo veo inclinarse hacia mí; su nariz en mi cuello.

—¿Por qué lo sigues atrayendo? —pregunta, olisqueando mi cuello.

No me muevo, no sé por qué no me siento en peligro frente te a este Purasangre.

Se incorpora y lo observo subirse la manga del uniforme para dejar al descubierto su muñeca. Se la muerde y, cuando la sangre brota, me la ofrece.

—Bebe, lo necesitas. No te preocupes: no he bebido tu sangre, no se creará ningún vínculo entre nosotros.

El olor de su esencia me vuelve loca y no puedo controlarme. Cuando le sujeto la mano, me invade una sensación de familiaridad, pero la ignoro y empiezo a lamer su sangre lentamente. Algo palpita dentro de mí cuando la pruebo. Como si un secreto escondido estuviera tratando de salir a la superficie. Su sangre no se parece a ninguna de las que he probado en los últimos años. Es antigua, poderosa, deliciosa… Lo oigo suspirar. Algunos de sus recuerdos se precipitan hacia mí apresuradamente.

Este Purasangre es cruel. Ha matado a muchos vampiros con frialdad y sin ningún remordimiento... No sintió nada cuando lo hizo. No hay sentimientos dentro de él, solo soledad y oscuridad. Cuando intento saber más sobre él, me encuentro con una pared que me bloquea. Así que probablemente solo esté viendo lo que él me permite ver. Es como si quisiera asustarme mostrándome sus momentos más sangrientos.

Aparta la muñeca y yo me quedo mirándolo en silencio. Me lamo los labios. No quiero desperdiciar ni una sola gota de su sangre. Noto cómo la que he lamido de su muñeca fluye ahora por mis venas, alimentando cada uno de mis músculos, cada fibra de mi cuerpo, llenándome de una energía increíble. Es casi electrizante. Nunca me había sentido tan bien en toda mi vida vampírica. Su sangre es mágica. Se levanta y yo lo imito. No sé qué decir. Me ha salvado de su hermano loco y me ha dado su poderosa sangre con sus recuerdos. Tengo que tragarme mi orgullo.

—Gracias —murmuro.

Él asiente. Quiero saber por qué lo ha hecho, pero no soy lo bastante valiente para preguntárselo. Nos quedamos en silencio. Mis sentidos se han agudizado; puedo percibir a los vampiros de mi clan viniendo hacia mi habitación porque han notado que estoy en peligro.

—Deberías irte —digo.

Me observa unos segundos como si quisiera decirme algo más, pero se desvanece en el momento en el que escucho la puerta abrirse detrás de mí.

Ian entra, furioso, con los puños a los costados, emanando fuego de ambas manos.

—¿Dónde está? —pregunta.

Aidan viene justo detrás de Ian.

Les ha costado sentir la presencia de los Purasangres porque son seres sigilosos, con una gran habilidad para pasar desapercibidos.

—Cálmate. Ya se han ido. —Mi voz suena tranquila. El fuego de Ian empieza a quemar un montón de ropa que tengo en una esquina—. ¡Contrólate! —le exijo mientras apago el pequeño incendio con un trapo.

Ian respira hondo y deja de emitir llamas. Las emociones de los vampiros pueden tener un efecto sobre su elemento. Aidan se acerca a mí, evaluándome, y maldigo internamente porque estoy segura de que mi boca aún está manchada de sangre.

—Bebiste su sangre voluntariamente —afirma, sin dejar de escudriñarme—. Pero no puedo sentir ningún vínculo en ti —termina, dudoso.

—No bebí la sangre de Byron, bebí la sangre de su hermano —aclaro, avergonzada. Ian y Aidan comparten una mirada de confusión—. Y sí, tienes razón, lo hice voluntariamente.

—¿Por qué no nos has llamado? —Ian frunce el ceño, confuso.

Tomo una respiración profunda.

—Byron me atacó y me dejó sin sangre. Pero entonces apareció su hermano y me ayudó, dándome su propia sangre.

—¿Te das cuenta de que estás hablando de un Purasangre? Los Purasangres no ayudan a los convertidos como nosotros: nos cazan y nos matan por diversión —me recuerda mi amigo, como si lo que le acabo de decir fuera mentira.

Me quedo callada. Ian puede perder el control muy fácilmente; los dominantes de fuego son tan volátiles como su elemento.

—Ian —le reprende Aidan, sosteniéndolo por un hombro para calmarlo.

Él se relaja de forma visible y se pasa la mano por el cabello.

—No te entiendo, Morgan. Estoy tratando de protegerte, pero no puedo hacerlo si no me dejas.

—Esa es exactamente la razón por la que no me entiendes: no necesito tu protección. No soy una niña, puedo sobrevivir sin ayuda.

Ian parece dolido por mis palabras. Aidan aparta la mano de su hombro y se mantiene en silencio.

—¿Pudiste evitar que Byron te mordiera la otra noche? ¿Pudiste defenderte? ¿Has podido hacerlo ahora? —Me estremezco ante sus palabras—. ¡Casi te mata un *cruentus*! ¿Cómo puedes decir que puedes sobrevivir sin ayuda? ¡Estás engañándote a ti misma! —me grita Ian en la cara.

—¡Preocúpate de tus asuntos y déjame tranquila! —digo y le dedico la mirada más fría que puedo conjurar.

Sé que estas palabras le hacen mucho daño, pero necesito que se aleje de mí, no quiero que siga preocupándose por mí, porque no quiero que le vuelvan a hacer daño por mi culpa. No me lo perdonaría.

Por el momento, estar cerca de mí es peligroso. Byron es el tipo de vampiro que no se detiene hasta obtener lo que quiere, y ahora lo que quiere soy yo.

Un profundo silencio nos envuelve. La respiración de Ian es pesada. Veo claramente el dolor en sus ojos. Está a punto de abrir la boca, pero Aidan levanta la mano para detenerlo.

—Es suficiente, Ian, sal a respirar aire fresco —ordena con una expresión seria.

Mi amigo desaparece en unos segundos, después de sonreír con tristeza, y Aidan y yo nos quedamos solos. Esto no puede ser bueno.

—Sé lo que estás haciendo: quieres que se mantenga lejos de ti para que pueda estar a salvo —comenta en voz baja.

¿Es tan obvio?

—Quiero dejar el clan.

—Ya sabes que no te lo voy a permitir. —Cruza los brazos sobre el pecho. Yo estoy a punto de objetar cuando continúa—: No vamos a tener esta conversación de nuevo. Mañana por la noche cambiaremos de guarida. Eso es todo.

—¿Por qué no dejas que me vaya?

No sé qué espero escuchar como respuesta, pero la forma en la que me tenso y se me acelera el corazón me indica que hay algo que quisiera escuchar de él: que para él soy algo más que una niñata convertida que vive en su clan, que soy algo más que una responsabilidad para él.

El silencio permanece en la habitación durante unos minutos que me parecen años.

—No volveré a tener esta conversación —repite, y se dirige a la puerta.

—¿Por qué, Aidan?

Al escucharme llamarlo por su nombre, se detiene, pero no se da la vuelta.

—Si dejaras que me fuera, tendrías una responsabilidad menos. Soy la única vampira inmadura del clan, ya no tendrías que cuidarme. Estarías mejor sin mí. Entonces ¿por qué no dejas que me marche?

—Es por tu propio bien, Morgan, algún día lo entenderás. —Y, tras decir eso, se va.

No me ha respondido como esperaba, pero sus palabras…

«Algún día lo entenderás».

¿Entender qué?

Está a punto de amanecer. Necesito descansar un poco. Ha sido una noche larga. Me acuesto en la cama y, al cabo de pocos segundos, entro en trance de relajación completa.

La noche siguiente, todo el mundo está preparando sus cosas para salir del refugio.

Echaremos de menos este lugar. Hemos estado viviendo aquí durante más de diez años sin tener ningún problema hasta que Byron apareció y se obsesionó conmigo. Afortunadamente, el Bosque Oscuro es muy grande y podremos encontrar un nuevo sitio donde vivir. Antes de marcharnos, desperdigamos varias prendas con mi esencia por diferentes caminos para despistar al Purasangre y evitar que nos siga.

Luego corremos toda la noche.

Nuestro líder nos ha explicado que conoce un lugar al oeste del Bosque Oscuro donde podemos asentarnos. Se encuentra al pie de las Villas Costeñas. Cuando llegamos, estoy cansada. Es una cueva cercana a la playa más alejada de la villa principal. No queremos problemas con los clanes que viven allí. El lugar tiene mucha maleza alrededor que puede mantenernos ocultos. La arena se escabulle bajo mis botas y el viento acaricia mi piel. Nunca hemos escogido un escondite cerca de la costa antes. Me quedo boquiabierta ante el océano. El aire fresco me llena los pulmones. El sonido de las olas es relajante.

Entramos todos en la cueva para explorarla.

Les hemos dado a los humanos las coordenadas de dónde estaríamos para que puedan alcanzarnos más tarde; cada clan tiene un número de humanos asignados, esto ayuda a controlar que los Convertidos no anden alimentándose de manera aleatoria, creando caos. La cueva está muy oscura. Ian utiliza su fuego para encender unas antorchas y las pone en las paredes rocosas. Tiene algunos compartimentos que podrían funcionar como dormitorios para nosotros.

Sal de la cueva, susurra una voz dentro de mi mente. Me quedo paralizada.

«¿Me estoy volviendo loca?». Tal vez el eco dentro de la cueva me está confundiendo.

Ven afuera.

Reconozco esa voz.

Es el hermano de Byron.

Me tenso porque me preocupa que un Purasangre nos haya seguido. Sé que me defendió de su hermano, pero no puedo confiar en él. Además, ¿cómo me ha encontrado y qué hace en mi mente? Esto no puede ser bueno.

Miro a los miembros de mi clan. Aidan pasa por mi lado y se adentra en la cueva. ¿Debería decirle lo que está ocurriendo? El recuerdo de Ian tosiendo sangre en mi regazo me hace descartar esa idea. No quiero que nadie más salga herido por mi culpa.

—Oye, Lyla, voy a dar un paseo al norte de aquí —informo—. Si no he vuelto en veinte minutos, ve a buscarme, ¿de acuerdo?

Ella frunce el ceño.

—¿De acuerdo? —repito, porque espero que no sea una trampa, pero si lo es, y no puedo manejar la situación, necesitaré ayuda.

Lyla asiente.

—No te vayas demasiado lejos.

Tan pronto como doy un paso fuera, el viento de la playa me revuelve el pelo. Camino por la arena, pero no veo a nadie.

Entonces me giro hacia el bosque y lo veo: está de pie entre los árboles, apenas visible. Me apresuro hacia él.

Al llegar, no puedo evitar preguntar:

—¿Cómo lo has hecho?

—Mi sangre corre por tus venas, me permite enviarte mensajes mentales.

La seguridad en su voz es desconcertante. No tenía ni idea de que fuera posible la comunicación mental. No sé qué decir. Me limito a mirarlo. Tiene unos músculos muy bien definidos, que lo dotan de autoridad y lo hacen parecer peligroso. Al recordar el sabor de su sangre, se me seca la boca. Me golpeo mentalmente para volver a la realidad.

¿Para qué me ha llamado?

—¿Qué puedo hacer por ti? —pregunto, poniendo las manos en las caderas.

—Dile a tu clan que solo deben usar antorchas en los compartimentos de la cueva; si las usan en los pasillos, la luz se verá desde el exterior.

¿Nos está ayudando? ¿Un vampiro Purasangre nos está ayudando? Me quedo impactada. ¿Por qué lo hace? Somos enemigos naturales. Sin embargo, no lo cuestiono.

—Muy bien.

—Tengo una propuesta para ti.

—¿Qué? —Lo miro con cautela.

—Sé que eres una vampira joven y que aún no has alcanzado tu madurez. —Espero a que continúe—. Puedo ayudarte a conseguir que controles tu elemento en pocos meses o, incluso, en pocas semanas dándote mi sangre con frecuencia.

—¿Qué?

—Soy el Purasangre más antiguo del mundo. Mi sangre es muy poderosa, puede hacer que tu proceso de madurez sea más rápido.

¿Estoy hablando con el Purasangre más antiguo de la Tierra? Eso quiere decir que es miembro del Consejo Sobrenatural, pues sus miembros son los individuos más antiguos o sabios de cada especie.

—¿Por qué harías eso?

Su mirada se posa sobre mí.

—Así serás capaz de protegerte de los chupasangres estúpidos como mi hermano.

Mis ojos se entrecierran.

—¿Y por qué te importa que pueda hacerlo? No lo entiendo.

—Digamos que… eres mi acto de caridad de este siglo. —Se encoge de hombros.

—No me engañas: he visto dentro de ti. No te interesa nada ni nadie. No va contigo lo de ayudar a un extraño sin ningún motivo.

—Solo viste lo que yo quise que vieras.

Observo sus movimientos con incredulidad.

—¿Qué obtienes ayudándome? No puedo creer que lo estés haciendo por puro altruismo. ¿Desde cuándo los Purasangres se dedican a hacer buenas obras?

Estoy convencida de que va a conseguir algún beneficio con su propuesta.

—No tienes nada que perder —responde, mirándome a los ojos—. Inténtalo y, si notas algo extraño, puedes romper el trato.

No puedo creer que esté considerando su propuesta. Pero debo admitirlo, es muy tentadora. Además, tiene razón: no tengo nada que perder. Entre Aidan y Byron he perdido mucha sangre. Y si es cierto lo que me ha dicho y es miembro del Consejo Sobrenatural, debe actuar con honestidad, no puede valerse de engaños para perjudicarme de alguna forma. Levanto el mentón y lo miro.

—Si eres el Purasangre más antiguo, formas parte del Consejo Sobrenatural, ¿no? —Él asiente—. Muéstrame tu insignia.

Se agarra el cuello de su uniforme y lo baja hasta que puedo ver la marca circular en su clavícula. Aunque eso me da un poco más de seguridad, seré cautelosa con él. Por ahora, parece un buen trato.

—Está bien —accedo, nerviosa. Él asiente y me da la espalda—. ¡Eh, ni siquiera sé tu nombre!

Me mira por encima del hombro.

—Me llamo Shadow.

—Shadow, ¿eh? —No puedo evitar elevar la comisura de los labios; es un nombre inusual.

—Sí, no lo olvides de nuevo, Morgan.

Me parece que ha sonreído antes de desaparecer en la oscuridad.

¿Qué ha querido decir? No me había dicho su nombre antes, ¿o sí? Lo recordaría si me lo hubiera dicho.

Vuelvo a la cueva, pensando en la propuesta de Shadow. No sé por qué, pero confío en él. Estoy loca, muy loca. De todos modos, ¿qué más tengo que perder?

—Shadow —digo, riendo entre dientes. ¡Qué nombre más extraño!

Entro en mi compartimento y me acuesto en la cama para esperar el amanecer; ha sido una larga noche.

Buenas noches, Morgan, oigo su voz dentro de mi cabeza.

—Buenas noches, Shadow.

V

El anochecer me recibe con una nueva tarea: revisar los alrededores de la cueva. Es lo habitual: cada vez que cambiamos de refugio, exploramos las inmediaciones para ver si hay otras criaturas y también comprobamos que no estemos invadiendo las tierras de otro clan. Además, nuestro líder debe informar al Consejo Sobrenatural de cualquier cambio de este tipo para que sus miembros puedan mantener el orden en el territorio sobrenatural, sabiendo exactamente el lugar que ocupa cada clan.

Me pongo las botas negras, que se han vuelto mis favoritas para explorar terrenos desconocidos. Por alguna razón, los zapatos son lo que más escasea en nuestro territorio; los humanos no suelen incluirlos en los paquetes que recibimos cada tres meses como parte del Tratado Gulch. Muchas veces pienso en qué debe de haber más allá de los escudos, en cómo viven los humanos, qué cosas tienen, cómo es su día a día, cómo son sus hogares, etcétera.

—¡Saliendo a explorar! —Escucho la voz de Luke a lo lejos del pasillo.

Suspiro y salgo al pasillo. Tengo que encontrar a Ian porque estoy segura de que será mi compañero. Nuestra relación no está en su mejor momento; espero que no sea un problema.

Los pasajes son rocosos y húmedos. Frunzo el ceño cuando veo las antorchas en el corredor principal y recuerdo el consejo de Shadow: «Dile a tu clan que solo deben usar antorchas en los compartimentos de la cueva».

Cuando llego a la salida, ya están todos reunidos, esperando para explorar los alrededores. Agito una mano hacia Luke y Drake, y ellos me sonríen a modo de saludo.

Aidan está en el centro del grupo, con Lyla a su lado, como de costumbre. Es su mano derecha. Me pregunto cómo se conocieron, y por qué ella le sigue con tanta lealtad, como si de verdad fueran familia. No parecen tener mucho en común, y tienen personalidades muy diferentes. Lyla es amable y un poco sumisa. Aidan es frío, reservado y dominante. Además, no controlan el mismo elemento. Él domina el agua, mientras que la habilidad de Lyla es una rareza, ya que no hay muchos sanadores en nuestro mundo. ¿Cómo es posible que se lleven tan bien?

—Solo deberíamos usar antorchas en los compartimentos de la cueva. Si las usamos en los pasadizos, alguien puede ver la luz desde fuera —recomiendo, mirando a Aidan, que se gira ligeramente hacia mí.

—Buen consejo —responde Lyla, entrecerrando los ojos con incredulidad, como si supiera que esas no son mis palabras. Aidan no dice nada.

No quiero que mi clan descubra mi trato con Shadow, no lo aprobarían. Y entonces me doy cuenta de algo: ¿cómo podré ver a Shadow y recibir su sangre si Ian va a estar conmigo toda la noche? ¡Maldita sea! Me había olvidado por completo de eso. Mi pánico debe de reflejarse en mi cara porque nuestro líder se me queda mirando como si supiera que estoy escondiéndole algo, así que aparto la mirada. Aidan comienza a dar órdenes a las parejas de exploración de territorio y me alejo del grupo. La playa está en silencio, con olas pequeñas llegando a la orilla. Encuentro a Ian sentado en una roca, jugando con una pequeña llama en una de sus manos. Me siento junto a él en silencio.

Después de nuestra discusión el día anterior, sé que está enojado conmigo. Él no deja de jugar con las pequeñas llamas que emiten sus manos, a pesar de mi llegada. Las observo, admirándolas. Son curvadas, con colores que van desde el amarillo al naranja y algunos tonos de azul. Siempre me ha maravillado el fuego; es atrayente, pero muy peligroso. Espero que ese sea el elemento que desarrolle cuando madure. En realidad, es una pena que no podamos elegir nuestro elemento. El proceso se ve muy influenciado por el vampiro que te convirtió, lo que significa que posiblemente seré controladora del agua, como Aidan.

—Bueno, todos saben lo que tienen que hacer. —La voz de nuestro líder es lo suficientemente fuerte como para que podamos escucharla—. Exploren un radio de cinco kilómetros y, si encuentran algún chupasangre, mátenlo —ordena.

Todos desaparecen en el bosque.

Dejo escapar un suspiro cansado. Tengo un mal presentimiento sobre esta noche. Ian entrechoca las manos para apagar las llamas. Se pone de pie y se dirige a los árboles. Lo sigo, trotando a su lado. Siempre nos desafiamos en carreras. Él apresura su paso y al cabo de unos segundos ya estamos corriendo a toda velocidad por el bosque silencioso.

—Eres una tortuga —dice, y me adelanta por un lado.

La velocidad es tan intensa que puedo sentir cómo mi ropa se me pega a la piel y el cabello vuela detrás de mí. Me encanta correr, es genial sentir el aire en la cara, me refresca. Hago un esfuerzo por alcanzarlo y lo logro. Paso corriendo junto a él y lo oigo gruñir.

—¡¿Quién es la tortuga ahora?!

Pero entonces un aroma me golpea y me detengo con brusquedad, lo que resulta ser una mala idea, y caigo hacia delante. Cuando estás corriendo a tanta velocidad, parar de golpe te puede hacer perder el equilibrio muy fácilmente. Me pongo de pie tan rápido como puedo. Ian se detiene justo detrás de mí, luchando por no caerse.

—¿Qué es? —pregunta, preocupado.

No puedo creer que no haya detectado el olor.

—Chupasangre —digo en un susurro.

Los chupasangres son vampiros convertidos que solo viven para matar, que han perdido su mente. No todos los humanos salen intactos del proceso de transformación, algunos se convierten en monstruos sin capacidad para razonar. Tenemos que matarlos si están en nuestro territorio porque son un peligro para el orden que hemos luchado tanto por mantener en el territorio sobrenatural. No tienen rastro de humanidad, para mí son más escalofriantes que los *cruentus*.

—No lo huelo —dice Ian, mientras escanea el lugar—. ¿Cómo puedes…? —Se interrumpe al darse cuenta de la razón por la que yo he podido detectar al chupasangre y él no—. Claro, todavía tienes la sangre del Purasangre en tus venas.

Sí, mis sentidos se han desarrollado gracias a la sangre de Shadow.

Siento el movimiento a mi derecha, y el chupasangre se revela. Es una niña vampiro, una recién convertida; sus colmillos están extendidos completamente. Tiene el cabello pegado a la cabeza, enredado y húmedo, y lleva una ropa rota y muy sucia. No deja de gruñir. Siento pena por ella. Ya he matado chupasangres antes, pero todos han estado tan lejos en sus transformaciones que no se veían humanos en absoluto. Esta niña sí; debía de ser adolescente cuando se convirtió.

—Es muy joven —digo, echándole un vistazo a Ian, aunque él no me mira.

—¿A qué estás esperando? Mátala. —Sus palabras están llenas de desprecio.

—No, hazlo tú. Pero hazlo rápido. —Doy un paso atrás. No quiero ser yo quien termine con ella. La niña nos gruñe de nuevo.

—¿No eres Morgan la Despiadada? Deberías poder acabar con esta chupasangre. —Se cruza de brazos.

Está usando mis propias palabras contra mí. Dejo escapar un largo suspiro y me pongo a su lado otra vez. La cara de la vampira se encoge de una manera extraña, sus ojos sedientos se enfocan en algún lugar junto a nosotros. Sigo su mirada, pero solo encuentro una oscuridad absoluta.

—¿A qué estás esperando? —repite Ian, alzando una ceja.

—Creo que está viendo algo.

Mis ojos vuelven a ella. De repente, la niña comienza a gritar y se me encoge el corazón. Son chillidos de agonía. Y se lleva las manos al pecho como si sintiera un dolor horrible. Quiero apartar la mirada porque esa pequeña no se merece algo así; su sufrimiento es culpa de quien rompió las leyes y la convirtió siendo tan joven. Se me nubla la mirada y tomo una respiración profunda para ahuyentar las lágrimas. Le brota sangre de la boca, la nariz y los ojos. Es una imagen perturbadora. Extiende la mano hacia mí, retorciéndose en la desesperación, y por un momento siento la necesidad de tomar su mano, de no dejarla enfrentarse sola a tanto dolor.

—¿Qué demonios…? —me pregunto en voz alta, acercándome.

La chupasangre deja escapar un largo alarido antes de que sus ojos se vuelvan blancos y caiga al suelo con un ruido sordo. No tengo que comprobarlo para saber que está muerta.

—¿Qué acaba de pasar?

—Sola hay una criatura en el mundo que puede hacer algo así… —dice Ian, mirando alrededor—. Un Purasangre —termina, poniéndose en una posición de defensa.

«¿Qué?». Pero no he sentido nada. Echo un vistazo y luego lo percibo.

Él…

Se materializa frente a nosotros, con su máscara y su uniforme oscuros.

Me relajo y dejo caer mis hombros, que estaban tensos.

—Shadow —lo saludo. Me siento aliviada. Temía que fuera Byron. Sus ojos están más rojos que negros esta noche—. ¿Tú has hecho eso? —pregunto, señalando a la chica en el suelo.

—¡Por supuesto que sí! —responde Ian, apretando los puños a los costados—. ¿Qué ocurre, Morgan? ¿Por qué no estás en una posición de defensa? ¡Estamos frente a un Purasangre!

—Es el hermano de Byron —aclaro, mirando a la chupasangre muerta.

Shadow permanece en silencio.

—¿Y eso explica tu actitud? —dice mi compañero. La vena de su cuello se está hinchando por la rabia.

—Puedes confiar en él, Ian, forma parte del Consejo Sobrenatural —le explico, pero no me escucha y empiezan a salir líneas de fuego de sus dedos. Los mueve con rapidez, formando una especie de red de llamas, y la lanza contra Shadow.

El Purasangre ni siquiera se mueve. Simplemente se queda mirando los ojos llenos de ira de Ian, quien de repente suelta un grito y se lleva las manos al pecho, como ha hecho antes la chupasangre, y cae de rodillas al suelo. La red de fuego se desploma con él antes de alcanzar su objetivo.

—¡Alto! ¡Shadow! ¡Para! —grito mientras veo una sádica sonrisa en sus labios. Una línea de sangre desciende desde la nariz de Ian—. ¡He dicho que pares!

Corro hacia él. No sé qué está haciendo, pero necesito que se detenga. Salto hacia él desde atrás y le cubro los ojos con una mano.

Mi pecho emite una fuerte vibración cuando mi piel entra en contacto con la suya.

«¿Qué es esto?».

Me alejo antes de poder analizarlo más y lo observo con cautela, por si vuelve a atacar a Ian, pero no lo hace. Mi amigo se pone de pie, limpiándose la sangre de la nariz.

—¿Por qué demonios has hecho eso? —le pregunto a Shadow, llena de rabia.

—Él me ha atacado —se limita a decir—. En nuestro trato no hay condiciones sobre no matar a tus amigos. —Le dedica una sonrisa siniestra a Ian, que le gruñe con desprecio.

—Luchemos de forma justa, sin usar tus poderes mentales —le reta mi amigo.

Shadow ladea la cabeza como si estuviera considerando la propuesta.

—¡No te atrevas siquiera a considerar hacerle daño a mi clan! —le grito.

—¿Eso es una amenaza? —Shadow coloca las manos detrás de la espalda—. Porque no estás en posición de amenazarme. —Tiene toda la razón, pero no me importa. Camina hasta que está frente a mí—. Limítate a cumplir con tu parte —dice, y me ofrece su muñeca.

—¿Qué diablos estás haciendo, Morgan? —me grita Ian.

Corre hacia nosotros, pero de pronto veo que se queda con los ojos en blanco y cae inconsciente al suelo.

—¡Ian! —Intento ir hacia él, pero Shadow me agarra del brazo—. ¿Qué has hecho?

—Está bien, solo está inconsciente. No te dejaría beber mi sangre si estuviera despierto.

Tiene razón otra vez.

Shadow pone la mano frente a mí y se corta la muñeca con un cuchillo. Su sangre sale de ella rápidamente, el olor es tan tentador… Me lamo los labios; mi mirada viaja de su muñeca a su rostro cubierto. Ojalá pudiera verlo sin esa máscara. Sostengo la parte posterior de la muñeca, exponiendo el corte. Siento sus ojos sobre mí, pero los ignoro. Mi boca toca su piel y luego todo desaparece a mi alrededor. Bebo su sangre a grandes tragos, sabe deliciosa.

Para los vampiros, no hay nada más satisfactorio que la sangre, en especial una tan poderosa como esta. Sus crueles recuerdos me atacan, veo fragmentos de los asesinatos que ha cometido. Su sangre está a otro nivel, es pura vitalidad y energía antigua. Mi cuerpo se carga con su poder. Levanto la mirada, atrapando un destello de lujuria en sus ojos rojos. Es casi imposible que alguien se alimente de ti sin que sientas placer; sin embargo, él puede controlarlo. Dejo de beber y le suelto la mano antes de limpiarme los restos de sangre de mis labios con la lengua. Shadow clava sus ojos en mí, sin perderse un solo gesto. Me aclaro la garganta.

—Espero que no hablaras en serio cuando has dicho que estás dispuesto a hacer daño a mi clan —digo, dando un paso atrás. Necesito que haya algo de distancia entre nosotros. Mi cuerpo todavía palpita. Noto cómo su sangre está llenándome por completo.

—Tengo mejores cosas que hacer. —Se encoge de hombros—. No tengo tiempo para matar vampiros convertidos.

—¿Por qué hiciste eso? —Señalo a la chica en el suelo.

—Estaba tratando de ayudarte. —Yo arqueo una ceja—. Haciendo el trabajo sucio por ti.

—Podrías haber hecho que fuera menos doloroso. —Él no responde. Ian gime. Se está despertando detrás de nosotros. Lo miro por encima del hombro y luego me vuelvo de nuevo hacia Shadow—. Deberías irte… —Pero ha desaparecido antes de que pueda terminar la frase.

Ayudo a mi compañero a ponerse de pie.

—¿Estás bien? —Intento tocarle la cara, pero él me aparta la mano.

—No me toques cuando tienes su sangre corriendo por tus venas —dice con desprecio.

Suspiro.

—¿Cómo puedes beber su sangre? —espeta, enojado—. ¡Es un Purasangre! ¡Nuestro enemigo! ¡Estás loca, Morgan! —me grita—. ¡Su hermano te ha atacado dos veces! ¿Te has olvidado de eso?

—Ian…

—¡Deberías haber visto la forma en la que te encontré! Toda cubierta de sangre, susurrando «Detente, por favor». ¿Tienes alguna idea de cómo me sentí? —Sus palabras me duelen. No he querido pensar en lo que Byron me hizo; es demasiado doloroso. No sé qué decir—. No dejaré que hagas esto. No te dejaré beber su sangre otra vez; te encadenaré, si es preciso. No volverás a ver a ese Purasangre, Morgan —me asegura antes de regresar corriendo al nuevo refugio.

Lo sigo en silencio. No quiero seguir discutiendo con él. Además, entiendo su rabia. Cuando llegamos a la entrada de la cueva, le murmuro:

—No se lo digas, por favor. —No necesito decir su nombre; sabe que hablo de Aidan.

—Lo notará de todos modos. —Ian se mete en la cueva.

Tomo una bocanada de aire. No quiero enfrentarme a mi líder, así que camino hacia la playa. El sonido de las olas es muy relajante. Respiro el aire fresco de la noche. El cielo está despejado y tan hermoso… He aprendido a amar la oscuridad.

Su voz no me sorprende.

—Morgan.

—Aidan —saludo, y me doy la vuelta hacia él. Después de todo lo que ha sucedido entre nosotros, no quiero seguir llamándolo señor.

—No puedes volver a verlo.

Aunque sé a quién se refiere, pregunto:

—¿A quién?

—Al Purasangre que te está alimentando. —Habla con la seriedad y la frialdad de siempre, pero noto un rastro de rabia en su voz.

—Decidiste mantenerme en el clan, aunque te dije que quería irme. Por lo tanto, beberé su sangre siempre que quiera.

Él agarra mi brazo con fuerza. Sus ojos azules se tornan más oscuros, peligrosos.

—No volverás a beber su sangre —gruñe en mi cara. Es la segunda vez que veo alguna emoción en el rostro de Aidan.

—Suéltame. —Trato de liberarme de su agarre, pero él coge un puñado de mi cabello con la otra mano—. ¿Qué estás haciendo? —Gimo un poco a causa del dolor repentino. Mi cuello está expuesto a él, a su cálido aliento. Su lengua lame mi piel lentamente; sus colmillos acarician mis venas.

Se separa un poco para susurrar en mi oído.

—No juegues conmigo, Morgan. Puedo hacer que me obedezcas de formas que no puedes imaginar.

Me suelta, pero sus ojos siguen clavados en los míos.

Hay una amenazante promesa oculta en su mirada.

VI

Todavía estoy asimilando lo que acaba de pasar con Aidan, aún puedo sentir su lengua lamiendo mi piel, su cálido aliento. Él no dice nada, solo se limita a mirarme con sus grandes ojos azules. El aire fresco acaricia suavemente su cabello. Estoy tratando de encontrar algo que decir, pero mi mente está en blanco.

—Vamos adentro. Está a punto de amanecer.

Asiento y lo sigo.

Dentro de mi compartimento, me acuesto y me quedo observando el techo rocoso. ¡Qué noche! Pongo las manos sobre el estómago y siento un dolor punzante al pasar los dedos por la superficie de una herida que está cicatrizando. Me había olvidado de la B que Byron me había dejado en la piel. Ese bastardo me ha marcado como si fuera un animal de su propiedad.

Por primera vez en días, me permito pensar en esa noche. Noto un nudo en el pecho al recordar el daño que me hizo. Byron me mordió tantas veces… No puedo evitar hacer una mueca de asco, y bloqueo el recuerdo para que no me duela. Pero ¿cómo puedo olvidarlo teniendo su inicial en el cuerpo? Tiene que haber una forma de eliminarla, pero debió de untarse las garras en su sangre para tallar sobre mi piel, porque la herida no está sanando.

Inspiro y espiro lentamente y me instalo de nuevo en el presente. Alguien se acerca; puedo percibir los latidos de un corazón y una respiración acelerada. Es Travis.

—Morgan —saluda, aunque sé que no puede verme bien en la oscuridad.

Tiene una vela en la mano.

—No has bebido mi sangre estos días. Debes tener sed —dice al tiempo que se quita la camiseta.

—Está bien, Travis, no la necesito —contesto, volviendo a acostarme en la cama. Aun así, se queda allí en silencio, con la luz de la vela iluminando su joven rostro.

—¿Tienes otro alimentador? —No se molesta en ocultar la tristeza en su voz.

«Los humanos y sus emociones…».

—Más o menos.

—¿Por qué? ¿Es porque tengo problemas para controlar mi lujuria? —pregunta, bastante desesperado. Dejo escapar un largo suspiro. Travis e Ian son tan complicados. Antes de que pueda responder, él continúa—: Ya sabes que te deseo, pero prometo que intentaré controlarme. No me cambies, quiero estar contigo, aunque sea para darte mi sangre.

«Humanos… Humanos…».

—He encontrado una sangre más poderosa.

—Oh…, entiendo. —Baja la mirada hacia la vela y, cuando levanta la vista, sus ojos están llenos de resentimiento—. Supongo que no soy lo suficientemente bueno para ti. No soy Aidan.

Me pongo de pie al instante.

—¿Qué quieres decir? —presiono, caminando hacia él.

—He visto la forma en que lo miras, pero él ni siquiera se molesta en notar tu presencia —dice con amargura.

No caeré en su juego. Sé que está molesto porque lo he cambiado por otro alimentador, así que no dejo que sus palabras me afecten.

—No tengo sentimientos, Travis. Ni hacia ti, ni hacia Ian, ni mucho menos hacia Aidan. —Hablo en serio; me siento atraída por mi líder, pero eso es todo.

Sale del compartimento sollozando, y no deja de llorar mientras se aleja.

«¡Qué humano tan patético! —pienso—. Espera… ¿Por qué estoy siendo tan mala?».

Suelo ser introvertida y de pocas palabras, pero jamás cruel. ¿Por qué siento esta repentina molestia hacia los humanos? Tal vez es la sangre de Shadow lo que me está volviendo una desalmada. Quizá él desprecia a los humanos. Cuando cierro los ojos, uno de los pocos recuerdos que tengo de mi infancia viene a mí. No sé por qué no puedo recordar nada específico o completo de mis dieciocho años de humanidad.

Está muy oscuro, no puedo ver bien; entonces, escucho la voz de mi madre.

—Siempre recuerda quién eres, Morgan. —Su tono tan suave—. No todo lo oscuro es maldad, no todo lo que brilla es bondad. —Y luego el silencio domina la oscuridad.

«¿Madre?», llamo mentalmente, mirando a mi alrededor, pero nadie responde.

Me pregunto por qué dijo eso, por qué no puedo recordar más.

La noche siguiente me despierto sintiéndome extraña. La sangre de Shadow está teniendo un efecto en mí; puedo sentirlo. Gruño mientras me incorporo. Siento el cuerpo pesado y las extremidades como electrificadas; es como si me estuviera amoldando al poder de la sangre del poderoso Purasangre. No le presto atención a Aidan, quien está a unos pasos de mí. ¿Se ha aficionado a entrar en mi compartimento?

—Morgan.

Estiro los brazos.

—¿Eh?

Sus ojos brillan en la oscuridad.

—Como tu creador, te ordeno no salir de esta cueva.

«¡Mierda!».

—¡No, eso no es justo! —exclamo, levantándome.

—Eres terca. No tengo otra opción. —Se da la vuelta para irse. Por instinto, me materializo frente a él, bloqueando su camino ¿Desde cuándo puedo hacer eso? Bueno, ya lo averiguaré más tarde.

—¡No tienes derecho a impedirme salir! —le grito.

Sus ojos vacíos se clavan en los míos.

—No volverás a beber su sangre, Morgan —habla como si esa fuera la última palabra en esta situación.

—No es asunto tuyo.

Aprieto los puños a los lados de mi cuerpo. Si quiero beber la sangre de Shadow, ¡lo haré! Aidan no puede impedírmelo. En un abrir y cerrar de ojos, se mueve a la velocidad de un rayo y se coloca detrás de mí.

—No te acercarás a él de nuevo —me susurra al oído.

Lo siguiente que siento es un golpe cortante en el cuello y todo se vuelve negro.

Me cuesta abrir los ojos.

Los abro despacio. Un dolor punzante palpita en mi cuello mientras me froto la cara tratando de recordar.

¡Aidan me golpeó!

Es un poco más de medianoche. Cuando eres un vampiro, puedes sentir qué hora es aproximadamente; así es como logramos percibir cuando el amanecer está cerca. Me siento y me masajeo mi cuello dolorido.

¿Cómo se ha atrevido?

Morgan, sal ya, susurra Shadow en mi cabeza.

No puedo responderle, solo puedo recibir sus mensajes. Es increíblemente frustrante.

No tengo toda la noche, Morgan.

Salgo de mi compartimento y sigo el pasillo hasta la entrada, pero, como esperaba, no puedo cruzar la abertura de la cueva. Aidan me lo ha prohibido, y mi cuerpo le obedece.

¿Qué estás haciendo? La paciencia de Shadow se está acabando.

Veo a Travis entrar y se me ocurre algo.

—Travis.

Parece sorprendido de que quiera hablar con él después de nuestra última conversación.

—¿Sí?

—Necesito que me hagas un favor —le digo acercándome a él. Acaricio sus mejillas suavemente. Sus ojos se abren con sorpresa y luego se sonroja. No estoy orgullosa de lo que estoy haciendo, pero es mi única oportunidad.

—¿Qué… qui-quieres? —tartamudea.

—Hay alguien fuera buscándome. Necesito que vayas y le digas que no puedo salir.

—¿Dónde está? ¿Quién es?

—Debe de estar cerca del bosque. Viste de negro y lleva puesta una máscara. Ve, por favor; hazlo por mí —le susurro al oído, frotando la nariz contra su oreja.

Se apresura a salir de la cueva. Bueno, no ha sido tan difícil.

«Espera… ¿Por qué este anhelo tan intenso por la sangre de Shadow? Parezco desesperada…». Beber su sangre me está afectando de alguna forma; es como si cuanta más bebiera, más la necesitara. He de ser cuidadosa. Quizá debería preguntarle a Shadow si tiene que ver con que me esté alimentando de él.

Algunos minutos después, Travis ya está de vuelta.

—¿Cómo ha ido?

—Simplemente asintió y desapareció —responde.

—Gracias, Travis.

Me alejo de él. ¿Shadow se fue sin más? No puedo entenderlo.

Regreso a mi compartimento; estoy enojada y sedienta. Necesito alimentarme de Shadow, necesito su sangre fría, sádica y poderosa. Parezco una adicta.

Cuando entro a mi compartimento, me sorprende notar su presencia poderosa en la esquina. Shadow está sentado en la oscuridad, sobre la larga roca que es mi lugar de descanso, como si fuera suya. Va todo de negro, como de costumbre, pero lleva una máscara diferente. Esta solo me permite ver sus ojos. Sus labios están cubiertos.

—Has venido —digo, tratando de disimular lo mucho que me alegra verlo. Parezco una jodida adicta.

—Así que estás castigada —se burla—. Siempre he pensado que los vampiros convertidos sois muy similares a los humanos, incluso mantenéis muchas emociones banales intactas. ¡Qué patético! —Hace una pausa—. Bueno, supongo que es de esperar, fuisteis humanos, después de todo. —Su voz está llena de lástima.

Así que tenía razón: a Shadow no le gustan demasiado los humanos.

—Estoy orgullosa de haber sido humana. —Levanto la barbilla—. No me gustaría haber nacido con un corazón cruel como los Purasangres.

Nos miramos el uno al otro, el rojo de sus ojos destaca en la oscuridad. Shadow se pone de pie. Su altura hace que mi compartimento parezca más pequeño aún. Todavía me estoy acostumbrando al peso del poder que emana; es como si su sola presencia lo modificara todo a su alrededor, listo para doblegar, para matar en cualquier momento y con una facilidad aterradora. Da dos pasos hacia mí y se sube una manga de su uniforme para ofrecerme su pálida muñeca. Frunzo el cejo al ver que no se la ha cortado; es la primera vez que tendré que morderlo para llegar a su sangre. Dudo un segundo.

—¿No tienes un par de colmillos afilados? —me pregunta, aburrido.

Me lamo los labios porque deseo su esencia más que nada, pero esta necesidad de alimentarme de él me asusta, me hace reconsiderar nuestro trato.

—¿Por qué estás haciendo esto? —Si mi pregunta lo toma desprevenido, no lo demuestra—. No termino de entenderlo. No tiene sentido.

Shadow baja el brazo.

—Porque quiero ayudarte.

—Pero ¿por qué quieres ayudarme? No me conoces.

Aparta la mirada.

—No me conoces… —repito—. ¿O sí? ¿Y por qué siento esta necesidad tan imperiosa de beber tu sangre?

Vuelve a mirarme, la dureza en sus ojos es clara cuando habla:

—Es natural que tu cuerpo anhele una sangre tan poderosa como la mía después de probarla. —Abro la boca para protestar, pero él continúa—. No te estoy obligando a nada, recuerda. Si no quieres mi sangre, dilo y me iré. Es muy fácil para mí conseguir otro vampiro que desee adelantar su proceso, no eres indispensable.

—¿Te da igual quién sea?

Asiente.

—Los miembros del Consejo Sobrenatural debemos proporcionar voluntariamente algún tipo de ayuda a las criaturas de nuestro territorio. Y yo decidí ayudar apresurando los procesos de vampiros convertidos para que puedan defenderse mejor de los Puransangres. Estoy seguro de que otros vampiros serán más agradecidos que tú. —Sin duda está molesto—. Así que no pienso perder mi tiempo con tus dudas, Morgan.

Se da la vuelta.

—Espera.

No se gira del todo y me mira por encima del hombro.

—Beberé tu sangre.

Camina hacia mí y me ofrece su muñeca.

Esto es mucho más íntimo. Sostengo su mano y mi pecho palpita de nuevo cuando lo toco. ¿Por qué siempre me ocurre eso? Extiendo mis colmillos y lamo su piel antes de enterrar los dientes en ella. La sangre entra en mi boca rápidamente.

Fría…

Poderosa…

Dejo escapar un pequeño suspiro. Echaba de menos su sabor, tengo que admitirlo. Levanto la mirada para observar a Shadow. Tiene los ojos cerrados; no muestra ninguna emoción. En ese momento solo se transfieren a mi mente recuerdos cortos, sin importancia. Más matanzas, más combates.

Ver sus peleas es adictivo: lo rápido que se mueve, lo ágil que es, la facilidad con la que controla los cuatro elementos. Sin duda alguna, es el Purasangre más antiguo del mundo.

De repente, me detengo y doy un paso atrás. Me gotea sangre del mentón. Mis hombros se mueven al ritmo de mi pesada respiración. Me limpio la boca con el dorso de la mano. Todo mi cuerpo está palpitando. Shadow baja la manga de su uniforme sin dejar de mirarme a los ojos.

Necesito todo mi autocontrol para no saltar sobre él. Su mirada es tan intensa que, cuando da un paso hacia mí, retrocedo nerviosa. Algo nos está uniendo; es como un hilo invisible cargado de electricidad. ¿Qué demonios está pasando? Solo es lujuria por la sangre que acabo de recibir; nada más. Él da otro paso y extiende su mano hacia mí, pero cuando sus dedos están a punto de tocar mi rostro, le digo:

—Deberías irte.

Su mano se congela en el aire, me mira largamente y luego desaparece.

No tengo tiempo para pensar, porque en ese instante Aidan aparece frente a mí. Sostiene mi barbilla bruscamente y olfatea el aire.

—¡Oh, Morgan! —exclama, enojado—. ¡No deberías haberlo hecho! —Aprieta su agarre en mi mentón.

—¡Me haces daño! —gimoteo, tratando de liberarme.

—¿Quieres que te ordene que no bebas su sangre?

—¡No puedes hacerlo! ¡Es mi decisión! —le grito—. ¡Déjame ir!

Lo empujo y, sorprendentemente, tengo la fuerza suficiente para liberarme. La sangre de Shadow me está fortaleciendo. Si mi fuerza ha sorprendido a Aidan, no lo demuestra.

—¿Por qué estás haciendo esta estupidez, Morgan? ¿Quieres crear un vínculo con él?

—Claro que no. —Dudo si debería explicarle por qué bebo la sangre de Shadow, y la frustración que tensa cada músculo de su cara me motiva a hacerlo—. Su sangre... me está ayudando, Aidan. Está acelerando mi proceso de madurez.

Él bufa.

—¿Eso fue lo que te dijo?

—Es lo que está pasando, así lo siento. Cada vez me siento más fuerte.

—No es natural, Morgan. Eres una ingenua por confiar en un Purasangre. No vuelvas a beber su sangre.

Su tono es definitivo, como si estuviera seguro de que él puede impedirme que siga alimentándome de Shadow. Aprieto mis puños a mis costados.

—¿Por qué no? ¡Dame una razón! ¿Por qué tengo que hacerte caso? ¿Por qué no puedo acelerar mi proceso de madurez? —Abre la boca para decir algo, pero vuelve a cerrarla. Aprieto la mandíbula, furiosa—. ¡Respóndeme! ¡Ni siquiera te importo! —No sé por qué discuto así con él; he dejado de respetarlo como líder.

—Eres tan ingenua, Morgan.

—Bueno, tengo derecho a tomar mis propias decisiones. Tengo derecho a cometer errores. No eres mi padre para decidir por mí.

Un minuto de silencio. Aidan se acerca a mí y me agarra de los hombros.

—No te matarán, no lo permitiré. Deja de actuar como una niña caprichosa.

—¡Para! ¡Me estás haciendo daño! —grito, con una mueca de dolor.

Lucho contra su agarre, pero sus dedos se clavan aún más en mi piel. Probablemente, me los dejará marcados. Pero, en lugar de soltarme, se acerca aún más a mí y siento su cálido aliento en el cuello.

—¿Qué quieres? —pregunto desconcertada. Me lame la piel muy despacio. No quiero que me muerda de nuevo—. ¡No! ¡Suéltame! —le ordeno, tratando de alejarme de él, pero todo es en vano. Aidan es más fuerte que yo y está enojado.

—Suéltala.

Esa voz…

Aidan me suelta para girarse y enfrentarse a quien acaba de ordenarle que me suelte.

La amargura es clara en su voz.

—Tú.

VII

SHADOW

—Ha pasado mucho tiempo, Aidan —digo, observándolo.

Parece muy enojado, como si hubiera perdido totalmente el control de sí mismo; lo veo en sus ojos. No me importa qué es lo que ha despertado su ira de esa forma, pero no puedo dejar que la descargue sobre Morgan. Ella es una herramienta, algo que debemos cuidar, no lastimar.

—Shadow —responde con los dientes apretados, como si despreciara mi nombre.

Morgan da un paso adelante y se coloca en medio, justo entre nosotros dos.

—¿Se conocen? —Sin duda está confusa.

No respondemos. Aidan me está mirando furioso, pero yo sonrío bajo mi máscara. Cuando él adopta una ligera posición defensiva, ella se queda paralizada por el miedo.

—¿Qué estás haciendo? —le pregunta, frunciendo el ceño.

—Han pasado ochenta y cinco años, Shadow —me dice Aidan, ignorando a Morgan—. Sabía que era tu sangre la que corría por sus venas.

—¿Celoso? —bromeo. De hecho, me divierte molestarlo.

—¿Pueden explicarme qué está pasando? ¿Cómo es que se conocen? ¿Ochenta y cinco años? Yo soy vampira desde hace ochenta y cinco años… ¿Es una coincidencia? —pregunta la convertida, perturbada.

No, no es una coincidencia en absoluto. Pero Aidan y yo mantenemos la boca cerrada.

—¡Respóndanme! —nos ordena, moviendo la cabeza a un lado y a otro para mirarnos.

—Arreglemos esto —dice Aidan, y se desvanece.

Sé que ha salido.

Parece que esto se pone interesante. Sonrío con malicia.

—¡Shadow! ¡Espera! —me grita Morgan antes de desaparecer para seguir a Aidan.

No puede salir de la cueva. Aidan, su líder, se lo ha prohibido y él es su creador…, o eso es lo que ella piensa. El caso es que aún no es lo suficientemente fuerte como para desobedecerlo.

Ha pasado mucho tiempo desde que tuve una buena pelea. Me materializo justo a unos pasos de Aidan. Estamos en la playa, y el viento y las olas azotan la costa sin cesar.

—¿Qué quieres, Shadow? —me pregunta, como si no supiera la respuesta.

Podría terminar con él, pero hay algo que quiero saber, así que opto por usar los elementos para provocarlo. Inclino la cabeza hacia un lado y levanto las manos antes de frotármelas.

—*Ignis*.[1] —Cuando las separo, hay una pequeña llama entre ellas—. ¿Qué es lo que quiero? —Despacio, sigo separando las manos, sosteniendo la bola de fuego en la izquierda—. *Aer*[2] —indico, concentrando viento en mi mano derecha—. ¡Lo sabes muy bien! —exclamo, enviando las llamas combinadas con el viento hacia él.

Aidan se mueve rápido, apenas esquivando el ataque.

—Casi me das.

—Eres rápido, pero eso no es suficiente. *Aqua!*[3] —Le arrojo una ola de agua.

---

1 Fuego.
2 Aire.
3 Agua.

Todo el terreno se moja en cuestión de segundos y queda rodeado de barro. Aidan me mira de manera retadora. Sonrío bajo mi máscara, levanto la mano y la aprieto en el aire. Ya puedo manipular el barro. Observo cómo comienza a tragarse a Aidan, cómo lo va succionando.

—Muy inteligente —dice mientras trata de liberarse.

Con un gesto de la mano, hago que el barro sea más grueso y que se endurezca. Es imposible que pueda escapar fácilmente. Pero el muy bastardo usa llamas para secar el suelo de nuevo y liberarse.

—No me subestimes, Shadow.

La rabia fluye libremente por mis venas. Lo que acaba de hacer Aidan confirma lo que pensaba: que, además del elemento agua, controla el fuego, y eso no es natural, los vampiros convertidos solo controlan un elemento.

A menos que…

—Dos elementos, ¿eh? —comento, y él parece darse cuenta de que lo he descubierto, pero no parece importarle.

Ahora está de pie en la cima de una roca. Miro sus manos; una de ellas desprende una luz roja y la otra una luz azul.

Ignis y *Aqua*. Interesante.

Corro hacia Aidan, desapareciendo en el aire y reapareciendo frente a él. Soy lo bastante rápido como para sorprenderlo y darle un puñetazo en la cara que lo lanza por los aires hasta que se golpea contra una roca. Pero se pone de pie al instante.

«Esto será realmente interesante».

VIII

MORGAN

Escucho un tremendo estrépito proveniente del exterior. Aidan y Shadow se están peleando, puedo sentir todo el poder abrumador que emanan, aunque no estoy fuera. Necesito salir, pero no puedo; he intentado en vano cruzar la línea de la boca de la cueva.

—¡Mierda! ¡Mierda! —grito una y otra vez. Entonces alguien entra en la cueva—. ¡Ian! ¿Qué demonios está pasando?

—Nuestro líder y ese retorcido Purasangre están peleando. Aidan nos ha ordenado que nos mantengamos al margen —contesta, molesto. Sé que se muere por luchar contra Shadow.

¿No se pregunta por qué Aidan está peleando con él? ¿Es que todos se han vuelto locos? Quiero decir, sí, los vampiros convertidos están siempre enfrentándose a los Purasangres, pero no sin una razón.

Necesito salir para ver qué demonios está pasando. Un gran estrépito llega a mis oídos y luego el aroma de la sangre.

La sangre de Aidan…

Está herido.

La ira corre por mis venas. Odio no poder detenerlos. Mi pecho sube y baja con desesperación, con impotencia.

Maldigo una y otra vez.

De repente, noto una sensación extraña; algo no va bien. Noto una sensación helada extenderse por mi torso y por mis extremidades a un ritmo tan rápido que comienza a ser doloroso. Mis colmillos se extienden sin que yo haya querido hacerlo.

«¿Qué está pasando?». Bajo la mirada a mis manos. ¿Están brillando? Mi vista se vuelve borrosa, los colores se distorsionan ante mis ojos. Todo es negro y rojo.

—¿Qué me sucede? —me pregunto sin saber qué hacer.

Ian me mira.

—¿Morgan? ¿Estás bien? —pregunta, preocupado, caminando hacia mí.

Levanto la mano, temblando. Algo de un gran poder abandona mi cuerpo y empuja a Ian con tanta fuerza que se estrella contra las rocas. «Pero ¿qué…? ¿Está bien?». Me siento aliviada cuando veo que se levanta, sacudiéndose el polvo. Me duele todo el cuerpo.

—Ian… —murmuro—, es horrible… —Me sostengo la cabeza palpitante, tratando de calmar el dolor que siento.

—¿Morgan? —dice, perplejo—. Estás… brillando.

Comienzo a temblar como si tuviera mucha fiebre. Bajo la vista hacia mis manos temblorosas y luego vuelvo a mirarlo a él. Ninguno de los dos sabe qué está ocurriendo. Cierro los ojos y comienzo a respirar pesadamente.

—Yo… Yo… —intento hablar, pero no puedo formar una oración.

Morgan…, la profunda voz de Shadow suena dentro de mi cabeza, y me duele tanto que suelto un chillido.

Abro los ojos para ver a Ian dirigiéndose hacia mí con cautela.

—¿Qué diablos? Tus ojos… —No termina la oración.

Trato de alcanzarlo, pero, inconscientemente, me desmaterializo.

IX

SHADOW

Me arrodillo frente a Aidan, que tose sangre en el suelo. Estoy listo para clavar mi espada en su pecho. Sé que tengo prohibido matarlo por ser parte del Consejo Sobrenatural, pero sí puedo causarle el suficiente dolor; me sentiré satisfecho con ello.

«Se acabó el juego», pienso mientras levanto el arma, pero me detengo al percibir un brote de energía proveniente de la cueva. Me pongo de pie al instante y Aidan aprovecha para incorporarse y alejarse un poco de mí. Tiene la cara y los brazos cubiertos de sangre; ha sido un buen rival. La sensación desaparece y corro hacia él, listo para golpearlo un poco más; de pronto, algo me detiene. Siento arder mi pecho y una mano fría sobre mi cuello, apretándolo con fuerza. La sorpresa se apodera de mí cuando veo que se trata de ella...

Morgan.

Sus ojos son ahora mitad rojos, mitad negros. Tiene los labios secos y de su rostro ha desaparecido cualquier rastro de humanidad. Me está levantando en el aire sin ninguna dificultad agarrándome del cuello con sola una mano. Su sangre huele mejor que cualquier otra que haya probado en mi larga vida. El poder bruto que corre por sus venas es impresionante. Me libero desmaterializándome y apareciendo a unos pocos metros de ella. No puedo creer que haya salido de la cueva. Ha desobedecido a Aidan; eso es una buena señal.

—Morgan. —La miro; literalmente, brilla en la oscuridad.

Inclina la cabeza hacia un lado y sus labios se mueven como si tratara de decir algo. Noto que su cuerpo empieza a perder energía y sus ojos se vuelven completamente negros antes de que los cierre y pierda el conocimiento. Me apresuro a cogerla antes de que caiga al suelo. Paso un brazo debajo de sus rodillas y otro bajo su espalda para levantarla. En mis brazos, parece tan inocente. Y pensar que esconde un secreto de tal magnitud… Dos sangrientas lágrimas secas adornan sus mejillas.

Aidan llega a nuestro lado, sus heridas ya están sanando, la rabia aún inunda su expresión. Quería darle una lección por alimentarse de Morgan cuando sabe que está prohibido, pero eso tendrá que esperar.

—Esto es tu culpa —sisea, tratando de tomarla de mis brazos, pero yo se lo impido agarrándola con fuerza.

—Solo está inconsciente. Se pondrá bien.

No dice nada. Las palabras son innecesarias entre nosotros dos.

En silencio, caminamos de regreso a la cueva. Acuesto a Morgan en su cama y ella se retuerce haciendo una mueca de dolor. Puedo sentir el calor que desprende su cuerpo, no es algo normal en los vampiros convertidos, son fríos por naturaleza. Pero ¿quién ha dicho que Morgan es una vampira normal? Aún respira con dificultad.

—Espero que estés contento —dice Aidan detrás de mí. No respondo—. Ella está así por tu culpa.

Sonrío. Sé que tiene razón.

—No te engañes, Aidan. No puedes mentirle siempre. —Es la verdad, Morgan descubrirá su identidad real tarde o temprano.

Él se detiene junto a mí.

—Tu sangre es la responsable de que ella esté así. —Hace un gesto hacia Morgan—. ¿Por qué lo haces, Shadow?

—Porque lo sabrá de todos modos, pronto cumplirá cien años.

—Tiene ochenta y cinco. Podría vivir felizmente otros quince ignorando la verdad. —Se sienta al lado de Morgan y se queda mirándola—. ¿Por qué insistes en quitarle esos años?

—Porque no puedo esperar más —respondo con sinceridad. Me mira con sorpresa. Me aclaro la garganta—. Ya viste lo que pasó con Byron. No será el último que venga a por ella, y lo sabes. Tiene que ser capaz de protegerse.

—¿Desde cuándo te preocupas por Morgan? —me pregunta poniéndose de pie.

—Solo hago lo que se me ha ordenado que haga; eso es todo.

Me dedica una mirada burlona.

—No te creo.

—No necesito que me creas.

Nos miramos durante unos segundos y, de repente, la voz de Morgan rompe el silencio.

—Shadow… —murmura con los ojos cerrados—. Shadow… —Hace una mueca. ¿Está soñando o está recordando algo? No esperaba que reaccionara a mi sangre tan rápido. Verla estremecerse mientras me llama no es algo para lo que estaba preparado así que salgo del compartimento, y Aidan me sigue.

—No le harás daño. No te lo permitiré —me amenaza muy serio.

Ni siquiera lo miro. ¿Cómo puede pensar que puedo hacerle daño?

—Ella no es tuya, Aidan. No te pongas sentimental, porque Morgan será la más afectada si lo haces —le digo, desapareciendo.

X

MORGAN

—Shadow... —digo con voz débil y rota.

Estoy en un campo rodeado de árboles grandes y rosas blancas. El aire frío me besa la piel y siento escalofríos. Shadow se encuentra a unos metros de mí, pero solo puedo ver su espalda. Aun así, sé que lleva puesta la máscara. Quiero ver su cara. Cuando comienzo a acercarme a él, se gira ligeramente y veo la sangre rodando por un lado de su pálida cara. Me detengo al instante. Siento algo pesado en las manos; al mirarlas, veo que estoy sosteniendo una espada con el filo carmesí. La tiro y me percato de que mis dedos gotean sangre.

—Shadow... —Me detengo, temblando. Todo se vuelve rojo: rosas, árboles, incluso el cielo.

—Tranquila, Morgan —dice, cayendo de rodillas.

—¡Shadow! —grito tan alto como me permiten mis pulmones.

Abro los ojos. Todo ha sido un sueño, o quizá un recuerdo, porque nosotros, los vampiros, no podemos soñar...

«Pero ¿qué clase de recuerdo era ese...?».

Reviso mi compartimento. Está vacío.

Ya ha anochecido. He descansado todo el día. ¿Qué ha pasado? No recuerdo bien la noche anterior. Shadow estuvo aquí, pero ¿qué sucedió después? Me duele la cabeza cuando trato de recordar. Tal vez me desmayé, ¿o quizá Aidan me golpeó como lo hizo la noche anterior?

Me levanto, sintiéndome débil, muy débil. Me froto los ojos y noto lágrimas secas en mis mejillas. ¿Qué demonios ha pasado? No me gusta llorar, solo he llorado dos veces en toda mi existencia. ¿Qué ha sucedido que me ha hecho llorar?

Cuando salgo de mi compartimento, me siento aún más débil, y confundida. Me duele la cabeza; no puedo ordenar mis pensamientos. ¿Qué me está pasando?

Camino hacia el compartimento de Aidan y, cuando entro, lo encuentro sentado, como si me estuviese esperando.

—Aidan…, ¿qué me pasó anoche?

No dice nada y aparta la mirada.

—¿Qué está sucediendo?

—No puedo decírtelo. —Se pone de pie—. Tienes que descubrirlo tú sola.

—¡¿Qué?! ¿Por qué no puedes decírmelo? ¿Qué pasó ayer por la noche?

Lo último que recuerdo es que podía oír a Aidan y a Shadow luchando.

Me late dolorosamente la cabeza. Mi líder no dice nada.

—¡Explícame qué está pasando! —le exijo, caminando hacia él.

—Lo descubrirás pronto, Morgan —dice con tristeza.

—¿Qué voy a descubrir? ¿Por qué no puedo recordar nada de lo que pasó anoche? ¿Por qué no puedes explicármelo? —El dolor de cabeza empeora y me estremezco.

Aidan viene hacia mí. Me sostengo la cabeza con las manos.

—¿Estás bien? —pregunta preocupado. Trata de agarrarme del brazo, pero retrocedo antes de que pueda hacerlo.

—¡Por supuesto que no estoy bien! ¡No lo entiendo! ¡Me duele la cabeza cuando trato de pensar en lo que ocurrió ayer! —digo con amargura, mirando hacia otro lado—. ¿Qué me está pasando? —Siento una presencia detrás de mí. No necesito darme la vuelta para saber que es Shadow. Me giro. Ha regresado. ¿Por qué?

—Sí, Aidan. ¿Por qué no se lo explicas? —La voz del Purasangre tiene cierto aire de diversión. Tiene los ojos clavados en mi líder.

—¿Ustedes dos se conocen? —pregunto.

—Es una larga historia. —Shadow me mira de arriba abajo, como si estuviera comprobando algo.

—Tengo toda la noche —digo muy seria. Necesito respuestas y él parece más dispuesto a dármelas que Aidan. El Purasangre mira maliciosamente a mi líder.

—No puedes decírselo —le amenaza Aidan.

—¿Por qué no puede? —No soporto que me estén ocultando algo sobre mí.

Shadow me agarra del brazo.

—Vamos a tu compartimento. Puedes discutir con tu líder más tarde. Yo no tengo toda la noche. —Me dispongo a seguirlo, pero Aidan aparece justo frente a nosotros.

—Hay una cosa que sí puedo decirte, Morgan —comienza—. Es su sangre la responsable de todo lo que te está ocurriendo.

Antes de que pueda preguntar qué quiere decir, Shadow me coge y me obliga a caminar detrás de él.

Cuando llegamos a mi compartimento, me suelto de su agarre.

—¿Es cierto? —Lo miro fijamente—. ¿Es tu sangre la que me está haciendo sentir así?

Shadow no se inmuta.

—Sí.

Frunzo el ceño.

—¿Por qué?

—Me está prohibido decírtelo —responde. A continuación, se levanta la camisa oscura y puedo ver sus pálidos abdominales. Tiene un paquete perfecto de seis músculos marcados en su piel. Me sonrojo al darme cuenta de que me he quedado mirando la cintura baja de sus pantalones oscuros.

Me aclaro la garganta.

—¿Qué estás haciendo? —Doy un paso atrás. Él tira de su camisa lo suficiente como para que yo pueda ver una marca en su pecho. Tiene la forma de un sol brillante—. ¿Qué es eso?

—Solo observa —me ordena—. Morgan..., la verdad es que tú... —No puede continuar, el brillante tatuaje se pone rojo y le quema la piel. Shadow cae al suelo, con la respiración agitada, agarrándose el pecho.

—¿Estás bien? —pregunto, preocupada. Él asiente, pero se toma su tiempo recuperándose, cuando se pone de pie, aún se tambalea un poco—. ¿Qué ha pasado? —pregunto mirando la figura del sol, que vuelve a ser de nuevo negra.

—Si en algún momento valoro la posibilidad de decirte la verdad, esto me matará. —Hace un gesto hacia la marca en su pecho.

Es evidente que no puede decirme nada.

—¿Aidan también tiene esa marca? —pregunto, aunque ya sé la respuesta.

Shadow asiente.

—Es una manera de que aquellos que nos asignaron esta misión pudieran asegurarse de que guardemos el secreto de todos. No podemos decírtelo ni a ti ni a nadie. —Se baja la camisa, y se lo agradezco. Es difícil concentrarse teniendo ese torso musculoso ante la vista.

—Secretos, marcas; no entiendo nada... —Suspiro.

—No puedo decirte nada, pero puedo mostrarte algunos de mis recuerdos, y tal vez puedas obtener alguna información. —Me ofrece su muñeca. Dudo un instante.

«¿Y si no me gusta lo que veo?».

Shadow nota mi indecisión.

—Si no estás lista, lo entiendo.

Necesito respuestas y las necesito ahora.

—Bien. —Sostengo su mano y observo su muñeca. Sus

venas laten, llamándome. Respiro profundamente antes de enterrar los colmillos en su fría piel.

La sangre se apresura en mi boca.

Poderosa.

Fría.

Cruel.

Shadow sabe a todo eso y a más. Muchos recuerdos pasan por mi mente en un abrir y cerrar de ojos, como si él estuviera buscando el adecuado para mostrármelo. De repente, se detiene en uno.

Y yo me veo en él como si ambos lo hubiéramos vivido juntos.

Se encuentra al borde de un acantilado. El viento sopla con fuerza a nuestro alrededor, levantando hojas del suelo y haciendo que los árboles se balanceen de un lado a otro. Shadow está mirando un pequeño pueblo. Desde el acantilado, solo se pueden ver los techos y las calles. Pero es evidente que no hay habitantes, parece abandonado.

Está a punto de desatarse una tormenta. Los rayos y los truenos son tan potentes que me hacen entrecerrar los ojos. Shadow está tranquilo, pero sus labios son una línea apretada, y hay tristeza en sus ojos. Tose y se lleva la mano a la boca. Una línea de sangre se desliza desde debajo de su máscara y rueda por su cuello.

¿Está tosiendo sangre?

Trato de hablar para preguntarle qué sucede, pero no puedo emitir ningún sonido. Un rayo cae en un árbol y lo parte en dos. Doy un paso atrás, asustada; Shadow no se mueve. Siguen cayendo rayos en el suelo y en los árboles, y el viento se está tornando helado.

Shadow debe apartarse del acantilado antes de que sea demasiado tarde. Un hombre se materializa detrás de él. Lleva la misma ropa y también usa una máscara negra; es otro Purasangre. Shadow tose sangre de nuevo.

—Tenemos que irnos. El pueblo será destruido en unos minutos —dice el recién llegado, evidentemente preocupado.

—¿Cómo puede causar tal devastación? —Shadow se gira para mirarlo.

—Y esto es solo el principio. Quedándote aquí no detendrás la destrucción. Morirás en vano. —Tras decir esto, desaparece.

Shadow comienza a alejarse del acantilado y no tengo más remedio que seguirlo. Nos metemos en el bosque. Miro hacia atrás. La lluvia es intensa y los rayos están destruyendo el pueblo. La tristeza en los ojos del Purasangre se convierte en dolor. Tal vez ese lugar es importante para él.

El recuerdo se vuelve difuso y me marea.

La escena cambia. Estamos en un salón con paredes de piedra; a pesar de que no puedo ver bien, sé que hay muchos vampiros poderosos reunidos. Todos llevan capas. Está muy oscuro. Veo a Aidan junto a un Shadow enmascarado, que se encuentra situado frente a los demás.

Uno de los vampiros se pone de pie y empieza a hablar, pero no sale ningún sonido de su boca; supongo que no debo escuchar lo que dice.

Un vampiro de baja estatura se coloca frente a ambos, cuyos torsos están desnudos. Pone sus manos en el pecho de Shadow primero y estas se vuelven brillantes.

—*Celare secretum* —dice el vampiro, mirando hacia arriba. Sus ojos se vuelven completamente blancos—. *Aut mori.*

La habitación se mantiene en silencio mientras se forma la figura de un sol brillante sobre el pecho del Purasangre. Cuando el pequeño hombre termina, Shadow cae al suelo haciendo una mueca. A continuación, el hombre le hace lo mismo a Aidan.

—Ahora cumplan su deber, guardianes. Son el Purasangre y el vampiro convertido más antiguos del mundo. Ya saben cuál es su deber. Deben seguir las órdenes que les han dado. Si desobedecen, pagarán con la muerte —anuncia con frialdad el anciano que está en medio del círculo que han hecho.

Ellos asienten y salen de la habitación. Los sigo y otra vez el recuerdo se vuelve difuso y se transforma.

Estamos caminando entre árboles; el lugar me parece muy familiar. Aidan se detiene un segundo.

—Puedo sentirla —dice.

Shadow no dice nada. Oímos un ruido de risas delante de nosotros.

—Está creciendo rápido. —El Purasangre comienza a caminar de nuevo.

Dejamos los árboles atrás y llegamos a un gran jardín donde una niña pequeña corre alrededor de unas flores; su risa es encantadora. Lleva un vestido blanco y su largo cabello negro le cae hasta el final de la espalda. Shadow da un paso adelante, pero mi líder permanece impasible.

—Algún día tendrás que hablar con ella, Aidan —susurra el Purasangre antes de dirigirse a la niña.

Lo sigo. Cuando la pequeña lo ve, su cara se ilumina y sus grandes ojos brillan de emoción.

—¡Shadow! —grita, corriendo hacia él. Él se arrodilla para estar a su altura—. Papá dice que no existes —comenta confundida.

Puedo ver la calidez en los ojos del vampiro.

—Quizá tenga razón —bromea.

—Está dentro de casa. Ven a conocerlo —le suplica la niña, sosteniendo su mano para levantarlo.

—No puedo; lo siento —contesta con tristeza.

Es muy extraño ver a Shadow siendo tan dulce con alguien.

—¿Por qué? Si vienes conmigo, sabrán que existes. —La niña es lista; me hace sonreír.

—Hemos hablado de esto. —La mira a los ojos. Es evidente que le importa esta niña—. Si me vieran, tendría que irme y tú y yo no podríamos vernos durante mucho tiempo.

A la pequeña no le gusta esa idea.

—¡No! —chilla, y empiezan a formársele lágrimas en los ojos.

Echo un vistazo a Aidan. Se limita a observar la escena en silencio.

Una lágrima rueda por la mejilla de la niña y Shadow se la limpia con gentileza.

—¿Qué dijimos sobre las lágrimas? —pregunta serio.

—Son dolorosas, pero nunca eternas —contesta al instante ella, orgullosa de saber la respuesta.

No sé por qué se me llenan los ojos de lágrimas.

—Está bien. —Shadow se pone de pie—. Tu papá ya viene. Debo irme ahora.

—Adiós, Shadow —responde ella con una sonrisa.

Cuando llegamos al lugar donde está Aidan, el Purasangre pasa junto a él sin decir nada.

—Eres tan patético —murmura mi líder antes de echar a andar detrás de él.

—Necesitamos que confíe en nosotros.

—Excusas. —Aidan no le cree, y yo tampoco.

Vuelvo a mirar el jardín y veo a un hombre acercándose a la pequeña. Pero no puedo distinguirlo bien y, cuando estoy a punto de caminar hacia él, el recuerdo termina.

Shadow ha alejado su muñeca de mí. Está más pálido que antes; he bebido demasiada sangre. Puedo sentir lo debilitado que está.

Mi percepción de él ha cambiado después de ese recuerdo; no es tan despiadado como se empeña en hacernos creer. Me ha resultado evidente por la forma en la que trató a esa niña, y por cómo intentó excusar su comportamiento con ella ante Aidan; es obvio que sentía algo por esa pequeña.

Me doy cuenta de que está mirándome y detecto un destello de tristeza en sus ojos. Nunca he visto ninguna emoción en su expresión antes. Desvía la mirada.

«¿Por qué siento la necesidad de abrazarlo?».

—Aidan y tú son guardianes, ¿verdad? —Rompo el silencio.

—Sí. Hemos sido guardianes durante ciento tres años —responde lentamente, como si estuviera tratando de encontrar las palabras adecuadas para no revelar nada.

«¿Ciento tres años? Esa es mi edad. Mi edad real, si sumo mis dieciocho años como humana y los ochenta y cinco que he sido vampira».

—¿Ciento tres años? Son los años que yo tengo —digo en voz alta.

Me duele la cabeza otra vez. Shadow debe de haber visto la confusión en mis ojos.

—Lo sé. —Se gira para irse—. No le des más vueltas a todo esto; tu mente aún no está lista. —Tras decir esto, sale del compartimento.

Extiendo las manos frente a mí; están temblando. Todo empieza a tener sentido. Conservo muy pocos recuerdos de mi infancia, pero el hecho de que esa niña me resultara tan familiar y que me haya emocionado al verla…

Me siento en mi roca, sintiendo un fuerte dolor de cabeza.

Tomo una respiración profunda y trato de no pensar para detener el dolor. Dos lágrimas ruedan por mis mejillas.

¿Qué dijimos sobre las lágrimas?, susurra la voz del Purasangre en mi mente. Mi aliento queda atrapado en mis pulmones.

—Son dolorosas, pero nunca eternas —digo sosteniendo mi cara con ambas manos, y entonces me permito llorar. Sé que esa niña que he visto en los recuerdos de Shadow era yo.

XI

MORGAN

Me despierto con la boca seca y me lamo los labios recordando la noche anterior.

El recuerdo de Shadow…

La niña pequeña…

Yo.

Alejo de mí esos pensamientos. ¿Por qué estoy tan sedienta? Me alimenté de Shadow la noche anterior, no tiene sentido. Me pongo de pie y siento un dolor punzante en el abdomen. Me levanto la camiseta para ver la B que Byron me dejó marcada. Está roja y me duele.

«¿Qué demonios?». Es como si mi cuerpo rechazara esa marca. Salgo de mi compartimento frotándome los ojos. Necesito alimentarme, la sed me seca la boca; es realmente molesto. El corredor está vacío, supongo que todos están cazando. Tal vez un baño me hará bien. Salgo de la cueva y encuentro a Lyla de pie frente a la playa.

—¡Oye! ¿Hay un río por aquí cerca?

—Camina un kilómetro por la playa hacia allá y luego entra al bosque. Enseguida encontrarás un río —responde.

Lyla se ve triste, pero no me parece que tenga ganas de hablar al respecto.

Sigo sus indicaciones y encuentro el río sin problemas.

La luna ilumina el agua oscura, bordeada de rocas y árboles. Veo una parte profunda y sonrío mientras empiezo a quitarme la ropa. El aire fresco de la noche acaricia mi piel desnuda y me sumerjo en el agua. Está fría, pero me resulta agradable. Nado de un lado al otro. Mi piel pálida es visible dentro del agua oscura. Me sumerjo de nuevo, cerrando los ojos y sintiendo mi largo cabello flotando a mi alrededor. Podría quedarme así para siempre; es muy relajante. Por desgracia, la sed me ataca de nuevo. Maldiciendo, salgo del agua. Me escurro el pelo y me visto.

Al cabo de unos cuantos pasos, siento esa energía que ya me resulta tan familiar y Shadow aparece frente a mí.

—¿Qué haces aquí?

—¿Qué te ha pasado? —pregunta.

—¿Qué quieres decir?

—Estás herida, puedo sentirlo.

—Estoy bien.

—No, no estás bien. La marca que te hizo Byron es una herida complicada —explica, caminando hacia mí—. Puedo curarla.

—¿Cómo?

—Te la hizo un Purasangre, solo puede curártela otro Purasangre.

Eso tiene sentido.

—Está bien. Hazlo. —Cualquier cosa para quitarme esa B de la piel.

Shadow se arrodilla frente a mí y me levanta la camiseta. El contacto de sus dedos fríos en mi piel me hace estremecer y arrepentirme de haberle pedido que me ayudara con esto.

Él evalúa la herida.

—Tienes que bajarte un poco los pantalones —me dice. La herida termina en la parte inferior de mi abdomen. Estupendo. Sigo sus instrucciones, pero estoy poniéndome muy nerviosa—. Cierra los ojos, tengo que quitarme la máscara.

—¿Qué? ¿Por qué?

Trago saliva y cierro los ojos. No quiero parecer débil frente a él. Solo me está curando la herida, eso es todo. Siento su aliento en mi piel.

—¿Qué estás haciendo? —pregunto, temblando.

—Tengo que lamer la herida.

«¿Qué? ¿Es en serio? Sé fuerte, Morgan. Es solo lamer…, es solo… ¡Oh!». Su nariz toca mi abdomen, enviando electricidad a través de todo mi cuerpo.

—Hazlo ya —exijo, porque me está volviendo loca.

Shadow me agarra de las caderas con fuerza, hundiendo sus dedos en mi piel. Aprieto las manos a mis costados, resistiendo. Siento su lengua caliente y húmeda en mi piel. Me muerdo el labio para aguantar un quejido.

«Solo me está curando…», me repito. Su lengua recorre lentamente mi abdomen de arriba abajo.

«¿Podría ser esto más erótico?».

Sus colmillos rozan mi piel un par de veces mientras su lengua continúa saboreándome.

«¿Cómo me sentiría si Shadow me mordiese?». Aparto ese pensamiento de mi mente de inmediato.

Se detiene, muy a mi pesar, tengo que admitirlo. Pero todavía está de rodillas, supongo que poniéndose la máscara.

—Listo. —Su voz… Hay un matiz de lujuria en ella.

Me alegra no haber sido la única afectada. Me coloco bien la ropa y Shadow me ofrece su muñeca. «¡Oh! Me había olvidado de la razón por la que está aquí: alimentarme. Sin embargo, no creo que pueda lidiar con ello ahora mismo», pienso. Necesito respirar un momento.

—Tengo muchas preguntas —digo. Después del recuerdo con la niña que me mostró, estoy hecha un lío.

—Lo sé.

—Te conozco desde que era niña, ¿verdad? —Él asiente con la cabeza—. Por eso, la primera vez que te vi con Byron me pareciste tan familiar.

—¿No te acuerdas de mí en absoluto?

—Sé que te conozco, pero…

—No recuerdas cómo me conociste, ni dónde —termina la frase por mí—. Está bien, no te preocupes.

—¿Por qué no puedo recordar mi infancia? ¿Mi vida humana? Ni siquiera tengo un recuerdo claro de mis padres.

—Sabes que no puedo responder a eso —dice, calmado.

Tomo una respiración profunda.

—Déjame intentar otra pregunta —pido, pensativa—. Tú y Aidan son guardianes de algo importante, ¿qué es? —Mueve negativamente la cabeza. Pregunta incorrecta. Entonces me doy cuenta—. Has estado conmigo desde que era una niña. ¿Soy lo que se te ordenó proteger?

Shadow permanece en silencio unos instantes.

—No puedo decírtelo, pero si bebes mi sangre, puedo mostrarte más cosas. —Me ofrece su muñeca otra vez. La tomo sin dudarlo y lo muerdo; estoy sedienta. Su sangre entra en mi boca rápidamente.

Abro los ojos para ver el mismo jardín donde tuvo lugar el último recuerdo que vi. Está desierto; Shadow se encuentra a mi lado y Aidan permanece en el bosque como la última vez. Escucho risas; el Purasangre da unos pasos hacia atrás para estar al lado de Aidan dentro del bosque. La niña aparece corriendo por el jardín como si estuviera huyendo de alguien, y así es; un niño muy similar a ella, algo mayor, está tratando de atraparla.

—¡Eres lento! —exclama la chica y le saca la lengua.

El muchacho parece furioso, la empuja con mucha fuerza y ella cae al suelo con un golpe seco. Shadow se tensa y se dispone a ayudar a la pequeña, pero Aidan le pone una mano en el pecho, deteniéndolo.

—Shadow —dice como advertencia—. Solo están jugando.

Mi líder es interrumpido por el fuerte llanto de la niña; tiene buenos pulmones. La miro, está sentada en el suelo. El chico está frente a ella con los brazos cruzados.

—¿Quién es el lento ahora? —se burla—. Llora, llora, llora, niña tonta.

—Shadow —dice Aidan, en alerta, como si eso no fuera algo bueno.

—Lo sé —responde el Purasangre con frialdad.

Un fuerte viento comienza a mover los árboles y las flores del jardín mientras los gritos de la niña se vuelven más fuertes. Un aura brillante se forma a su alrededor y su cabello flota en el aire. Entonces se levanta, aún sollozando, y el chico da un paso atrás. Lo siguiente que veo es al joven siendo lanzado en el aire por una fuerza invisible. Su espalda choca contra un árbol y produce un crujido horrible.

—Shadow —repite Aidan—, tienes que intervenir.

Los truenos y el viento dominan el lugar. El Purasangre sale del bosque y camina hacia la niña, cuyos ojos se han vuelto completamente rojos. Shadow tiene dificultades para avanzar por el fuerte viento que la rodea. Se coloca detrás de ella y cubre sus ojos con una mano.

—Morgan —susurra con calma, y entonces el viento y los truenos se detienen, y la niña cae inconsciente en sus brazos.

Dejo de beber y doy un paso atrás. Ha sido tan extraño escuchar a Shadow llamando a esa niña por mi nombre; es difícil aceptar que ella era yo. El poder que la pequeña emanaba... Nunca había visto algo así; había controlado toda la naturaleza a su alrededor. ¿Cómo era eso posible?

—No puedo ser ella. Yo no tengo ese poder. No puedo creer que exista alguien tan destructivo. —No puedo ser la misma; no tengo tanto poder...

Luego recuerdo al chico.

—¿Quién era ese niño?

—Tu hermano.

Me quedo sin aire.

—Eso es imposible —consigo decir, a pesar de la sorpresa—. No lo recuerdo.

—Hay mucha gente a la que no recuerdas, Morgan —replica Shadow.

Mi cabeza no deja de dar vueltas. Tuve un hermano... O tengo un hermano...

—¿Mi hermano está vivo?

—Sí.

XII

Tengo un hermano…

Un hermano que no recuerdo y que está vivo en algún lado. No puede ser posible. Siempre he creído que estaba sola en el mundo. Shadow permanece en silencio; sé que me está dando tiempo para asimilar toda esta información. No puedo hacerle los millones de preguntas que tengo en mente. Pero todo lo que he averiguado ha fracturado mis bases; no sé quién soy ni de dónde vengo.

Me doy la vuelta y me alejo del Purasangre, que me deja marchar sin decir nada. Sabe que necesito tiempo.

Mientras camino de vuelta a la cueva, me inunda una oleada de tristeza. Es asfixiante recibir tanta información de golpe. Me siento mal al no poder recordar nada, y dar vueltas a todo lo que sé ahora, tratando de entenderlo, me deja exhausta. Golpeo la base de un árbol con frustración y oigo el horrible sonido del hueso roto de uno de mis dedos. No me importa. Puedo ver la sangre coagularse dentro de la piel mientras se reparan los tejidos del golpe y el hueso vuelve a estar en su lugar.

Dejo de caminar cuando llego a la playa. Observo las olas en silencio. Mi largo cabello mojado apenas se mueve con el viento.

«¿Quién soy?», me pregunto. Es difícil seguir adelante cuando no lo sé. Lo más importante para cada criatura en este planeta, sin importar su especie, es conocer su identidad, su origen. No puedo recordar a mi hermano, ni siquiera sé si mi verdadero nombre es Morgan.

Por primera vez en décadas, me siento vulnerable. Cierro los ojos y dejo que el viento roce mi cara. Trato de recordar el rostro de mi madre y solo una pequeña imagen de su sonrisa viene a mi mente, y luego sangre y más sangre.

Abro los ojos, tratando de alejar esas imágenes. Ni siquiera puedo recordar la cara de mi madre. Esta sensación extraña, presionando mi pecho dolorosamente, es tristeza. He pasado mucho tiempo sin sentirla. Caigo de rodillas y me quedo así un tiempo, con los ojos cerrados, sin moverme, sin pensar, sintiendo mi pena.

Noto que alguien se está acercando. Esa esencia…

—Ian —saludo, abriendo los ojos. Como estoy de rodillas, me parece más alto.

—¿Estás bien?

—No.

—¿Qué pasa?

Suspiro antes de hablar.

—Acabo de descubrir que tengo un hermano que está vivo.

No suelo desahogarme explicando mis penas a los demás, pero estoy cansada de mantenerlo todo embotellado dentro de mí.

Ian no parece sorprenderse en absoluto.

—¡Oh, no! —Caigo en la cuenta, poniéndome de pie—. Lo sabías, ¿verdad? —La culpa está escrita en su cara—. ¡Por supuesto! Todos lo sabían. Yo soy la única que no sabe nada aquí.

—Morgan…

—¿Cómo has podido…? —pregunto, decepcionada. Ian es el único vampiro en el que confío plenamente. Él es lo más cercano que tengo a una familia. Me duele mucho saber que me ha ocultado algo así—. Siempre he confiado en ti… —Doy un paso atrás.

—Escúchame, Morgan. Yo…

—No, no quiero tus excusas, Ian. —Niego con la cabeza y le doy la espalda para alejarme. Él me persigue.

—Aidan me dijo que tenías un hermano la noche que te trajo —explica deprisa—. Dijo que no debíamos hablarte de él porque eso solo te haría daño. Y tenía razón. Te conozco, Morgan. Hubieras querido conocerlo y…

Me giro hacia él, furiosa.

—¿Quién demonios se creen que son tú y Aidan para tomar decisiones por mí?

—No quería que salieras herida. —Baja la cabeza.

Me muerdo la lengua para no gritarle más.

—He salido herida de todos modos, y de la peor manera: acabo de perder a la única persona en quien confiaba.

—No digas eso, Morgan. —La agonía en sus ojos casi hace que me retracte de mis palabras.

Extiende la mano hacia mí y yo levanto la mía para golpearla, pero, en lugar de eso, envío a Ian hacia atrás en el aire, como si una fuerza invisible lo golpeara, y cae al mar abruptamente. Me quedo allí, inmóvil.

¿Qué acaba de pasar? Miro mi mano y no veo nada extraño. Sin embargo, me duele la cabeza y el pecho.

—¡Ian! —grito, caminando de un lado al otro, tratando de localizarlo en el mar. Pero veo borroso. Me sostengo el pecho con fuerza; un dolor frío se extiende desde él al resto de mi cuerpo.

Lo veo salir del agua y caminar hacia mí. Mi vista está tan borrosa que solo puedo distinguir su silueta. ¿Qué es lo que me pasa? Parpadeo un par de veces, tratando de aclarar mi visión, pero no funciona.

—¡Morgan! —Es lo último que escucho antes de que todo se vuelva negro.

Abro los ojos para enfrentar un enorme sol sobre mí. Instintivamente, me protejo con los brazos; voy a morir, el sol va a matarme. Pero no sucede nada.

Me doy cuenta de que estoy acostada en el suelo del jardín de los recuerdos de Shadow. Me siento y me quedo paralizada cuando veo que llevo puesto mi vestido blanco; tiene manchas de sangre por todas partes. Miro a mi alrededor. Los árboles, las flores y la hierba están cubiertos de sangre. Grito tan fuerte como puedo. Siento un par de manos sobre mis hombros.

—¡Morgan, despierta! —La voz de Ian me arrastra de vuelta a la realidad.

Abro los ojos, respirando pesadamente.

—¿Morgan? —me llama mi amigo. Nunca me había sentido tan débil. Y sigo notando ese fuerte dolor en el pecho.

—Estoy bien —miento. Cuando trato de levantarme, pierdo el equilibrio y caigo en los brazos de Ian.

—No, no estás bien.

Me rodea la cintura con su brazo y pasa el otro por las corvas de las rodillas para cargarme. Cada vez que cierro los ojos, veo una señal extraña, como la que tienen los Purasangres, pero diferente en algunos detalles. Cuando llegamos a la entrada de la cueva, Aidan está allí.

—¿Qué ha pasado? —pregunta. Puedo escucharlo, aunque es como si estuviera lejos de mí.

—Lo mismo que pasó la otra noche. Me ha lanzado por los aires y luego se ha desmayado. Ahora está débil y ni siquiera puede caminar —le explica lentamente Ian.

No puedo mover la boca para hablar. Mis labios están secos de nuevo y el dolor no parece menguar.

—Duele... —susurro. Siento otro par de manos frías abrazándome. Ese olor... Estoy en los brazos de Aidan ahora.

—Está hirviendo, como si tuviera fiebre. Pero eso no es posible, ¿verdad? No es humana... —dice Ian, confundido, tocándome el cuello.

—Yo me ocuparé de ella —le dice nuestro líder, ignorando la pregunta de Ian.

Me dejo caer en la oscuridad. Es extraño… No estoy inconsciente, pero no puedo hacer nada ni pensar con claridad o hablar. Aidan me coloca sobre mi roca con cuidado y toma mi cara entre sus manos.

—Morgan, abre los ojos.

Lo intento, pero es demasiado difícil; apenas lo consigo y por un momento puedo ver sus grandes ojos azules y su alborotado cabello oscuro alrededor de su rostro.

—Aidan… —murmuro.

—Chisss. No hables, estás un poco débil. —Es la primera vez que escucho tanta calidez en su voz—. ¿Dónde demonios está Shadow? —se pregunta en voz alta.

—Aquí.

Escucho la voz del Purasangre y me relajo; no sé por qué me siento a salvo.

—Sabes lo que tienes que hacer, Aidan —dice Shadow con calma.

Un minuto de silencio. No puedo verlos; mis ojos se han cerrado de nuevo.

—No puedo darle mi sangre —responde mi líder.

—¿Por qué no? —presiona Shadow.

Él se toma su tiempo para responder.

—He bebido su sangre; si le diera la mía, se crearía un vínculo entre nosotros.

—Sabía que beberías de ella otra vez. No podías aguantarte, ¿verdad? Eres patético.

Lo siguiente que huelo es el delicioso aroma de la sangre de Shadow. Tomo su muñeca y bebo desesperadamente. El calor se extiende por mi cuerpo, aliviando el dolor hasta hacerlo desaparecer.

—Suficiente, Morgan —me ordena, alejando la mano de mí.

Abro los ojos y me siento. Me encuentro mucho mejor. El dolor ha desaparecido y también la debilidad. Me lamo los labios para limpiar los restos de la sangre de Shadow. Aidan me dedica una mirada helada.

—¿Qué ha sido todo eso? —pregunto, confundida. Los dos comparten una mirada—. No pueden decirme nada, lo sé.

—Deberías irte, Shadow —exige Aidan.

El Purasangre lo ignora y me mira.

—¿Quieres que me vaya?

Asiento y él desaparece al instante. Mi líder parece victorioso hasta que hablo:

—Tú también deberías irte.

—Si tuviera la oportunidad de volver en el tiempo, lo haría de nuevo —dice con seriedad.

—¿El qué?

—Mantenerte alejada de tu hermano.

Aprieto los puños. ¿Cómo puede decir eso?

—¿Quién diablos te crees que eres? —Camino hacia él.

—Puedes gritarme todo lo que quieras, Morgan. —Se acerca a mí—. No me arrepiento —afirma en tono calmado—. Lo haría de nuevo.

Tengo ganas de matarlo. Pero el muy cobarde se va, como si nada. Empiezo a seguirlo y me topo con Ian.

—Oye. —Agita su mano frente a mi cara—. ¿Estás bien? —Asiento—. Yo... —Se rasca la parte posterior de la cabeza—. Lo siento, Morgan. De verdad, no quiero perder tu confianza.

—Ya la has perdido.

—Puedo ganarme tu perdón.

Frunzo el ceño.

—¿Cómo?

—Te ayudaré a encontrar a tu hermano.

Eso me sorprende.

—¿Tienes alguna idea de dónde está?

—Sí, creo que sé dónde encontrarlo.

—Está bien, mañana me llevarás a ese lugar —ordeno. Nos damos la mano, cerrando nuestro trato.

«Te encontraré, hermano, juro que lo haré».

XIII

—Morgan…

Sangre… Miedo…

—¿Mamá? —Se me aprieta el pecho—. ¿Mamá?

Ira… Traición…

—Eres una buena chica. —La voz de mi madre resuena a mi alrededor en un susurro.

Dolor… Pérdida…

—¿Dónde estás, mamá?

Oscuridad… Vacío…

—Todo estará bien al final, hija.

Soledad…

—Nunca lo olvides, Morgan. Eres buena. —Su voz se desvanece en el viento.

—¡Mamá! —grito, abriendo los ojos.

¿Qué ha sido eso? ¿Otro recuerdo?

Sentada, me aparto el pelo de la cara. Tengo la respiración agitada, así que tomo aire profundamente para calmarme. Ese sueño se ha sentido tan real…

Me pongo de pie, pasando los dedos por mi desordenado cabello largo, y luego me levanto un poco la camiseta. La marca que me hizo Byron ha desaparecido. Shadow hizo un gran trabajo. La noche ha llegado y yo ya he tomado una decisión. Voy a buscar a mi hermano, aunque tengo dos problemas: Aidan y Shadow. Creen que tienen cierto poder sobre mí porque son mis guardianes, pero están equivocados si piensan que voy a dejar que sigan dirigiendo mi vida.

—¿Lista? —susurra Ian, entrando en mi compartimento. Me pongo una chaqueta. Él va vestido completamente de negro—. Les haremos creer que vamos a hacer una carrera como en los viejos tiempos, ¿de acuerdo?

Al salir de la cueva, encontramos a Aidan y Lyla de pie cerca de la orilla. Ambos nos miran con curiosidad. Bueno, tiempo de actuar.

—¡Eres una tortuga! —grito, golpeando el hombro de Ian. Nuestro líder vuelve a mirar hacia la orilla, aparentemente desinteresado.

—¿Crees que eres más rápida que yo? ¿Por qué no me lo demuestras en una carrera? —propone Ian guiñándome un ojo.

—Está bien, pero no llores cuando te derrote —bromeo dedicándole una sonrisa.

Él echa a correr hacia el bosque y yo lo sigo sin vacilar. El viento pasa rápido a los lados de mi cuerpo a medida que aumento la velocidad. Puedo escuchar el ruido de las ramas debajo de mis pies mientras avanzo. Es refrescante correr de esta forma. Ian lleva la delantera; no puedo permitir que gane, aunque esta no sea una carrera de verdad. Tengo un prestigio que proteger. Respiro hondo, piso el suelo con fuerza para ganar impulso y salto. Paso por encima de Ian en un movimiento rápido y aterrizo delante de él; rápidamente, sigo corriendo.

—¡Oye! ¡Eso no es justo! —lo escucho quejarse detrás de mí.

—¿Quién dijo que sería justa? —respondo sin detenerme.

Mi boca está seca por el fuerte viento que se estrella contra mí. Ahora voy la primera, pero entonces veo una llama pasar por mi lado y encender un montón de ramas y árboles frente a mí. Tengo que parar abruptamente, tratando de no caer en el fuego. Ian lo atraviesa y se detiene al otro lado. Sus propias llamas no lo lastiman. Le dedico una mirada asesina.

—Te estás tomando esta «carrera de mentira» demasiado en serio, ¿no crees? —Señalo las llamas, que ya están desapareciendo.

—¿Tú crees? —Arquea una ceja.

—Además, has hecho trampa: yo todavía no domino ningún elemento.

—¿Quién hizo trampa primero? ¡Saltaste! Se supone que debemos correr, no saltar. —*Touché*. Con nuestras constantes peleas parecemos dos niños, no dos vampiros maduros. Ian es como mi hermano, y eso nunca cambiará, suceda lo que suceda. Aparto la mirada, sonriendo—. ¿Ves? Sabes que eres una tramposa —dice caminando hacia mí.

Recuerdo su cara cuando antes salté por encima de él. Parecía bastante enojado. Estallo en carcajadas.

—Deberías… ¡Deberías haber visto tu cara! —consigo decir sin poder parar de reír. Él se une a mí; ha pasado mucho tiempo desde la última vez que nos reímos así. Nos detenemos y compartimos una mirada.

—¿Seguro que quieres hacer esto? —Sé a lo que se refiere: buscar a mi hermano.

—No, pero tengo que hacerlo —respondo, y dejo escapar un largo suspiro.

—¿Por qué?

—Tú sabes de dónde vienes, ¿verdad? Recuerdas tu vida humana, recuerdas las caras de tus padres. —Asiente—. Bueno, pues yo no, y quiero hacerlo. No tienes idea de lo mucho que necesito hacerlo. —Desvío la mirada, admitir eso en voz alta me duele.

—¿Por qué? Ellos forman parte del pasado, Morgan.

Es la primera vez que revelo mis pensamientos y mi debilidad. No me gusta causar lástima.

—Mi hermano sigue vivo, Ian. No es pasado. Está ahí, en algún lado.

—Estamos lo suficientemente lejos de la cueva, creo.

—Bien, pues ¿a dónde vamos? —pregunto, echando un vistazo alrededor de los árboles.

—A las afueras de Bermouth.

—¿En serio? ¿Ha estado tan cerca todo este tiempo? —pregunto, sorprendida.

Bermouth es una pequeña ciudad que estaba cerca de nuestros anteriores refugios. De hecho, nuestros humanos van allí para obtener suministros.

Nos ponemos en marcha en silencio. Nuestro destino está cerca, pero como no podemos demorarnos mucho tiempo, echamos a correr. Salto entre las ramas de los árboles e Ian me sigue en silencio.

Al cabo de un rato, me doy cuenta de que no está detrás de mí. Me detengo y me dejo caer de la rama donde estaba. Aterrizo, flexionando las rodillas un poco.

—¿Ian? —Un olor nauseabundo me golpea la nariz—. ¡Oh, mierda! —Hago una mueca de disgusto, cubriéndome la nariz. Solo hay un monstruo que puede emitir un olor tan repugnante: un *cruentus*.

Miro a mi alrededor, pero sigo sin ver a Ian. Lo llamo de nuevo.

—¡Aquí! —Escucho su voz a lo lejos. Corro rápido hacia él—. Tenemos un problema.

—Apestas. —Arrugo la nariz con disgusto.

—Eso es solo la punta del iceberg. —Apunta con su dedo detrás de mí. Me giro y abro la boca con sorpresa. Hay cuatro *cruentus* enormes frente a nosotros.

Un quinto está tirado en el suelo, quemado. Supongo que Ian lo ha matado. Nos gruñen con furia; miro hacia el cielo, deseando que no haya luna llena.

Uno de ellos se abalanza hacia nosotros. Carne podrida cuelga de su cuerpo, su gran boca muestra miles de pequeños colmillos afilados y destila furia y hambre de sus ojos verdes.

«Oh, cómo apesta».

Ian y yo nos separamos para distraerlo.

—No hay luna llena, ¿por qué nos atacan? —pregunto, agachándome para esquivar un golpe del monstruo.

—¡Me estaba preguntando lo mismo! —responde mi compañero, concentrando llamas en ambas manos. Lo veo saltar y subir a una rama, con tres *cruentus* yendo detrás de él.

El cuarto me ataca de nuevo y paro sus garras con las manos, sintiendo su carne podrida sobre mí. Me giro y le doy una patada en el estómago, pero mi pie se queda atascado en su piel; es como gelatina.

—¡Mierda!

Mientras trato de liberarme, el monstruo aprovecha para golpearme en la cara y me araña la mejilla con sus garras, me fractura la mandíbula y luego me lanza por los aires. Me estrello contra un árbol. Me levanto rápidamente para esquivar otro fuerte golpe del *cruentus*; este acaba impactando en el árbol, que se derrumba en pocos segundos.

—¡Morgan! —grita Ian.

No puedo responderle, mi boca está llena de sangre. La escupo a un lado mientras sana mi mandíbula. Siento un dolor intenso en el hombro izquierdo. Intento moverlo y me doy cuenta de que me lo ha dislocado. Lo agarro con fuerza y lo empujo para colocarlo en su lugar. Duele mucho, pero de esa forma sanará más rápido.

Saco mi daga y corro en círculos alrededor del *cruentus* para confundirlo. Esa es su debilidad: es demasiado grande y demasiado lento. Salto sobre él, aterrizo en su cabeza y le clavo la daga. Luego me deslizo por su cuerpo, desgarrándolo.

Su sangre apestosa me salpica, pero no me importa. Lo quiero muerto. Su destrozado cuerpo inerte cae al suelo.

Mis hombros bajan y suben al ritmo acelerado de mi respiración. Echo un vistazo a mi alrededor. Ian está peleando con el último *cruentus*.

—¿Necesitas ayuda? —pregunto, caminando hacia él. Niega con la cabeza mientras quema al monstruo, convirtiéndolo en polvo en unos pocos segundos.

Ian se arrodilla, agotado; ha usado demasiado de su elemento. Luego se deja caer hacia atrás y se queda mirando al cielo; su camisa está destrozada.

—Esos monstruos no me han matado, pero este olor sí lo hará —comento, tratando de no respirar.

Ian se sienta y se queda observándome.

—¿Cómo es que todavía tienes tu ropa intacta y yo no?

—Soy mejor que tú. —Sonrío, ofreciéndole mi mano para ayudarlo a ponerse de pie.

—No lo entiendo. ¿Por qué nos han atacado? No tiene sentido. Solo son agresivos en luna llena. —Mira a su alrededor, donde permanece toda la carne podrida y los restos de esas bestias.

Estoy a punto de responderle cuando siento que algo o alguien se acerca.

—Ian —llamo, obteniendo su atención.

Él me mira y asiente. Saco mi daga, y la espalda de mi compañero está contra la mía en segundos. Damos vueltas despacio, esperando.

Desde las sombras, una figura emana lentamente. Su esencia es de vampiro convertido, sin embargo, hay algo más en él. Es un vampiro joven de piel pálida. Su cabello negro y un poco largo le cubre un poco las orejas y la frente. Sus ojos son verdes, y su expresión, neutra.

—Este es el territorio del clan Caos —anuncia con calma.

—No queremos molestaros, simplemente estamos de paso —explica Ian, pero su camisa desgarrada y llena de sangre hace poco creíbles sus palabras. La mirada del vampiro se encuentra con la mía y me inquieta—. Estamos buscando a alguien —continúa mi amigo, tratando de atraer la atención del desconocido sobre él—. Nos han dicho que el vampiro al que buscamos está en un clan en las afueras de Bermouth.

—El clan Caos es el único que hay por aquí —indica el vampiro, que vuelve a posar sus ojos sobre mí.

—Supongo que debe de pertenecer a tu clan, entonces —concluye Ian.

—¿Cuál es el nombre del vampiro que buscas? —pregunta el extraño, dando unos cuantos pasos hacia mí; yo quiero retroceder. No sé el nombre de mi hermano, pero Ian sí.

—Milosh —responde mi amigo, que sigue con la mirada todos los movimientos del vampiro. Este se detiene frente a mí, formando una pequeña bola de agua en su mano.

—¿Qué quieres de él? —inquiere, arrojando la esfera a mi cara.

—¡Oye! —gimoteo mientras me limpio el líquido, aunque realmente me ha ayudado a quitarme toda la sangre. El vampiro me sonríe con malicia y me sostiene la cara con ambas manos—. ¿Qué estás…?

Me besa en la mejilla y luego me susurra al oído:

—Hola, hermanita.

XIV

No puedo moverme ni hablar, el desconcierto me ha dejado paralizada. Ese vampiro es mi hermano. Me sonríe, dando un paso atrás. Esperaba encontrarme con él, pero no de esta manera tan abrupta. Ha sido demasiado brusco, o tal vez aún no estaba lista para conocerlo.

Él mantiene sus ojos en mí con precaución; Ian me mira sin decir palabra.

—¿Qué quieres? —pregunta Milosh, indiferente, dándome la espalda.

—Yo… —Trago, tratando de decir algo coherente—. Tú eres mi hermano —digo más para mí misma que para nadie a mi alrededor.

—¿Y? —pregunta, el desinterés en su voz es evidente. Camina alrededor de los restos de los *cruentus*.

—¿Me recuerdas?

Su frialdad me confunde.

—Desafortunadamente, sí.

¿Me odia?

—¿Recuerdas a nuestros padres? —Espero que pueda ayudarme con mis recuerdos perdidos.

Milosh se tensa y se materializa frente a mí. Sus ojos pasan en un instante del verde claro a un verde felino oscuro. Retrocedo.

—¿Estás bromeando? ¿Quieres morir? —me amenaza en mi cara, enojado, levantando su mano como si fuera a golpearme.

Estoy tan desconcertada por su reacción que solo puedo cerrar los ojos, esperando el golpe, pero este no llega. Cuando los abro de nuevo, veo una espada afilada en el cuello de Milosh. Tiene un pequeño corte y una línea de sangre desciende por su pálida piel. Sigo la mano que sostiene el arma... Es Shadow.

—Tócala y estás muerto —dice muy serio.

Una mezcla de alivio y confusión me invade: ¿cómo es que Shadow me ha encontrado?

—Me olvidé de tu mascota —dice Milosh, dando un paso atrás. La familiaridad con la que le habla a Shadow me hace pensar que no es la primera vez que se ven.

El Purasangre retira su arma y la guarda en la funda que lleva colgada a su espalda. No entiendo qué sucede. ¿Por qué mi hermano me ha atacado así?

—Tengo que irme. Aléjate del territorio de este clan, pasaré por alto el hecho de que mataras a nuestros guardias. No ha estado bien. —Hace un gesto a un *cruentus*. ¿Puede controlar a esos monstruos? Nunca había oído hablar de vampiros que pudieran hacer eso.

—¡Espera! —Camino hacia él, pero Shadow me agarra del brazo para detenerme—. ¿Por qué me desprecias tanto?

Mi hermano es la única conexión que tengo con mi pasado. Una sonrisa diabólica se forma en sus labios.

—¿No puedes recordar? —Mantiene ese gesto burlón en su rostro. Niego con la cabeza. Shadow se tensa junto a mí—. ¿En serio?

—No entiendo por qué me odias si eres mi hermano.

—Deja de decir eso. La única razón por la que no estoy terminando con tu existencia ahora mismo es esa mascota que tienes a tu lado.

Estoy a punto de hablar cuando llegan dos *cruentus* grandes y se detienen a los lados de Milosh sin atacarlo. ¿Qué demonios...?

—Milosh puede controlarlos, los usa como guardianes del territorio de su clan —me explica Shadow, que debe de haber notado la confusión en mi cara.

Mi hermano nos da la espalda, dejando que los dos grandes *cruentus* vayan detrás de él.

—Milosh… —empiezo a decir. Noto que se tensa y luego se gira para mirarme por encima del hombro—. De verdad, no entiendo tu odio…

Se gira del todo hacia mí y me habla entre dientes:

—No sé qué juego estúpido es este, ni qué quieres lograr fingiendo que no recuerdas nada, pero esta es mi última advertencia: vuelve a aparecer frente a mí, y no dudaré en eliminarte.

Vuelve a darme la espalda y lo sigo, porque quiero decirle que no estoy jugando en absoluto… Pero solo puedo ver cómo su espalda se desvanece en la oscuridad. Estoy a punto de correr para alcanzarlo, pero Shadow me agarra del brazo.

—No —ordena—. Los *cruentus* te atacarían.

—¡No me importa! —le grito, liberándome.

—Shadow tiene razón, Morgan. Volvamos —interviene Ian.

—¡Estoy harta de todo esto! —gruño, presa de la confusión y la impotencia—. No entiendo nada. No puedo recordar a mis padres y ahora descubro que tengo un hermano que me odia.

La expresión de Ian se suaviza.

—Morgan…

—Vámonos —lo interrumpo, comenzando a caminar de regreso a nuestra guarida.

Shadow nos acompaña, quizá para protegernos, y no tengo la energía para decirle que se vaya. Estoy exhausta, al borde de la locura por no entender nada.

Cuando llegamos a nuestro refugio, Shadow desaparece.

Ian y yo nos encontramos a Aidan de pie frente al mar; ni siquiera nos mira. No digo una palabra y entro en la cueva.

Dentro de mi compartimento, me dejo caer de espaldas en la roca. Tengo muchas cosas en las que pensar. Al recordar el rostro de Milosh, me doy cuenta de lo mucho que nos parecemos: el cabello negro y los ojos verdes. Nuestras facciones son muy similares: boca y ojos medianos, nariz fina. Sin duda somos hermanos. ¿Cómo es posible que pueda controlar *cruentus*?

¿Por qué se puso tan furioso cuando le pregunté si recordaba a nuestros padres?

¿Qué es lo que no puedo recordar que parece ser la causa de que mi hermano me odie tanto?

Me siento y me sobresalto cuando veo a Aidan a unos pasos de distancia.

«¿Cómo diablos ha entrado sin que yo me diera cuenta?». Tal vez porque estaba demasiado absorta en mis pensamientos.

Me levanto para enfrentarlo. ¿Qué quiere? Sus grandes ojos azules se encuentran con los míos en silencio. Recorren mi rostro y luego bajan hasta mi cuello. Eso no está bien: entre vampiros, es de mal gusto mirar el cuello de alguien de esa forma.

—¿Aidan? —digo, tratando de apartar su atención de mi garganta.

Finalmente, él deja de mirar mi cuello.

—¿Cómo te encuentras? —pregunta.

Su interés por mi bienestar me toma desprevenida. Supongo que Ian le ha contado lo que pasó con Milosh.

—Estoy… —dudo porque la realidad es que no sé cómo me siento. Mi cabeza está saturada de información—. Estoy… intentando entender las cosas.

—Todo lo que te está pasando últimamente es por beber la sangre de Shadow… ¿Por qué insistes en seguir alimentándote de él? —me pregunta, tensando la mandíbula.

—¿No lo harías tú? —es mi respuesta—. Ponte en mi lugar. Si todo lo que conoces se estuviera derrumbando poco a poco y empezaras a tener dudas sobre quién eres y a preguntarte de dónde vienes, ¿no harías cualquier cosa para obtener respuestas?

Aidan me observa, pero no dice nada. Ambos sabemos que él haría lo mismo que yo. Está en nuestra naturaleza, necesitamos saber quiénes somos y de dónde venimos. Y si la llave para descubrirlo todo es beber la sangre de un Purasangre, la beberé, sin importarme qué pueda pasarme.

La mirada de Aidan vuelve a posarse sobre mi cuello. Noto anhelo en sus ojos. Quizá él siente por mi sangre lo que yo siento por la de Shadow: alguna especie de adicción.

—¿Quieres mi sangre?

—No. —Su respuesta es tan rápida como la forma en la que enfoca sus ojos en otro lado.

Sé que miente, pero no gano nada discutiendo con él, ni tampoco tengo energía para hacerlo.

—Descansa —murmura antes de darse la vuelta para irse.

En la soledad de mi compartimento, vuelvo a acostarme y cierro los ojos para intentar despejar mi mente. Estoy a punto de entrar en trance cuando mi pecho palpita con mucha fuerza, como si mi corazón estuviera bombeando la sangre de una forma apresurada, ajustándose al poder de la sangre de Shadow que hay dentro de mí.

Y entonces, de forma inesperada, caigo en un recuerdo de Shadow.

Estamos de nuevo en el bosque, Shadow está sentado en una roca y Aidan apoyado contra un árbol. Parece que esperan algo. Miro entre los árboles y noto que el jardín donde solía jugar la niña está cerca. Supongo que solo están descansando.

Se escucha un fuerte grito proveniente del jardín. En un instante, Shadow y Aidan se materializan allí para ver qué ha ocurrido.

El lugar está lleno de vampiros corriendo de un lado a otro. Uno me llama la atención: lleva a la niña al hombro y corre hacia el bosque. Es extraño saber que esa pequeña soy yo.

—¡No! ¡Mamá! ¡Déjame ir! —grita, golpeando la espalda de su raptor.

—Ve a por ella, yo mataré a los vampiros —ordena Shadow a Aidan, y ambos se desvanecen en el aire.

El recuerdo cambia de vez en cuando: a veces soy una observadora en el bosque, otras soy la niña que está siendo rescatada, como si mi mente también estuviera poniendo las piezas faltantes del rompecabezas en el que se ha convertido mi memoria.

Observo la habilidad de Shadow mientras lucha contra varios vampiros a la vez. Mueve la espada tan rápido que apenas puedo verla y la hoja produce un sonido escalofriante cuando corta la carne de sus atacantes. Es increíble la facilidad con la que los derrota, ahora entiendo por qué le encargaron que cuidara de mí.

Aidan ha corrido a rescatar a la niña.

—¿Quién eres? —le pregunta la pequeña cruzándose de brazos. Él no responde, pero puedo notar lo incómodo que se siente—. Te he hecho una pregunta —insiste ella, muy seria. El vampiro mira a su alrededor, como si estuviera tratando de encontrar a Shadow—. ¿Dónde están mamá y papá? ¿Y Milosh?

—Están bien —responde Aidan, inexpresivo.

Ella le agarra la mano y hace que se arrodille frente a ella.

—¿Qué? —pregunta él, confundido.

La pequeña le da un golpecito en la frente con un dedo. Abro la boca sorprendida y luego le sonrío. Es valiente.

—No seas grosero. Puede que sea pequeña, pero merezco un poco de respeto. —Suena como una mujer adulta—. ¿Cómo te llamas? —pregunta.

Mi líder sabe que tiene que contestar si no quiere otro golpecito.

—Aidan —responde torpemente.

La niña le sonríe.

—Gracias por salvarme, Aidan —dice con dulzura.

El vampiro se queda paralizado. En ese momento, Shadow sale del bosque.

—¿Quién es el patético ahora? —comenta divertido el Purasangre.

Me doy cuenta de que está sonriendo bajo su máscara.

—¡Shadow! —exclama la niña y corre hacia él.

Alguien me sacude por los hombros y me trae de vuelta a la realidad. Toso descontroladamente, y cuando me impulso para sentarme, noto que me chorrea sangre de la nariz.

¿Qué ha pasado? ¿Qué ha sido eso? Levanto la mirada y me encuentro con ese par de ojos rojos.

—No vuelvas a hacer eso —me ordena Shadow antes de soltarme.

—¿Hacer qué?

—Ir a uno de los recuerdos que te proporciona mi sangre sin que yo esté presente. Es peligroso, puedes quedarte atrapada y desangrarte sin poder despertar.

—No sé cómo lo hice… —Toso de nuevo y presiono el dorso de una mano contra la nariz para intentar parar la sangre—. Simplemente cerré los ojos… y pasó.

—Si vuelve a ocurrir, no entres en el recuerdo. Intenta abrir los ojos.

—De acuerdo.

Shadow me observa durante unos segundos.

—¿Qué recuerdo fue? —Parece…. ¿inquieto? Quizá le preocupa que haya indagado en algo que oculta.

—Tú y Aidan rescatándome de un ataque de vampiros cuando era pequeña.

Suspira.

—Eso ocurrió varias veces.

Bajo la mirada y observo el líquido carmesí en la mano. Mi nariz finalmente ha parado de sangrar.

—Al parecer, me pase toda mi niñez así… —Me duele pensar que no tuve una infancia normal, que siempre estuve rodeada de peligro y viviendo con miedo.

—No —responde Shadow. Levanto la mirada—. Fuiste feliz la mayoría del tiempo, Morgan.

—¿Por qué tú te encargaste de los monstruos?

No dice nada.

—¿Qué soy yo para ti? —inquiero directamente. Parece sorprendido por mi pregunta, aunque eso no me detiene—. ¿Una carga? ¿Te ordenaron que me protegieras y te limitas a cumplir con tu deber? —Espero su respuesta, pero solo obtengo un silencio incómodo. Trago, tal vez no debería haber dicho nada.

—Sí, eso es, me limito a cumplir órdenes —dice en un tono helado.

Sus palabras me lastiman mucho más de lo que esperaba. Desvío la mirada.

—Ya veo —logro decir. Tengo que romper este silencio incómodo—: ¿He visto tu cara alguna vez?

—Sí.

—¿Cuándo?

«¿Por qué he olvidado tantas cosas de mi vida? He visto el rostro de Shadow y no puedo recordarlo».

—Hace mucho tiempo.

—¿Por qué? ¿Te ordenaron que me la enseñaras?

—No. Yo dejé que la vieras.

—¿Por qué querías que viera tu rostro si solo soy una carga para ti?

—Basta, Morgan. —Escucharlo decir mi nombre me hace sentir cosas que no puedo explicar. Tomo aire y lo suelto poco a poco.

—Creo que esto… lo que sea que estemos haciendo no va a funcionar —digo y me pongo de pie.

Él tarda un poco en decir algo, como si se debatiera entre qué responder.

—¿Por qué?

—Odio a los cobardes. —Lo miro directamente a los ojos—. Odio a las personas que no pueden admitir lo que sienten.

—¿Y yo soy un cobarde?

—Sí, entiendo que has estado cuidándome porque te han ordenado hacerlo, pero no tiene nada de malo admitir que esa niña…, que yo te importaba un poco.

—No sabes nada sobre mí. —Shadow da dos grandes pasos hacia mí. Y de pronto el espacio de mi compartimento no parece suficiente para su tamaño.

—Sé lo bastante.

—¿De verdad? ¿Así que sabes que soy un asesino que disfruta infligiendo dolor a otras criaturas? ¿Que me gusta sentir cómo los latidos de sus corazones se detienen mientras me mancho las manos con su sangre? —dice a escasos centímetros de mi cara con un tono sádico.

—No eres solo un asesino.

—Sí lo soy. Cazo vampiros. Me encargo del trabajo sucio —explica.

Estoy demasiado sorprendida para decir algo. Su piel se ve tan pálida como suave.

—No eres solo un asesino —repito.

Él me arrincona contra la pared rocosa.

—¿Tengo que hacerte daño para demostrártelo? —me amenaza, su cálido aliento acaricia mi rostro.

—Nunca me lastimarías.

Frunce el ceño.

—¿Por qué estás tan segura?

—Lo sé.

—Entonces te demostraré que estás equivocada. —Sostiene mi barbilla, el contacto de su mano contra mi piel envía hilos inesperados de desconcierto y excitación por todo mi cuerpo. Él me mueve la cabeza hacia un lado, dejando mi cuello expuesto. Mi pecho sube y baja con cada respiración pesada que tomo—. ¿No vas a intentar detenerme?

—No, estoy segura de que no me harás daño —digo de nuevo.

Sus ojos se encuentran con los míos un segundo.

Sé que no me hará daño, ¿o sí lo hará?

XV

«Shadow no va a hacerme daño».

Me lo repito una y otra vez mientras lo siento acercarse a mi cuello, mientras noto su aliento rozando mi piel. Sé que no me morderá, estoy segura. Pero al sentirlo tan cerca estoy comenzando a tener mis dudas. ¿Cómo se me ocurre provocar al Purasangre más antiguo del mundo de esta forma?

Shadow se separa de mí y suelto un suspiro de alivio. Sus ojos rojos encuentran los míos y, por unos segundos, me pierdo en la intensidad de su mirada. Él me coge las manos y las une por encima de mi cabeza contra la pared rocosa.

—Morgan... —murmura con esa voz profunda que hace eco en mi mente y confunde mis sentidos.

—¿Qué haces?

Trago saliva cuando siento la superficie rocosa contra mis manos y noto que ata mis muñecas juntas por encima de mi cabeza en algún lugar de la pared. Lucho contra las ataduras sin éxito. Él me toma del mentón, su pulgar roza mi labio inferior y una corriente de electricidad me atraviesa. Esto está mal, pero lo estoy disfrutando y no lo entiendo. Se inclina hasta que su nariz me roza la oreja y se me ponen los pelos de punta. Me siento expuesta, vulnerable, pero a la vez cálida y con ganas de más. Quiero más de él, quiero ver su rostro, sentirlo y poder observar su expresión para saber si está sintiendo placer o rabia, o cualquier emoción.

—Ofréceme tu cuello —me susurra al oído.

Obedezco moviendo la cabeza hacia un lado. Él entierra su cara en mi cuello y lo lame con lentitud mientras sus manos agarran mis caderas con fuerza. Un jadeo se escapa de mis labios y cierro las manos atadas en puños.

—No deberías disfrutar esto, Morgan.

Lo sé, pero no puedo controlar lo que siento, lo que él me hace sentir. Me arqueo para pegarme más a él, que se separa de mí para enroscar su mano alrededor de mi cuello sin apretar.

—Podría matarte ahora mismo —me amenaza.

Sin capacidad de pensar por todo lo que me está haciendo sentir, digo una estupidez.

—Ahora mismo lo menos que quieres es matarme.

Shadow me suelta el cuello y se acerca tanto a mí que me lamo los labios. Nos miramos a los ojos. Sé que él está haciendo esto para demostrarme que puede acabar conmigo en cualquier momento. Sin embargo, lo que veo en el carmesí de sus ojos está lejos de asustarme.

—No vuelvas a provocarme, Morgan —dice entre dientes—. La única razón por la que no he tomado tu sangre es porque no quiero crear un vínculo contigo.

A continuación, se da la vuelta. Puedo ver como sus hombros suben y bajan. Él también se ha excitado. Me mira por encima del hombro antes de desaparecer. Las ataduras de la roca se desvanecen en ese mismo instante y doy unos pasos torpes hacia adelante.

Ha hecho todo esto con el propósito de asustarme, pero no lo ha logrado, porque un asesino frío no se molestaría tanto en demostrar que lo es.

Me sumerjo en el agua, girando y disfrutando de la libertad que me brinda el océano y su silencio. He venido a nadar bajo la luz de la luna porque lo necesito. Shadow me hizo sentir cosas que no debería haber sentido por él, mientras más pienso en cómo le ofrecí mi cuello, en cómo jadeé en sus brazos, más vergüenza siento. ¿Qué estaba pensando?

Emerjo a la superficie y me quedo flotando, meciéndome al ritmo de las olas y mirando la luna. Alzo la mano y trazo su perfil con un dedo. Una puntada dolorosa me cruza la cabeza y bajo la mano de inmediato. He de esforzarme por respirar. ¿Qué pasa?

De pronto, un recuerdo vuelve a mí.

—¡Morgan!

Alguien me llama. Sé que es un recuerdo. Reconozco la sensación. Intento no sumergirme en él. Shadow me advirtió que era peligroso, pero no puedo evitarlo…

Y cuando abro los ojos, me encuentro frente a una ventana, trazando el perfil de la luna con un dedo en el vidrio.

—Morgan, es hora de cenar —me dice una voz femenina.

Me giro y camino para sentarme a una mesa. Me miro las manos, son las manos pequeñas de una niña. Al levantar la mirada, veo a Milosh sentado a mi lado. Debe de tener unos diez u once años.

Él ya está comiendo y yo hago lo mismo. Pero de repente oigo que alguien me dice desde la cocina:

—¡Cómete toda la verdura! —Es mi madre.

Mi hermano sonríe con malicia y yo muevo la cabeza negativamente.

—¡Milosh, no lo hagas! —susurro, pero es demasiado tarde. Sus ojos verdes ya han adquirido una tonalidad roja.

Levanto la mano y todas las verduras de su plato comienzan a flotar en el aire.

—¡Detente, Milosh! —susurro de nuevo.

Él sonríe y arroja las verduras contra mí. Mi vestido blanco favorito se queda todo manchado de salsa. Aprieto los puños furiosa, presa de la ira, y noto cómo una oleada de energía fluye de mí y lanza a mi hermano contra la pared de enfrente. Cuando cae al suelo, mi madre sale corriendo de la cocina para ver qué está pasando. Es delgada y tiene una larga melena castaña que le cae por la espalda. Sus ojos oscuros muestran su preocupación.

—Milosh, ¿qué ha pasado? —pregunta arrodillándose frente a él.

Mi hermano me mira frotándose la parte posterior de la cabeza, y mi madre se vuelve para mirarme también. Yo estoy al borde de las lágrimas. No quería hacer daño a Milosh.

—Lo siento —digo sinceramente—. Perdí el control —añado bajando la mirada.

Mi madre ayuda a mi hermano a ponerse de pie y lo envía a su habitación, diciéndole que necesita hablar conmigo. Se sienta en una silla y me pide que me acerque. Dos gruesas lágrimas ruedan por mis mejillas.

—Ven aquí con mami —dice abriendo los brazos, y yo corro hacia ella y la abrazo con fuerza.

—Lo siento mucho —digo.

Mi madre me acaricia el pelo, haciendo que me sienta segura.

—Está bien, cariño. No te disculpes por cosas que no puedes evitar hacer —me consuela. Nos separamos un poco y me limpia las lágrimas.

—Ahora me va a odiar.

—No, no lo hará. Es tu hermano, te quiere demasiado.

—¿De verdad? —pregunto esperanzada.

Ella asiente con la cabeza.

—Ahora ve a dormir. Mañana es el cumpleaños de Milosh. Será un día largo —me dice con una sonrisa. Me encanta su sonrisa.

—¿Dónde está papá?

—Llegará mañana. —El miedo hace presa en mí, pero trato de que ella no se dé cuenta y sonrío—. Dame un beso de buenas noches y ve a tu habitación.

La beso en la mejilla y subo las escaleras. Paso de largo por la puerta de mi dormitorio y me dirijo a la de Milosh. Llamo y, aunque no me contesta, abro la puerta.

Está en su cama, tumbado boca abajo.

Entro en la habitación y cierro tras de mí.

—¿Milosh? —Sigue sin decir nada. En silencio, me acerco a su cama y le doy un golpecito en el hombro—. ¿Milosh?

Por fin se gira y se sienta. Tiene el pelo oscuro revuelto y veo un destello de molestia en sus ojos.

—¿Qué quieres? —me pregunta, mirándome directamente a los ojos.

—Lo siento —digo con la cabeza gacha. Él se queda en silencio—. ¿Me odias?

Deja escapar un suspiro, me agarra de los brazos y tira de mí para que me acueste con él en la cama. Caigo de espaldas a su lado y él me abraza con fuerza.

—Eres mi hermanita. Por supuesto que no te odio. —Me besa el pelo.

—¿Lo prometes? —pregunto con esperanza.

—Lo prometo.

Entonces cierro los ojos y me quedo dormida en los brazos de Milosh. Me siento feliz porque él no me odia. Después de todo, es mi único hermano.

Abro los ojos y noto que dos lágrimas caen de mi mentón y se mezclan con el agua del mar.

Ese ha sido el primer recuerdo claro que he tenido de mi madre y de mi hermano. La sonrisa de ella era muy cálida y relajante, y me sentí tan bien en los brazos de Milosh, tan segura.

«¿Por qué me odia ahora? En ese recuerdo me prometió que nunca me odiaría y fue muy cariñoso conmigo. ¿Cuándo nos separamos? ¿Y por qué?».

Lo más sorprendente es que, al igual que yo, Milosh también tenía poderes aun siendo humano. Fue capaz de hacer que las verduras flotaran en el aire.

Me sumerjo de nuevo en el agua con los ojos cerrados y me permito revivir el momento en que mi madre me abrazó. Las olas pasan por encima de mí mientras disfruto del silencio del océano, de la sensación cálida que me proporciona el recuerdo de mi madre.

Después de un rato, salgo del agua y me siento en la playa para contemplar el vasto océano frente a mí mientras entierro los dedos de los pies en la arena. Luego me dejo caer hacia atrás y me quedo tumbada. El cielo se ve hermoso. Y entonces… el ya conocido dolor de cabeza vuelve.

Otro recuerdo me ataca y me deja sin aliento.

Un sol grande e intenso brilla en el cielo. Estoy corriendo por la playa. Hace mucho calor, pero me estoy divirtiendo. Milosh y yo ya somos adolescentes. Él me persigue, tratando de atraparme. Le he robado una carta de amor que guardaba dentro de su bolsa. Mi madre nos observa desde las sombras de los árboles. El viento alborota mi largo cabello mientras corro.

—«Querida Karen…» —empiezo a leer.

—¡Basta, Morgan! —me grita, tratando de cogerme, pero yo lo esquivo y empiezo a correr más rápido.

—«No sé cómo decir esto…» —continúo, leyendo la carta.

Una mezcla de enojo y vergüenza cruza la cara de Milosh. Yo disfrutaba fastidiándolo siempre que podía y él hacía lo mismo conmigo.

—¡Mamá! ¡Di algo! —le pide a gritos a nuestra madre, desesperado.

Ella no dice nada. Le gusta mantenerse al margen de nuestras pequeñas peleas.

—«Pero me gustas desde la primera vez que te vi…» —sigo leyendo, a pesar de que no me resulta fácil leer y correr al mismo tiempo.

—¡Voy a matarte! —me amenaza mi hermano muy enfadado.

Yo le saco la lengua. Tengo quince años y él diecisiete, pero seguimos comportándonos como niños. Corro, disfrutando de la sensación de la arena bajo mis pies descalzos hasta que veo que estoy a punto de llegar a un pequeño bosque.

«Oh, será mejor que no nos metamos entre los árboles», pienso, e intento ir por otro lado, pero Milosh me acorrala y no me queda más remedio que meterme en aquella zona arbolada, donde estaremos solos y él podrá hacer cualquier cosa.

Maldigo y corro tan rápido como puedo. Pero me tropiezo con la raíz de un árbol y caigo abruptamente al suelo. Milosh se sube encima de mí, me sostiene las manos sobre la cabeza y me quita la carta.

—«Eres la chica más hermosa que he visto…» —continúo diciendo yo, que había memorizado el texto.

—¡Cállate! —grita él en mi cara.

—«Siento mariposas en el estómago cada vez que te veo…» —me detengo—. ¿En serio? —pregunto riendo a carcajadas—. ¿Mariposas?

Los ojos de Milosh adquieren esa peligrosa tonalidad rojiza. Está muy enfadado. Y entonces… veo cómo crecen sus dos colmillos, que ahora parecen más afilados.

Me mira tan horrorizado y confundido como yo. Pero luego se inclina hacia mí y siento su aliento en mi cuello.

—¡¿Qué estás haciendo?! —pregunto, asustada—. ¡Milosh!

Sus dientes afilados se hunden en mi cuello. Quiero gritar, pero mi hermano me cubre la boca con su mano libre. Me retuerzo y lucho, pero es inútil.

Siento cómo me quita toda la energía.

Siempre había sabido que no éramos humanos normales, pero nunca había imaginado algo así.

Milosh se detiene y yo lo empujo para apartarlo de mí y me quedo sentada en el suelo. Noto líquido caliente en el cuello y veo que mi hermano se está limpiando la sangre de la boca con el dorso de la mano. Sus afilados colmillos han desaparecido y sus ojos ya no son rojos.

—Morgan…, yo…, yo… —intenta hablar, pero levanto la mano para hacerlo callar.

—¡Mantente alejado de mí! —le grito, y me levanto para salir corriendo del bosque.

—¡Espera! —brama detrás de mí, pero no lo hago. Me alejo de él lo más rápido que puedo.

Me limpio los restos de sangre del cuello y me lavo las manos en la playa. Después de eso, paso el resto del día sentada junto a mi madre.

Cuando volvemos a casa por la noche, subo las escaleras para ir directamente a mi habitación y cierro la puerta tras de mí. Después de darme una larga ducha y ponerme el pijama, mientras estoy peinándome frente al espejo, veo la marca en mi cuello: dos agujeros magullados. Me duelen un poco al tocarlos. En casa, todos sabíamos que existían criaturas de la noche, pero no imaginaba que mi hermano fuera una de ellas, un vampiro… ¿O sí?

Llaman a mi puerta y veo entrar a Milosh.

—¿Puedo hablar contigo? —pregunta tristemente.

Asiento en silencio.

—Lo siento, Morgan. No sé lo que me ha pasado —dice cabizbajo.

—¿Por qué lo hiciste?

—No lo sé, solo sentí la necesidad de sangre —admite, mirando a otro lado—. Lo siento mucho. No quería hacerte daño.

—Lo sé —le digo abrazándolo. Aunque siempre estamos discutiendo, sé que nos queremos mucho.

—¿Me odias? —pregunta con una sonrisa, apartándose un poco de mí.

Siempre nos preguntamos eso después de cada pelea.

—Eres mi hermano, por supuesto que no te odio —contesto sonriendo también.

Tengo muchas preguntas que hacerle, pero sé que no es un buen momento y dejo que se vaya de la habitación en silencio…

Respiro pesadamente cuando vuelvo a la realidad.

Hay demasiada información dentro de mi cabeza. Noto un nudo en el pecho al recordar cuánto quise a mi hermano y cuánto me quiso él a mí. Y me doy cuenta de lo mucho que lo he echado de menos durante todos estos años.

Milosh se convirtió en un vampiro en un proceso lento. ¿Cómo fue eso posible? Pensaba que tenías que ser mordido para transformarte en un vampiro y que el cambio era inmediato. Pero mi hermano no fue mordido y su transformación fue lenta.

Me pongo de pie. La brisa del mar elimina la arena de mi ropa.

La tierna sonrisa de Milosh aparece en mi mente. «Te quiero, hermanita».

Con tristeza, vuelvo a la cueva.

Pasan varias noches y no beber la sangre de Shadow comienza a pasarme factura. Mi cuerpo se ha acostumbrado a ese poderoso líquido y parece exigirlo. Sin embargo, no estoy lista para más recuerdos, aún estoy asimilando todo lo que he descubierto recordando. Sé que, al beber la sangre de Shadow, encuentro muchas respuestas y más información, pero tenía la cabeza a punto de estallar, y pensé que necesitaba un descanso. Por eso decidí no tomar su sangre durante un tiempo.

Como necesito distraerme, me reúno con mi clan fuera de la cueva. Han hecho de una zona rocosa un lugar para pasar el rato.

—¡Morgy! —me saluda Luke, y le devuelvo el saludo agitando la mano.

Me siento en una roca al lado de Lyla.

—Estaba empezando a preocuparme.

Lyla me pasa una taza de chocolate caliente. Es la bebida favorita de Luke. Ian me observa desde el otro lado de las rocas.

—¿Qué hay? —pregunto antes de que él pueda abrir la boca y preguntarme cómo estoy. Drake y Aidan no están.

—Lo de siempre —comienza Luke—. Estábamos poniéndonos al día.

—¿Es seguro este lugar? —pregunto. Hemos explorado los alrededores varias veces, pero siempre estamos más alerta los primeros días después de un cambio de guarida.

—Eso parece —responde Lyla—. Estamos entre las Villas Costeñas y las Ruinas de Grania.

Hago una mueca.

—¿Estamos cerca de esas ruinas? —Todo lo que sé de ese lugar es que muchos han ido, pero pocos han vuelto, además de las historias de fantasmas que he escuchado alrededor de muchas fogatas con mi clan.

Ian sonríe.

—No sabía que temías a los fantasmas, Morgan.

Me encojo de hombros.

—No es eso.

—Puedes luchar con un *cruentus* tú sola, negociar con Purasangres, pero ¿te dan miedo unas ruinas? —El tono acusatorio de Ian no pasa desapercibido.

Luke y Lyla comparten una mirada.

—¿Negociar con Purasangres? —pregunta él—. Ese cuento no me lo sé.

Pongo los ojos en blanco.

—No es relevante.

Ian bufa y le lanzo una mirada asesina. Lyla es la que cambia de tema.

—Travis ha preguntado por ti, Morgan —me dice, sin esforzarse en ocultar su preocupación. Debo de verme tan débil como me siento—. ¿Cuándo fue la última vez que te alimentaste?

Abro la boca para responder, pero en ese momento aparece Aidan de la nada y todos nos quedamos callados unos segundos. Lo respetamos como nuestro líder, pero eso también ha creado una brecha entre él y nosotros. No solemos hablar cómodamente cuando está delante ni hacernos bromas. Cuando lo hemos intentado, Aidan no se ríe y mantiene esa expresión helada en todo momento, lo que hace que el ambiente se vuelva incómodo.

Así que todos nos limitamos a hacer comentarios sobre el refugio y luego cada uno se va a su compartimento.

XVI

SHADOW

La brisa nocturna levanta un par de hojas secas del suelo y las envía volando en círculos a través de los árboles que rodean la pequeña villa de Morten. El frío que baja de las Villas Norteñas ya ha comenzado a colarse más seguido aquí y lo disfruto, sentado en el techo de la cabaña que ha sido mi hogar durante casi un siglo. Me permito deleitarme con el silencio, a pesar de que, si me enfoco en los sonidos que llegan hasta mí desde la distancia, puedo escuchar a los Purasangres que habitan este lugar. Morten es parte de los territorios del norte y solo los de mi especie viven aquí.

Este pequeño momento de soledad y paz tiene un final cercano porque debo reunirme con mis superiores dentro de un rato.

«Superiores», sonrío. No son ni la mitad de poderosos que yo. Si toman decisiones, es solo porque yo permito que lo hagan.

Dejo salir una larga bocanada de aire y contemplo el vaho de mi aliento cuando sale de mis labios. Hace mucho que no cazo, necesito una buena pelea y por supuesto una victoria, echo de menos la subida de adrenalina que me aportan. La nostalgia me envuelve al recordar los movimientos rápidos de mi cuerpo, la agilidad y precisión con la que corta mi espada…

Me levanto despacio; odio las reuniones, siempre es la misma mierda aburrida. Agarro mi máscara negra y me la pongo antes de saltar del techo y aterrizar en la parte de atrás de la cabaña. No me sorprende encontrar a mi hermano a un lado de la puerta trasera, con los brazos cruzados.

—Han llegado —me informa Byron.

—Largo —le digo al pasar por su lado, antes de entrar a la cabaña.

Él no puede estar presente mientras mis superiores se encuentren aquí. No puede escuchar nuestra conversación. No me contesta, pero sabe que tratar de escuchar no es una opción, mis superiores lo detectarían y lo matarían sin dudarlo. Simplemente desaparece detrás de mí.

Cuando entro al estudio, iluminado por velas a los lados, hay seis vampiros Purasangre sentados alrededor de una mesa redonda. Sus miradas impacientes se encuentran con la mía; todos visten de negro.

Los escaneo. Greg y Volt son hermanos y, por lo general, luchan juntos combinando sus poderes y habilidades. Sombría es una experta en habilidades mentales. Vincent, el destructor y nuestro líder, puede acabar con casi toda una ciudad de golpe usando su poder. Marsha, el elemental, es capaz de hacer múltiples combinaciones con los elementos. Y Sandra, la letal, una belleza exótica que se aprovecha de su atractivo para engañar a sus víctimas. Ella es la que se levanta primero. Es delgada y de facciones perfectas y tiene una larga melena roja que le cae por la espalda. Sus ojos negros se encuentran con los míos.

—Shadow. —Arrastra la «o» entre sus labios pintados de rojo—. Estamos complacidos de que hayas podido reunirte con nosotros esta noche.

No digo nada.

—Shadow —me saluda Vincent, nuestro líder.

—Vincent —digo devolviéndole el saludo. Sé por qué están aquí.

—Aidan nos ha dicho que estás dándole tu sangre a Morgan y que ella está recuperando su memoria —dice con calma.

—No voy a negarlo si eso es lo que estás esperando —contesto.

Sandra me mira confundida.

—¿Por qué lo haces?

—Tengo mis razones. —Me encojo de hombros.

—¿Y cuáles son esas razones? Sabes que tienes que informarnos sobre todo lo que haces que podría afectarla. —El tono de Vincent se endurece.

—Pensé que ese era el trabajo de Aidan —bufo.

Se quedan en silencio, compartiendo miradas y gestos.

—Nunca nos has desobedecido, Shadow. ¿Cuáles son tus motivos? Este es un tema muy importante, sabes que no puedes jugar con este asunto. —Vincent mantiene la calma.

—No me digas que te has encariñado con ella… —Sandra usa un tono de burla, pero sé que su pregunta es seria.

—Podría matarla ahora si me lo ordenaras. —Sueno tan seguro como quiero. Parecen sorprendidos por un segundo y yo sonrío bajo mi máscara—. Solo estoy haciendo lo que se me ordenó. Es mejor para ella que vaya recuperando sus recuerdos poco a poco —explico para calmarlos; lo último que necesito es ser considerado un traidor. Mi lealtad es lo único de lo que estoy orgulloso.

—Oh… Tiene razón, Vincent —afirma Sandra, mirando al líder—. Sabemos que ella necesita estar emocionalmente estable. Y si recupera todos sus recuerdos al mismo tiempo, puede perder el control.

—Entiendo… Haciendo que Morgan recupere su memoria poco a poco, le damos tiempo a asimilar toda la información —concluye Vincent.

—Exactamente. —Sandra me sonríe—. Eres inteligente, Shadow. —Sus ojos vagan por mi cuerpo, pero la ignoro.

—¿Cómo está? ¿Cuánto ha recordado? ¿Sigue creyendo que es una vampira convertida? —pregunta Vincent, poniéndose de pie.

—Sí, solo ha podido recordar algunas cosas sobre su madre y su hermano —respondo con indiferencia.

—¿Y sobre su padre? —inquiere Sandra, preocupada.

—Aún no.

—Ya veo. —Vincent se frota la barbilla. Hay un prolongado silencio entre nosotros; no es incómodo, ya que todos estamos acostumbrados al silencio y su quietud.

—¿Algo más?

—Sus poderes. ¿Alguna señal? —La pregunta del líder está cargada de inquietud.

—Su poder apenas se ha mostrado, pero nada de qué preocuparse.

—¿Nhyme? —Sombría habla por primera vez, mencionando la organización cuyo objetivo es eliminar a Morgan.

Meneo la cabeza. Marsha interviene:

—Aidan nos ha contado que Morgan ha buscado a Milosh. ¿Crees que eso será un problema?

—Puedo manejar a Milosh.

Vincent vuelve a mirarme.

—No lo subestimes, Shadow.

No digo nada.

—Bueno, creo que eso es todo por esta noche. Vamos a venir más a menudo para ver cómo va progresando Morgan. Debes mantenernos informados sobre ella —me ordena el líder, y yo me limito a asentir.

Todos se ponen de pie y caminan en silencio hacia la puerta. Sandra es la última que queda en el lugar.

—Siempre es un placer verte, Shadow —dice mientras se dirige hacia la puerta. Se detiene a mi lado. Puedo oler el perfume de flores que lleva; se inclina hacia mí para susurrarme al oído—: Si necesitas compañía en esta casa solitaria, házmelo saber. —Sus labios casi rozan mi oreja, pero no siento nada. Ella lo nota y da un paso atrás—. Y ten cuidado con la chica. Si te apegas a ella, será la más afectada. —Tras decir eso, sonríe y desaparece.

Me quedo allí unos minutos. Tengo que ir a ver a Morgan y darle mi sangre. Hace mucho que no la alimento. Me ha rechazado varias veces. Tal vez se sienta abrumada por sus recuerdos.

Cierro los ojos y me concentro en el bosque cerca de la cueva de Morgan. Pienso en los árboles y las ramas, en el olor de las hojas y del barro. Abro los ojos y ya estoy allí. Puedo teletransportarme, pero requiere de una cantidad enorme de energía, así que no funciona a menudo. Sin embargo, no me apetece correr desde Morten hasta las Villas Costeñas: hay una distancia significativa. Camino entre los árboles y oigo las ramas quebrarse bajo mis pies.

Después de salir del bosque, entrar a la cueva no es una opción, sigo siendo un Purasangre y este un escondite de vampiros convertidos, así que me concentro en aparecer dentro de la habitación de Morgan.

Está sentada en una esquina con las piernas pegadas al pecho y sus pequeños brazos alrededor de ellas, apoyando la barbilla en las rodillas. Lleva suelta su larga melena negra, que le cae alrededor de los brazos y por la espalda. Sus ojos de jade carecen de su brillo habitual, se ven tristes y perdidos. Ni siquiera se molesta en mirarme. ¿Qué le ocurre?

—Morgan —digo para llamar su atención.

Sus ojos se encuentran con los míos durante unos segundos, antes de que desvíe la mirada. Por lo general, no le gusta mostrarse vulnerable, por lo que deduzco que debe de sentirse muy mal.

No me gusta verla así; no estoy apegado a ella de ninguna forma, es solo… que mi lado protector aparece cuando la tengo cerca. La he visto crecer, lo sé todo sobre ella, pero no me puedo permitir preocuparme; simplemente no puedo. Es superior a mis fuerzas, como si un hilo invisible nos uniera desde el momento en que nacimos. El destino me empuja hacia ella, pero cada vez que ha comenzado a importarme demasiado, he hecho lo posible por controlar esos sentimientos.

Cierro mis conflictos internos y me centro en Morgan de nuevo. Está muy pálida, tiene grandes ojeras y los labios secos. Me necesita. Cuanto más bebe de mí, su cuerpo más necesita mi sangre.

—Morgan…

—Sal de aquí. —Su tono de voz es suave, tranquilo.

Camino hacia ella.

—Necesitas mi sangre.

—No, no la quiero. No me siento bien, por favor, vete —suplica, mirando hacia otro lado.

—Necesitas mi sangre, Morgan.

—No la quiero esta noche, ¿de acuerdo? —dice a la defensiva.

—Tampoco bebiste anoche. La necesitas.

—¿Puedes irte, por favor? —Me mira desafiante.

—No me iré, no te dejaré así, debes alimentarte esta noche —enfatizo la última palabra.

Ella niega con la cabeza y mira hacia otro lado.

Estoy cansado de su terquedad. La agarro del brazo y la obligo a levantarse.

—Suéltame —se queja, poniéndose de pie, pero está muy débil y acaba cayéndose en mis brazos, respirando pesadamente. No tiene nada de energía, pero aun así trata de apartar mis manos de ella, apoyándose en la pared—. Tu sangre me hace recordar y necesito un descanso.

Tengo una idea para hacerla beber.

XVII

MORGAN

Todo mi cuerpo late dolorosamente sin energía. Ni siquiera puedo mantenerme de pie sin ayuda, así que me apoyo contra la pared. Shadow está frente a mí con una expresión profunda en sus ojos.

No quiero su sangre, porque debo admitir que estoy asustada, muy asustada. Tengo demasiadas cosas que asimilar, que pensar y que analizar. Por eso no quiero la sangre de Shadow otra vez, aunque mi cuerpo la anhela. Pero me traería más recuerdos y no estoy preparada para eso. Shadow arruga las cejas, como si le doliera algo.

De repente se sube la máscara hasta la nariz y se dirige hacia mí. Sus labios sobresalen, se ven tan jugosos en esta oscuridad. Coloca una mano tras mi cuello y me atrae hacia él. Lo siguiente que siento son sus labios sobre los míos.

Es tan repentino que no reacciono. Él presiona su boca sobre la mía suavemente y abre mis labios con los suyos. Pruebo el dulce y poderoso sabor de su sangre.

Una vez que la saboreo, mi sed aumenta, tomando el control. Lo beso con desesperación y dejo que su sangre llene mi boca. Su lengua acaricia el borde de mis labios, enviando escalofríos por todo mi cuerpo. Nunca antes había experimentado algo así.

Me cuelgo de su cuello y tiro de él para acercarlo más a mí. Alimentarme mientras nos besamos es lo más erótico que he hecho en mi vida. Nuestros labios luchan por el dominio mientras chupo los pequeños cortes en sus labios que ya están sanando y le causo otros con mis colmillos.

Nuestras lenguas se enredan de manera seductora y apasionada. Él sostiene mi cara con ambas manos. Mi espalda se estrella contra la pared. Una de sus manos desciende en una caricia hacia mi brazo, luego baja para apretar mi cintura y continúa descendiendo hasta mis muslos y acaba colándose bajo mi falda. Me estremezco al notar su fría piel y dejo escapar un pequeño suspiro. Paro el beso y miro su cuello con deseo antes de enterrar en él mis colmillos. La poderosa sangre entra en mi boca a medida que aumenta la lujuria entre nosotros.

Shadow me coge por la cintura y yo deslizo una mano por debajo de su camisa negra; siento sus abdominales duros y definidos. Mi mano sube para tocar su pecho. Dejo de beber de él mientras Shadow entierra su cara en mi cuello al tiempo que masajea mis pechos, haciéndome gemir. Mis manos torpes recorren su cuerpo por debajo de su camisa mientras él lame mi cuello con anhelo.

Cuando comienza a desabotonar mi camisa, nuestras miradas se encuentran.

Ambos nos quedamos paralizados, como si nos estuviésemos preguntando lo mismo: «¿Qué demonios estoy haciendo?». Lo aparto y bajo la cabeza, avergonzada.

Todavía puedo sentir sus labios sobre los míos y sus manos por todo mi cuerpo. Aún puedo escuchar mis propios gemidos de placer. Casi me entrego a… Shadow.

Él baja su máscara, cubriendo sus labios rojos y mojados por el beso. Sus hombros suben y bajan con pesadez.

—No tenía planeado esto… —murmura con voz ronca. El anhelo aún flota en el aire—. Solo quería alimentarte.

Lo sé, porque ambos parecemos demasiado sorprendidos con lo que acaba de pasar.

—Deberías irte —digo en contra de lo que mi cuerpo me pide: quiere tenerlo cerca de nuevo, sentirlo aún más. Pero necesito que salga de mi espacio para que la claridad vuelva a mí.

Shadow me observa, y toda mi piel ruega que la acaricie. Quiero incitarlo y hacerlo perder el control aún más.

Él da un paso atrás y luego otro, con lentitud, como si alejarse fuera tan difícil para él como lo es para mí quedarme quieta. Finalmente, desparece y vuelvo a respirar.

XVIII

Mi espalda todavía está contra la pared; mi respiración, agitada y desigual. La sensación punzante aún corre por mis venas, por mi piel… Parpadeo un par de veces, tratando de organizar mis pensamientos. Shadow acaba de irse después de habernos besado.

Nos hemos besado.

«¿Qué pasa conmigo?».

Me froto la cara. Tal vez fue la sed de sangre, eso es normal cuando te estás alimentando. Exhalo un poco de aire, saboreando el aroma de Shadow en mi lengua.

Necesito enfocarme en lo que realmente importa ahora, no tengo tiempo para pensar en besos prohibidos. Mi hermano… Él dijo que nunca me odiaría porque yo era su hermana pequeña. Por lo tanto, ¿qué pasó para que eso dejara de ser así? Sostengo mi cabeza, sintiendo mi cabello deslizarse entre mis dedos.

Por mucho que intente centrarme en Milosh, no puedo olvidarme del beso cuando todavía tengo el sabor de Shadow en la boca. Su sangre es rica y está cargada de poder antiguo.

Desafortunadamente, también recuerdo la frialdad de su aroma de Purasangre, cómo ha disfrutado asesinando vampiros. La sensación de poder y superioridad que experimentó. Me pregunto qué debe sentirse siendo tan poderoso, sabiendo que puedes terminar con la vida de cualquiera y que nadie puede retarte.

Cuando salgo, me sorprende no ver a nadie en la playa. Lyla y Aidan suelen pasar el rato allí, pero no esta noche. Hace un poco de frío, así que me abrazo y miro hacia el cielo, observando las estrellas. Un fuerte trueno resuena por todo el lugar. «¡Qué extraño! El cielo está completamente despejado», pienso. Pero, de pronto, unas nubes oscuras comienzan a cubrir la luna. Se aproxima una tormenta eléctrica.

Un ruido proveniente del bosque llega a mis oídos y me aventuro a adentrarme entre los árboles. El viento azota violentamente las ramas, levanta las hojas del suelo y las hace volar. Los rayos iluminan el lugar por un segundo y ello me permite ver una figura a varios metros de mí. La oscuridad vuelve, pero puedo ver a través de ella. Es un vampiro, uno antiguo.

—Este es el territorio del clan de las Almas Silenciosas —informo, muy seria.

El vampiro lleva puesta una capucha que no me deja ver su cara.

—Mmm…, definitivamente has crecido. —Una voz femenina sale de debajo de esa capucha.

—¿Quién eres? —pregunto, cautelosa.

Ella da unos pasos hacia mí.

—Recuerdo cuando eras solo una molesta niña pequeña.

La mujer se baja la capucha. Es muy hermosa. Tiene un llameante pelo rojo y sus ojos negros resaltan aún más su belleza. Su vestido es del mismo color de su cabello, con un corsé que aprieta su pequeña cintura y hace que sus pechos casi salten de la tela. Cuando veo la marca circular en la pálida piel de su cuello, me quedo paralizada. Eso solo significa una cosa: es una Purasangre.

—¿Quién eres?

—Una vieja amiga. —Me sonríe y veo asomar un colmillo—. No debería estar aquí, pero tenía curiosidad por saber cómo estabas.

La miro precavida. ¿Me conoce? Recuerdo las palabras de Shadow: «Hay mucha gente que no recuerdas, Morgan».

—¿Te conozco? —Necesito preguntar incluso cuando tengo la sensación de que esa Purasangre no es buena. Mantiene su sonrisa mientras desaparece y luego la siento detrás de mí.

—¡Hum! El aroma de Shadow… —susurra en mi oído. Me doy la vuelta y pongo distancia entre nosotras—. Qué afortunada eres… —Se lame el labio inferior. ¿Conoce a Shadow?

—¿Quién eres?

Me dedica una sonrisa tan falsa como la amabilidad del tono de su voz.

—Sandra.

De repente, emite una ola de poder y me lanza por los aires haciendo que me estrelle contra un árbol. Sin duda me he roto algún hueso. El dolor resulta insoportable.

—Pero todavía eres débil. —Por su tono de voz, es evidente que ello la satisface.

Parpadeo un par de veces, tratando de aclarar mi vista, y la veo dirigirse hacia mí. Necesito levantarme, pero me cuesta, así que lo hago lentamente. Me está haciendo sentir débil con sus poderes. ¡Malditos Purasangres y sus habilidades mentales!

En un movimiento rápido, Sandra envuelve su mano alrededor de mi cuello y, apretándolo con fuerza, me levanta del suelo. Puedo ver la sonrisa malvada en sus labios rojos. Luego me lanza a un lado y vuelo en el aire hasta que aterrizo sobre mi espalda. Me siento mareada.

—¿Por qué eres tan débil? —Se arrodilla frente a mí y me levanta por el pelo. Siento su aliento en mi oreja—. Eres patética —murmura con un tono sádico.

—¡No me toques! —exijo mientras trato de patearla y alejarla de mí, pero entonces ella me agarra con más fuerza.

—Eres una miserable pequeña criatura —me dice con desprecio antes de empujarme al suelo.

Me doy un golpe en la cabeza con algo duro, pero me pongo de pie tan rápido como puedo, lo malo es que lo hago más despacio de lo que esperaba. Un líquido caliente baja por el lateral de mi cara hasta mi cuello.

«Sangre», pienso. Toco entre las hebras de mi cabello para confirmarlo. Extiendo la mano frente a mi visión borrosa y observo con dedos temblorosos la sangre carmesí manchando mi pálida palma.

Una sensación horrible recorre mi cuerpo cuando veo mi propia sangre. Mis músculos comienzan a palpitar y a temblar. Un dolor frío muy familiar se enciende dentro de mi pecho. Mi garganta arde, quema y duele como si hubiera tenido sed durante semanas. Mis labios se secan.

¿Qué está pasando? Parpadeo una y otra vez, porque todo lo que puedo ver es oscuridad y sangre. Sostengo mi pecho, tratando de respirar, y me lamo los labios desesperadamente. Los rayos iluminan el lugar por un segundo y miro a Sandra de pie frente a mí. Parece confundida.

El dolor dentro de mi pecho aumenta y me hace soltar un grito, así que me abrazo con más fuerza.

Cierro los ojos tratando de controlar las sensaciones que me invaden. Pero todo empeora… Porque imágenes sangrientas pasan por mi mente a toda velocidad.

—¡No! —grito cuando abro los ojos y no veo nada; es como si estuviera ciega. El dolor sigue latiendo dentro de mí, expandiéndose por mi cuerpo.

—¡Mierda! —dice Sandra—. ¡Cálmate!

Ella sigue gritando cosas, pero sus palabras no tienen sentido para mí. Es como si estuviera hablando en un idioma que no entiendo. Todo mi cuerpo está frío y temblando. Cada vez que parpadeo, mi vista cambia a imágenes horribles.

Sangre…

Gritos aterrorizantes…

Dolor…

Quiero cerrar los ojos, pero no puedo. Las imágenes comienzan a ser más claras.

Veo a una mujer cubierta de sangre con un vestido blanco y largo que sonríe y baila sobre cadáveres. A algunos les faltan partes del cuerpo; veo brazos y piernas mutilados por todo el suelo.

—¡No! —grito, tratando de apartar esas imágenes de mis ojos. Dolor real y cruel está invadiendo cada parte de mí. Lágrimas cálidas y sangrientas ruedan por mis mejillas—. No puedo soportar tanto dolor… —logro decir.

Es como si recuerdos borrosos atacaran mi mente. Escucho voces y gritos dentro de mi cabeza.

—*Es peligrosa…* —*dice una mujer.*

—*Debemos matarla.*

—*¡Padre!* —*Me sorprende mi propio grito desesperado dentro de mi cabeza*—. *Por favor, deténganse.*

Mis súplicas hacen que mi corazón se encoja.

—*Hija, recuerda, el amor solo te debilita* —*dice él con tono glacial.*

Niego con la cabeza tratando de detener las voces y los recuerdos. Me tapo los oídos, pero no funciona.

—*¡Odia! ¡Morgan, odia! Y serás más fuerte.*

—¡No! ¡Basta, por favor! —grito cuando el dolor en mi pecho parece quemarme.

Caigo de rodillas, apretando los puños con desesperación. Siento olas de energía abandonando mi cuerpo. Aprieto con fuerza los ojos, pero no dejo de ver esas espantosas imágenes.

Destrucción…

Incendios…

Gente gritando…

Gente muriendo…

Sangre…

Dolor…

«El dolor es necesario, hija mía».

Sufrimiento…

Odio…

«Deberás odiar y ser más fuerte».

Pérdidas…

Frialdad…

«Ninguna felicidad es eterna, así que los vampiros no pueden experimentarla».

Necesidad…

Tristeza…

«Destruye, mi pequeña. Destruye».

Miedo…

Desesperación…

«Matar es un placer».

Sus frías palabras se repiten una y otra vez dentro de mi cabeza.

—¡No, por favor! —grito tan alto como mis pulmones me permiten.

Puedo sentir la presencia familiar a mi alrededor, pero no veo nada más que imágenes horribles.

XIX

SHADOW

No me he alejado lo suficiente de la guarida de Morgan cuando siento ese poder tan familiar en el aire.

Aparezco dentro del bosque y me encuentro a Sandra aterrorizada.

—¿Qué estás haciendo aquí? —le pregunto, pero está demasiado asustada para hablar. Aidan aparece a mi lado.

—¿Qué ha pasado? —pregunta.

Sandra señala detrás de mí sin decir palabra. Me giro y veo a Morgan temblando; está muy pálida, tiene las pupilas dilatadas y sus ojos… están completamente rojos. Sangrientas lágrimas ruedan por sus mejillas.

—¡No! —grita, sacudiendo la cabeza como si estuviera tratando de borrar algo de su mente—. Es demasiado doloroso…

Oleadas de energía salen de ella rompiendo ramas y lanzando hojas al aire. Un viento descontrolado y sobrenatural azota su cabello, y los destellos de rayos y la fuerza de los truenos aumentan a medida que su aura crece. Doy un paso adelante, pero Aidan me detiene.

—No podrás acercarte a ella tú solo. Deja que te ayude. Tenemos que intentarlo al mismo tiempo, así, mientras su escudo trata de contener a uno de nosotros, el otro podrá detenerla —dice.

Tiene razón, pero me cuesta verla sufriendo de esa manera, atormentada por los peores recuerdos de su existencia.

—¡No! ¡Basta! ¡No puedo más! —grita Morgan, y emite una fuerte ola de energía que hace que los tres demos varios pasos hacia atrás.

Morgan cae de rodillas, cerrando los puños, temblando. Sé que no puede vernos, el poder y los recuerdos la ciegan.

—Está empeorando. —Aidan me mira, es hora de tratar de llegar a ella antes de que sea demasiado tarde.

Los árboles comienzan a crujir a nuestro alrededor.

—¡No! —Sus gritos están llenos de dolor y de miedo. Está sufriendo mucho. Tengo que detener su padecimiento porque sus alaridos me atormentan.

Comparto una mirada con Aidan. Él asiente y corre rápido hacia el lado derecho mientras yo corro hacia el izquierdo. Una ola de energía sale de ella, arrancando varios árboles de raíz y enviándolos hacia nosotros. Los esquivamos con dificultad. Aidan trata de tocarla, pero el escudo de Morgan lo aparta con fuerza. Esa es mi oportunidad; aparezco frente a ella.

Le sostengo la cara con ambas manos.

—Morgan… —la llamo, pero ella no parece oírme. Está inhumanamente fría al tacto—. Morgan… —Sus ojos rojos se encuentran con los míos un segundo, aunque parece que sigue sin verme.

—¡No! —jadea de dolor de nuevo.

Sé lo que tengo que hacer. Tengo que cubrir sus ojos. Su escudo me empuja y me hace dar un paso atrás. El poder que emana es extraordinario y antiguo. Aparezco detrás de ella para que su mirada no pueda usar su escudo contra mí. La agarro por la cintura con una mano y le tapo los ojos con la otra. Siento su sangre caliente manchando mi mano; ha estado llorando demasiado. Su poder se intensifica y casi congela mi piel. Duele. Morgan se estremece mientras trata de soltarse de mi agarre, pero la sostengo con más fuerza.

El viento, los rayos y los truenos comienzan a disminuir. La giro para que me mire; está muy débil. La tristeza que me atraviesa me sorprende. El rojo de sus ojos se desvanece, el color jade está volviendo; su pequeño rostro está cubierto de sangre por todo lo que ha llorado.

Morgan levanta su mano despacio y me acaricia la máscara.

—La insipidez de la muerte nos brinda la solución —susurra, cerrando los ojos. Su cuerpo inerte cae en mis brazos.

Siento la ira correr por mis venas porque he escuchado esas palabras antes, de la boca de Brorian Von Buzten, el padre de Morgan. Es lo que dijo antes de intentar matar a su propia hija.

XX

SHADOW

Morgan está inconsciente en mis brazos. La alzo con facilidad. Su larga melena negra cuelga en el aire y se mueve al ritmo del viento. El aroma de la sangre que cubre su pálido rostro alienta mi necesidad de probarla. Aidan aparece a mi lado, y la sed en sus ojos es tan obvia que hago una mueca de desprecio.

Por primera vez en siglos, siento envidia de él porque ha saboreado la sangre de Morgan, mientras que yo vivo soñando con hacerlo. Aunque es mejor así, necesito mantener las distancias; si desarrollo algún interés personal por ella, Morgan será la más afectada, y no puedo permitir que eso ocurra: ya ha sufrido demasiado. Su sangre es la más poderosa que he olfateado, es normal que la desee. Se trata de simple deseo sanguinario; eso es todo. Nada más.

—Llevémosla a la cueva. Va a llover —sugiere Aidan, alejándose de nosotros.

Camino lentamente, cargando el inerte cuerpo de Morgan. Un rayo de luz ilumina el bosque y lo sigue el estruendo de un trueno. Mi agudo sentido del oído me permite escucharlo todo con claridad: el sonido de las ramas de los árboles que se rompen bajo mis pies, la suave respiración de Morgan, los movimientos sigilosos de los animales del bosque, la brisa moviendo las hojas de los árboles.

Me enfrento a Sandra, que me mira altiva.

—Espero que sepas que le contaré lo ocurrido a Vincent —digo.

—Solo quería saber hasta qué punto se habían despertado sus poderes. No hay motivo para molestar a Vincent —responde, haciendo esfuerzos para parecer tranquila.

Es estúpida de verdad si cree que voy a tragarme esa mentira.

—Mantente alejada de ella. —Es una orden, no una petición.

—¿Eso es una amenaza? —Sandra arquea una ceja—. ¿Me estás amenazando, Shadow? —El desafío en su expresión es obvio, pero no me importa. Ella es la Purasangre más joven de nuestro grupo; no tiene ninguna posibilidad contra mí.

—Pon un dedo sobre Morgan otra vez y estarás muerta.

—No toleraré que me amenaces. No me avergonzarás delante de un vampiro convertido. —Sus palabras están llenas de enojo y desprecio—. Soy una Purasangre, me debes respeto.

Sonrío con malicia debajo de mi máscara porque ella debe de creer que respetaré las reglas de no matar a un Purasangre sin justificación. Se siente segura al desafiarme porque asume que mi honor no me permitirá herirla.

Encuentro su mirada y concentro energía para romperle algunas costillas. Ella grita de dolor mientras se agarra el pecho y empieza respirar con dificultad. Entre jadeos, cae de rodillas. Empiezo a retorcerle otras dos costillas hasta que el crujido anuncia que se han roto. Disfruto viéndola sufrir; se lo merece. Empieza a salirle sangre por la nariz y por la boca debido a la hemorragia interna.

—¡Detente! —me suplica, tosiendo y manchando de sangre las hojas y las ramas debajo de ella.

—Shadow —me llama Aidan, interrumpiendo mi momento sádico.

Aparto la mirada, liberando a Sandra.

—Estás advertida —digo, y sin añadir nada más, me dirijo al escondite del clan de Morgan.

Aidan me sigue en silencio.

En el compartimento de Morgan, nos encontramos con un vampiro convertido, ese que siempre está alrededor de ella como un mosquito. No recuerdo su nombre. Es un vampiro que ya cruzó su madurez, controla el fuego. Me atacó la otra noche, hace unas semanas, cuando intentaba darle mi sangre a Morgan; es un bastardo ingenuo si creyó que tenía alguna oportunidad contra mí.

—¿Qué le ha pasado? —pregunta, muy preocupado.

—Ian, sal de aquí —le ordena Aidan bruscamente. El vampiro está a punto de discutir la orden, pero al advertir la seriedad en nuestras caras, asiente y se va.

Acuesto a Morgan con delicadeza.

—Ha perdido demasiada sangre —digo, y me siento junto a ella, que hace una mueca y se retuerce un poco.

—Shadow… —susurra suavemente con los ojos cerrados. Aidan se tensa—. No…, padre… —Se mueve incómoda. Está recordando a su padre, y sé que ese es uno de los peores recuerdos a los que tiene que enfrentarse.

XXI

MORGAN

Los recuerdos pasan delante de mis ojos, uno tras otro: hay muchas escenas agradables con mi hermano y mi madre, pero también, desafortunadamente, también hay momentos dolorosos y perturbadores. Intento despertar, pero no puedo. Tengo la sensación de que me va a estallar la cabeza. Y entonces me sumerjo en un recuerdo muy vívido.

Tenía nueve años, y estaba corriendo feliz por el jardín de mi madre. Ese día, Milosh no había querido jugar conmigo, así que fui sola al jardín; me encantaba sentir la naturaleza... Me sentía parte de ella. Llevaba mi vestido azul favorito, adoraba ese color porque era como el del cielo.

Me encontré con una ardilla tirada en el suelo. Respiraba con dificultad y no podía moverse mucho; había un charquito de sangre debajo de ella. Me arrodillé frente al animal y lo sostuve entre mis manos. Tenía una patita rota. Tal vez mi madre podría ayudarme a curarla. Me levanté con la ardilla herida entre las manos y al darme la vuelta me sorprendió encontrarme a mi padre.

Miedo...

—Padre —saludé con una pequeña sonrisa para ocultar mi temor. Era la primera vez que lo veía en semanas; él viajaba mucho, o eso era lo que mi madre nos decía.

—¿Qué es eso? —preguntó, señalando mis manos.

Quería proteger al animalito de él.

—Oh… Es una ardilla, está herida. Se la llevo a mamá para que la cure —afirmé, acariciando suavemente al animalito, que aún temblaba.

—Ah, ¿sí?

Asentí con la cabeza.

—Quizá pueda curarla yo. Ponla en el suelo, veamos qué puedo hacer.

Sentí la esperanza llenando mi pecho. «Tal vez papá está cambiando. Puede que ahora sea bueno», me dije.

—¿De verdad?

Puse a la ardilla despacio en el suelo. Él sonrió, levantó su pie izquierdo y la pisó, creando un pequeño charco de sangre y restos. Grité y luego me tapé la boca. Rápidamente, dos lágrimas rodaron por mis mejillas, pero no volví a gritar ni a llorar. Estaba demasiado sorprendida.

¡Acababa de matar a la ardilla de un pisotón! Di un paso atrás, temblando. ¿Cómo podía haber hecho algo así?

—La compasión es un sentimiento inútil si quieres ser más fuerte.

—Padre… —murmuré, desconcertada, mirando la sangre que rodeaba el cuerpo destrozado de la ardilla.

—No debes sentir lástima, Morgan.

—¿Por qué? ¡Estaba herida! ¡Quería ayudarla! ¿Por qué la has matado? —grité mientras cálidas lágrimas caían al suelo desde mi mentón.

—No seas compasiva, eso solo te hará débil —me dijo, acercándose a mí.

Retrocedí asustada. Pero me detuve la mirar de nuevo a la ardilla muerta en el suelo.

—¿Débil? Siempre dices cosas que no entiendo, era solo un animalito… —Mi voz se quebró.

—Basta, Morgan. No llores por ese animal insignificante.

Apreté los puños a los lados de mi cuerpo.

—¡¿Qué te había hecho?!

—No me hables así. Soy tu padre.

—¡Eres malo! —le grité.

Él me dio una bofetada y caí al suelo por el impacto. Me llevé la mano a la mejilla. Me ardía.

—¡Discúlpate de inmediato! —Su tono estaba lleno de ira.

Bajé la cabeza con miedo.

—Lo siento, padre.

Extendió una mano hacia mí para ayudarme a ponerme de pie y luego tiró de mí, obligándome a caminar detrás de él. Sabía a dónde íbamos. Entramos en la casa por la puerta de atrás. Mi corazón latía desbocado dentro de mi pecho. Pasamos por la cocina y vi a mi madre, que me miró con tristeza e impotencia.

—Mamá… —susurré, suplicante.

Ella miró hacia otro lado.

Mi padre tiró más fuerte de mi mano, forzándome a seguirlo. Bajamos al sótano. Mi padre me tumbó en una mesa y me ató las muñecas, después de obligarme a extender los brazos a los lados. Mi respiración era errática, sabía lo que me iba a hacer.

—¿Qué decimos antes de comenzar? —preguntó, buscando algo dentro de los armarios.

El miedo y la impotencia me recorrieron cuando recordé lo que tenía que decir.

—El dolor es necesario.

Vi a mi padre acercarse a mí sosteniendo un cuchillo afilado. Cerré los ojos con fuerza y noté las cálidas lágrimas rodaban por mi cara. Sentí la hoja del cuchillo desgarrar una de mis muñecas.

—El dolor puede endurecer el más puro de los corazones.

Lancé un grito agónico de dolor cuando me cortó.

—Chisss, Morgan. Sé fuerte.

Me dolía mucho. Noté cómo la sangre me brotaba de la muñeca.

—Duele… —masculló entre sollozos.

—Lo sé.

Me preguntaba por qué mi padre me hacía eso. Él siempre decía que era por mi propio bien. Y que pronto viviríamos felices para siempre como una familia normal. Eso era lo que yo quería. Quería ser normal. La hoja del cuchillo cortó mi otra muñeca, que también empezó a sangrar. Me mordí la lengua para no gritar mientras las lágrimas resbalaban por mis mejillas. Abrí los ojos y vi el techo de madera. Mi vista estaba borrosa. Notaba como toda mi energía iba abandonando mi pequeño cuerpo.

«¿Por qué, padre?».

Él se quedó allí mirando cómo mi sangre caía en los recipientes que había colocado debajo de cada muñeca. Parpadeé un par de veces tratando de mantenerme despierta.

—Padre… —susurré débilmente—, yo… solo quiero ser normal. —Moví la cabeza hacia un lado para mirarlo.

Él bajó la vista un momento.

—Algún día me entenderás. —Acarició mi mejilla. Cerré los ojos y me desmayé.

Me desperté sintiéndome mareada y débil. Parpadeé un par de veces para acostumbrarme a la luz. Estaba acostada en mi cama, tapada hasta el pecho con mi suave manta. Giré la cabeza hacia un lado y vi que Milosh estaba a mi lado, durmiendo. Debió de quedarse dormido mientras me cuidaba. Levanté la mano para acariciar su cara, pero noté mucho dolor. Tenía las muñecas vendadas. Extendí las manos frente a mí y me las quedé mirando. ¿Cuándo iba a parar mi padre? Estaba tan cansada de la tortura.

—¿Estás bien? —La voz de Milosh me sobresaltó.

Giré la cabeza hacia él y le sonreí. Había preocupación en sus grandes ojos verdes.

—Estoy bien —mentí.

Él se incorporó y se quedó sentado en la cama.

—No estás bien —dijo tomando con cuidado una de mis muñecas.

Hice una mueca.

—Estoy bien, de verdad… —mentí de nuevo forzando una sonrisa.

—No tienes que mentirme. Soy tu hermano. —Tan pronto como terminó esa frase, sentí que se me llenaban los ojos de lágrimas—. Está bien llorar. —Me limpié las primeras lágrimas que empezaban a rodar por mis mejillas—. Ven aquí. —Me ofreció sus brazos. Lo abracé mientras lloraba sin control, enterrando la cara en su hombro, y él comenzó a acariciarme el pelo.

—Me dolió mucho esta vez —dije entre sollozos—. Quiero que se detenga.

—Lo sé, yo también quiero que se detenga. Lo siento, ojalá pudiera cambiarme por ti —me dijo suavemente. Me separé de él, que me sostuvo la cara con ambas manos y me besó en la frente—. Necesitas descansar —masculló antes de levantarse.

—No… no te vayas, por favor —supliqué, tirando de su camiseta.

Él asintió y se acostó de nuevo a mi lado. Me acomodé entre sus brazos, el único lugar donde me sentía segura en mi casa.

Abro los ojos de golpe; tengo la vista borrosa y estoy temblando. Reconozco las paredes de mi compartimento. Siento la presencia de Shadow y de Aidan, pero no les presto atención y me incorporo apretando los puños. Recuerdo todo lo que nos hizo mi padre: cada vez que me torturó, cada vez que mi hermano sintió impotencia y lo que sufrió con todo lo que le hizo a él; la culpa en los ojos de mi madre; cómo lloraba en la oscuridad de su habitación… No había nada que pudiera hacer. Mi padre era mucho más fuerte que los tres juntos.

Esto es demasiado. Empiezo a hiperventilar.

—Morgan… —me llama Shadow.

Sollozo desconsoladamente y grito mientras las lágrimas caen por mis mejillas. Me cubro la cara con las manos; necesito llorar.

No me importa que Shadow y Aidan me vean tan rota. No necesito volver a ser la Morgan fuerte y fría. No puedo parar de llorar. Es demasiado… Mi padre me extraía sangre de las muñecas siempre que lo necesitaba.

Lágrimas carmesís manchan mi rostro, debilitándome.

—Tienes que dejar de llorar. Has perdido demasiada sangre —me dice Shadow, acercándose a mí.

Levanto la mano para detener su avance.

—¡No! ¡Aléjate de mí! —digo entre dientes, presa de la rabia.

—Morgan…

—¡No! —Lo detengo. Trato de respirar profundamente, pero no puedo. Cuando estás sufriendo de esta forma, es imposible tomar una inhalación profunda. Levanto la vista para encontrarme con sus ojos oscuros—. ¿Dónde estabas? —Mi voz suena tan rota como me siento—. ¿Dónde diablos estabas, Shadow? —pregunto con tristeza.

Él baja la mirada.

—¡Mírame! ¿Dónde estabas? ¿Por qué no lo detuviste? —Me pongo de pie y camino hacia él. Sabe de lo que estoy hablando—. ¡Contéstame! —exijo, empujándolo.

—No podíamos interferir —dice Aidan.

Me vuelvo hacia él.

—¿¡No podían interferir?! ¡Así que se quedaron mirando cómo mi padre me torturaba! ¿No se suponía que debían protegerme? —Le doy la espalda mientras intento contener mi ira.

Shadow permanece en silencio.

—No podíamos interferir. Teníamos órdenes específicas…
—sigue justificándose Aidan con tristeza.

—¡Que se jodan las órdenes! ¿Cómo pudieron? ¿Cómo pudieron quedarse sin hacer nada mientras me veían sufrir? ¡¿Cómo pudieron ser testigos impasibles de ese infierno?! ¡Solo era una niña! ¡Una niña! Mi padre comenzó toda esa mierda cuando tenía ocho años. ¡Ocho años! ¡Me dejaron sola soportando todo ese dolor!

Un largo silencio se instala entre nosotros. Solo se oyen mis sollozos. Aidan camina hacia mí.

—Morgan, entiéndelo, nosotros…

—¡Cállate! Solo… ¡cállate! Por lo menos tú nunca fingiste que te preocupabas por mí. Siempre te has mostrado distante conmigo. Creo que no debería esperar nada de ti… —le digo a Aidan.

Él aparta la mirada.

—Pero tú, Shadow…, tú… —Me siento tan decepcionada—. Pensé que yo te importaba… Ahora sé que estabas en lo cierto la noche que intentaste probarme que yo no era nada para ti. Por fin me he dado cuenta de que has cuidado de mí solo porque te lo ordenaron, y que podrías atacarme si te mandaran hacerlo.

Espero sus palabras. Espero a que hable, que diga algo. Levanta la vista y se encuentra con mi mirada.

—Me alegro de que por fin lo entiendas. Te advertí de que soy un asesino —dice con una dolorosa frialdad, y se da la vuelta para irse.

Me siento furiosa, pero sobre todo decepcionada.

—Shadow… —lo llamo.

Cuando se gira hacia mí, levanto el puño con la intención de golpearlo en la cara, pero una mano fuerte me detiene: los dedos fríos de Aidan están alrededor de mi muñeca.

—Morgan, trata de entenderlo. No podíamos hacer nada. Si hubiéramos tratado de detener a tu padre, se habría desatado una guerra entre… —No acaba la oración; supongo que no puede revelarme más.

—¡Sal de aquí! —le digo a Shadow soltándome del agarre de Aidan—. ¡Lárgate!

Los ojos del Purasangre se encuentran con los míos durante un segundo. Creo ver tristeza en ellos, pero no me importa.

—¡No quiero volver a verte nunca más! ¡Nunca! ¿Me entiendes? —le grito sin dejar de mirarle a los ojos.

—Bien, ódiame, Morgan —dice Shadow, y desaparece.

Aidan trata de acercarse a mí, pero alzo la mano para detenerlo.

—Tú… vete también —le ordeno.

Él asiente y se va.

Mi pecho se expande, pero no se contrae del todo cuando intento tomar una respiración profunda. Las emociones están causando estragos en mis terminaciones nerviosas, en mi capacidad de regular lo que estoy sintiendo. Intento sentarme para calmarme, me tiemblan las manos… Me miro las muñecas y me viene el recuerdo claro de mi padre cortándolas, atormentándome.

En ese instante escucho pasos fuera y Lyla entra en mi compartimento.

—Quería hablar contigo… —dice ella y se sienta a mi lado.

Yo sigo con la mirada perdida en la pared, intentando respirar, porque siento una presión en el pecho que me dificulta coger aire.

—No sé lo que te está pasando y sé que te resulta difícil desahogarte con los demás, pero, créeme, sienta muy bien hacerlo con alguien que sepa escuchar. Y como Aidan e Ian no son muy buenos escuchando, me temo que yo soy tu única opción.

La miro y le sonrío. Ella me devuelve la sonrisa. No hemos necesitado confiarnos todos nuestros secretos, nuestra amistad se basa en el respeto y el cariño que sentimos la una por la otra. Siempre se ha tratado de estar disponibles cuando una de las dos lo necesita.

—Gracias.

Lyla abre una caja que tiene sobre su regazo.

—He traído toallas y vendas. Aidan me ha dicho que estabas herida.

Toma una toalla para limpiarme la cara. Recuerdo la herida en la parte posterior de mi cabeza y la toco, aún duele un poco.

—Ya está sanando.

—Déjame ver. —Comienza a explorar—. Estoy aquí cuando estés lista o quieras hablar —insiste mientras hace lo que sabe hacer mejor: sanar a un vampiro.

Pero dudo que pueda sanar una herida en el corazón.

XXII

Despierto para recibir la noche. Después de que Lyla se fuera, he descansado todo el día. Me duele un poco la cabeza, los recuerdos aún siguen atormentándome, pero trato de no pensar en ellos. He recordado muchas cosas sobre mi pasado y mi familia, y eso me hace extrañar a alguien que antes no recordaba en absoluto: Milosh.

Los truenos resuenan afuera, anunciando que va a ser otra noche lluviosa. Me levanto y me quito la ropa manchada de sangre para ponerme algo limpio. Aunque no deseo pensar en la noche anterior, es imposible, es como si luchara contra mi propia mente, lo cual es absolutamente estúpido. Tarde o temprano, tendré que aceptar mi pasado: mi padre solía torturarme desde que tenía ocho años, mi madre vivía sufriendo porque no podía hacer nada al respecto y mi hermano sintió impotencia y desesperación durante toda su infancia.

Y también está Shadow, que no hizo nada para detener a mi padre, que se limitó a observar cómo me atormentaba. Pensaba que yo le importaba, pero es obvio que me equivocaba. Soy demasiado ingenua: él es el vampiro Purasangre más antiguo de la Tierra, una raza que nace sin capacidad de sentir emociones. Ni siquiera sé cuántos siglos ha vivido. ¿Por qué iba a importarle yo? Para él solo he sido alguien a quien ha tenido que vigilar y proteger; nada más.

Respiro profundamente por primera vez en mucho tiempo. No me siento bien; estoy muy débil, y la verdad es que me estoy hartando de sentirme así todo el tiempo. Es como si mi cuerpo estuviera pasando por algo que no entiendo.

—¿Morgan?

Ian entra a mi compartimento. Lleva su cabello castaño muy mojado. Sin duda ha estado fuera bajo la lluvia. Va descalzo y sin camisa, solo lleva puestos unos tejanos. ¿Ha estado cazando? Seguramente sí, porque tiene las mejillas y los labios ligeramente rosados, lo que solo puede significar una cosa: que se ha alimentado hace poco.

No obstante, parece muy preocupado. Me mira como si fuera a descubrir algo escudriñando mi rostro.

—¿Estás bien?

—Sí.

—¿Qué te pasó anoche?

—No quiero hablar de eso.

—Hay algo que necesito decirte… —comienza, y le hago un gesto para que continúe—. Es sobre tu hermano. Lo vi merodeando por aquí anoche. —Eso me hace salir de mi aturdimiento—. Estaba esperándote aquí para decírtelo, pero como Aidan y ese Purasangre entraron contigo inconsciente, yo…

—¿Estás seguro de que era él? —pregunto esperanzada.

—Sí, pero tienes que tener cuidado.

«¿Cuidado?», pienso. Entonces recuerdo las palabras de Milosh llenas de desprecio: «La única razón por la que no estoy terminando con tu existencia ahora es esa mascota que tienes a tu lado». ¿Milosh realmente me mataría si me viera?

—¿Crees que vino a echar un vistazo a nuestro escondite para poder volver más tarde y matarme? —pregunto leyendo la mente de Ian.

—¿Qué otra razón podría tener? —dice.

No puedo creer que ese Milosh sea el mismo que el Milosh con el que compartí mi niñez y mi juventud.

—¿Morgan? —me llama Ian, interrumpiendo mis pensamientos.

—¿Sí?

—¿Estás segura de que estás bien?

—Sí. —Finjo una sonrisa. Ya no puedo contar con la sangre de Shadow para seguir descubriendo mi pasado y sé que Aidan no responderá a mis preguntas. Por lo tanto, solo tengo una última opción: encontrar a Milosh.

Cojo mi chaqueta de cuero porque va a ser una noche fría y me la pongo mientras camino hacia la salida de la cueva.

Salgo y me voy hacia el bosque. Mi amigo me sigue en silencio y me giro hacia él.

—No quiero que vengas conmigo.

—¿A dónde vas? ¿No me digas que vas a…?

—Sí, necesito hablar con Milosh.

—¿Qué? ¿Estás loca? Te matará. No puedes ser tan imprudente, Morgan.

—Sé lo que estoy haciendo —miento.

—No, me parece que no lo sabes. Te dijo que quería matarte. ¿Y qué haces? ¿Corres hacia tu muerte? No pienso permitírtelo. Esto es más que estúpido. Lo siento.

—No empieces. No sabes nada de mí, Ian… Apenas me conozco a mí misma, así que no juegues a ser el hermano sobreprotector ahora. Tengo que hablar con Milosh. —Sé que le estoy haciendo daño hablándole así, pero es que Ian puede ser terco.

—¡Estás equivocada! Yo sé muchas cosas sobre ti. Odias ser una damisela en apuros, no te gusta la lluvia, te encanta ser independiente y adoras la naturaleza porque te sientes parte de ella. —Hace una pausa—. Echas de menos ver el cielo azul durante el día, porque el azul es tu color favorito. Te gusta correr rápido y saltar por los árboles…

—Ya basta… —lo interrumpo, bajando la cabeza.

—Te conozco —dice tristemente—. No entiendo por qué

no me dejas ayudarte. ¿Por qué no me cuentas qué te está pasando? Eres la persona más importante de mi vida, así que tengo el derecho de ser sobreprotector. Te necesito, Morgan, eres mi familia. Entiendo que no es fácil para ti hablar de tu pasado, pero sé que en el fondo necesitas ser escuchada. Todos lo necesitamos alguna vez… Sea lo que sea lo que te está pasando, no tienes por qué soportarlo sola. —No sé qué decir—. Sé que acabo de hablar como un humano emocional, pero no me importa. Tal vez sigo siendo humano dentro de mi corazón. No puedo ser un vampiro de sangre fría como tú dices que debería ser.

—Ian… —Pongo mi índice en sus labios—. Chisss… —Lo miro a los ojos—. Eres un ser excelente, no necesitas cambiar nada, eres maravilloso tal como eres. Perdóname por haber sido cruel contigo. —Le dedico una sonrisa sincera antes de bajar mi dedo.

—La verdad es que disfruto cuando eres cruel. Me resulta divertido. —Me devuelve la sonrisa.

—El caso es que… todavía no estoy lista para hablar.

—Entiendo. Solo prométeme que hablarás conmigo cuando lo estés, ¿de acuerdo?

Asiento con la cabeza y él envuelve mi cintura con sus brazos y me abraza con suavidad. Me sorprende, pero es agradable. He pasado mucho tiempo sin recibir este tipo de afecto. Es agradable saber que hay alguien que se preocupa por mí. Entierro mi cara en su hombro desnudo.

—Gracias por aguantarme —le digo.

—Es un placer. —Da un paso atrás con una brillante sonrisa en el rostro.

—Tengo que irme. —Le doy la espalda—. Necesito hacer esto sola, por favor. —Es cierto, pero, además, no quiero que salga herido por culpa.

—Pero, Morgan…

—Por favor —lo interrumpo.

No necesito darme la vuelta para saber que él se ha ido. Sonrío. Me gusta que haya respetado mis deseos.

Corro por el bosque. Ian tiene razón, me encanta correr. Sentir el viento acariciándome la piel, el sonido de las ramas bajo mis pies, el olor a madera… Disfruto estando en medio de la naturaleza. Aumento mi velocidad para ganar impulso y salto. Cierro los ojos, disfrutando de ese momento en el que floto en el aire antes de aterrizar nuevamente en el suelo.

Las gotas de lluvia caen sobre mí. Un rayo ilumina el bosque; sé que no es la mejor noche para salir, pero no tengo otra opción. Sigo mi camino hacia el territorio del clan Caos.

Al cabo de un rato, sé que estoy cerca de los límites del clan porque el desagradable olor a *cruentus* me golpea. Uno de esos enormes monstruos está a pocos metros de distancia. Salto y aterrizo en la rama de un árbol para observarlo con cautela. Está tranquilo e inmóvil. No entiendo cómo un vampiro es capaz de controlar a esas bestias salvajes. Busco mi daga en los bolsillos, pero no la encuentro.

«¡Estupendo! Muy inteligente, Morgan», me reprendo a mí misma.

La lluvia arrecia y me empapa la ropa en cuestión de segundos. El *cruentus* gruñe en señal de protesta; por supuesto que no le gusta el agua, bestia asquerosa.

Me recojo el pelo mojado en una cola para que no me moleste y me dejo caer del árbol. Aterrizo en el suelo y me escondo detrás del tronco. Asomo la cabeza y veo al *cruentus*, pero es difícil distinguirlo bien con tanta lluvia. Necesito un plan rápido para atacar; es el mejor momento para hacerlo. Su visión es limitada, lo cual es una ventaja para mí.

Estoy concentrada en el *cruentus* cuando siento una respiración cálida en mi oído.

Mi corazón casi se detiene cuando muevo la cabeza y me encuentro con esos grandes ojos verdes tan iguales a los míos.

Estoy a punto de abrir la boca para decir algo cuando él me la cubre con una mano.

—Chisss… Estoy seguro de que no quieres llamar su atención, ¿verdad? —dice Milosh, haciendo un gesto hacia el *cruentus*.

De repente, siento la garganta seca.

Su cabello negro parece más largo que la última vez que lo vi. Lo tiene completamente empapado y se le pega a la cara y a la frente. Tiene ojeras y sus mejillas y labios están pálidos. Me dedica una sonrisa diabólica. Lucho, usando toda mi fuerza para liberarme de él, pero me empuja con brusquedad contra el árbol. Milosh es mucho más fuerte que un vampiro corriente.

—Siempre supe que no eras normal, hermanita. Aunque nunca pensé que fueras tan estúpida como para venir a buscarme tú sola.

Trato de hablar, pero mis murmullos quedan atrapados en su mano.

—Sin embargo, debo admitir que estoy intrigado. —Mantiene esa sonrisa enfermiza en su rostro—. ¿Por qué has venido en busca de tu muerte?

Concentro mi fuerza en luchar contra él, pero es inútil. Por fin me suelta, pero se queda cerca. Lo empujo para alejarlo de mí, pero no lo consigo. Entonces él me agarra las manos y las coloca por encima de mi cabeza presionándolas contra el árbol.

—¡Suéltame! —Intento darle una patada.

—¿Por qué estás aquí? —pregunta muy serio.

Está lloviendo a cántaros.

—Quiero hablar contigo.

—¿Sobre qué?

Es difícil escucharnos con el sonido de la lluvia torrencial cayendo a nuestro alrededor.

—Sobre nosotros.

Se tensa.

—No hay ningún «nosotros» —dice amargamente.

Saca una daga de su cinturón y la presiona contra mi cuello. Trato de alejarme de su contacto.

—Por favor, escúchame y después puedes matarme, si quieres.

—Oh, créeme que lo haré —me asegura—. Estoy esperando tus últimas palabras.

—Yo… no entiendo… —comienzo, ignorando el agua que me chorrea por la cara—. Tú yo nos queríamos, estábamos muy unidos. —Noto que se tensa y que aprieta más mis muñecas—. ¿Qué nos pasó?

—Veo que de verdad no lo recuerdas. De lo contrario, no habrías sido tan estúpida como para venir aquí y hacerme esa pregunta —responde al tiempo que guarda su daga.

—Por favor, cuéntamelo. Necesito saber —ruego.

Milosh me suelta y saca algo del bolsillo de su chaqueta. Me ofrece una hermosa daga.

—¿La recuerdas? —pregunta, dándole la vuelta frente a mí.

Cuando la toco, siento ese horrible dolor dentro de mi pecho otra vez y noto cómo esa sensación punzante empieza a recorrerme todo el cuerpo. Caigo de rodillas sobre las hojas húmedas. Milosh se arrodilla frente a mí y me coge la cara con brusquedad para mirarme con odio.

—Esta es la daga que usaste para matar a nuestros padres hace ochenta y cinco años.

XXIII

«Esta es la daga que usaste para matar a nuestros padres hace ochenta y cinco años».

No…

No puedo haber hecho algo así.

Destellos de recuerdos pasan por mis ojos cerrados hasta llegar al peor momento de mi vida.

Era mi cumpleaños número dieciocho. Mi madre me había organizado una hermosa fiesta. No tenía muchos amigos, pero ella invitó a todos nuestros conocidos y decoró toda la casa. El jardín estaba lleno de sillas y mesas azules, pues sabía que era mi color favorito.

Milosh no estaba en casa todavía, pero regresaría hoy para estar en la celebración. Se había ido de viaje con algunos amigos. Desde el día en que se enteró de que era una especie de vampiro, pasaba mucho tiempo con sus amigos vampiros. Pero, aun así, nuestra relación no había cambiado; seguíamos tan unidos como siempre. Cuando estaba en casa, pasábamos juntos mucho rato y hablábamos durante horas.

Subí a mi habitación para vestirme y, cuando pasé frente a la puerta de mis padres, me detuve al oír que estaban hablando.

—Morgan merece tener una fiesta de cumpleaños, Brorian. —Mi madre parecía enfadada.

—No es humana. No puedes seguir tratándola como si lo

fuera —replicó mi padre, con ese tono frío que lo caracterizaba.

—Se merece una noche de celebración. Ya sabes lo mucho que ha sufrido, Brorian. Lo necesita —insistió mi madre con tristeza.

Tenía razón, lo necesitaba. Necesitaba una noche de felicidad, una noche sin dolor.

—Haz lo que quieras. Pero recibiré nuevas órdenes esta noche y tengo la sensación de que no son buenas. Estás advertida. —A continuación, escuché los pasos de mi padre y corrí a mi habitación. Cerré la puerta tras de mí, presionando la espalda contra ella. Contuve la respiración cuando escuché a mi padre pasar por delante de mi dormitorio.

Al levantar la vista, me encontré a Shadow sentado en mi cama. Siempre me pareció divertido lo mucho que desentonaba el Purasangre, permanentemente vestido de negro y luciendo su característica aura tenebrosa, en mi habitación de paredes rosadas y sábanas de colores alegres.

Se quedó mirándome fijamente con sus ojos rojos.

—Esta no es una buena noche para hacer una fiesta, Morgan.

—¿En serio? No hace falta que me lo digas. Acabo de escuchar a mis padres discutiendo sobre eso. —Dejé escapar un largo suspiro.

—La organización de tu padre tiene una reunión hoy. Están decidiendo sus nuevos objetivos. Mi líder me ha dicho que esté preparado para cualquier cosa —explicó poniéndose de pie.

—A veces no te entiendo a ti ni a mi padre. ¿Por qué están en organizaciones diferentes? —pregunté, levantando los brazos con exasperación—. Además, ¿qué tiene que ver esa reunión conmigo?

—Tu padre y yo tenemos visiones diferentes del mundo. Los objetivos de su organización no son los mismos que los de la mía. Y la reunión de esta noche tiene mucho que ver contigo. Están decidiendo tu futuro.

Me quedé atónita.

—¿Mi futuro? ¿Y quiénes son ellos para decidir mi futuro? Estoy harta de que las cosas sean así. Se supone que debo ser especial, pero no soy un ser humano y no soy un vampiro. Entonces ¿qué demonios soy? ¿Y por qué todos están tan obsesionados con este poder que se supone que tengo?

Alguien llamó a la puerta antes de que Shadow pudiera responderme.

—¿Morgan? —Era mi madre.

Le hice un gesto a Shadow para que se fuera y abrí cuando desapareció.

—Hola, mamá. —Forcé una sonrisa.

—¿Con quién estabas hablando? —preguntó, mirando detrás de mí—. ¿Es ese amigo imaginario que tienes desde que eras una niña?

Mis padres no sabían de la existencia de Shadow o Aidan. Era mi secreto, solo mío.

—Estaba hablando sola —mentí.

Mi madre entró y colocó una caja blanca encima de mi cama.

—Tu vestido, espero que te guste —dijo con una sonrisa. Era dulce y cálida, ¡tan diferente de mi padre! No entendía cómo podía estar con él—. ¿Morgan?

—Lo siento, estaba pensando en la fiesta.

—Deberías darte prisa, cariño. Vístete, ya casi es la hora. Nuestros primeros invitados estarán a punto de llegar —dijo mientras caminaba hacia la puerta.

Sabía que se había esforzado mucho los últimos días para organizar mi fiesta.

—Mamá, te quiero —le dije. No era muy expresiva con mis sentimientos después de todo lo que mi padre me había hecho pasar, pero ella era mi madre y la amaba.

En su rostro apareció una expresión de dolor y arrepentimiento. Se odiaba a sí misma por no haber detenido a mi padre, pero yo sabía que no habría podido hacerlo: él era mucho más fuerte que ella. Si hubiera intentado dejarlo, la habría atacado y nos habría separado.

—Yo también te quiero, cariño… Mucho. —Sus labios se curvaron en una sonrisa triste—. ¡Ahora, date prisa! —Una lágrima se escapó de sus ojos, pero se la limpió enseguida mientras salía de la habitación.

Me di una ducha rápida con agua fría. Mientras me lavaba el pelo, vi algunas grietas en las baldosas del baño. Milosh y yo las habíamos roto durante una de nuestras peleas cuando éramos niños.

«Lo echo de menos», pensé, pasando los dedos por las grietas de la pared. Esperaba que llegara a casa sano y salvo. Sabía que el mundo fuera era peligroso; al menos eso me decía siempre mi padre. A veces, me sentía celosa de Milosh cuando me contaba los detalles de sus aventuras y de sus viajes porque yo nunca había puesto un pie fuera de nuestra propiedad. Mi padre me había dicho que siempre necesitaría protección debido a mis poderes especiales.

Odiaba tenerlos. Era una prisionera de mis propios poderes.

Después de vestirme, me miré en el espejo. Mi vestido azul era impresionante. La parte superior era un corsé apretado que hacía que mi cintura pareciera más pequeña de lo normal; más allá de mis caderas, era suelto y cómodo, y apenas me llegaba a las rodillas.

Me sentí hermosa.

Mi reflejo me devolvió la mirada con aprecio. Había ojeras debajo de mis ojos: había sido una semana agitada. Mi mirada jade tenía un brillo inusual. Mi largo cabello negro me caía por la espalda y los brazos. Me lo había cortado recientemente, pero todavía estaba largo. Lo peiné a los lados de mi cara. Sentí una presencia detrás de mí; no necesitaba darme la vuelta para saber que era Shadow.

—No creo que esta fiesta sea una buena idea... —empezó a decir de nuevo, pero se interrumpió bruscamente cuando me giré hacia él y se me quedó mirando sorprendido.

—¿Qué tal? —pregunté, bajando la vista un instante hacia mi vestido. Cuando levanté la mirada de nuevo hacia él, me extrañó que él la rehuyera.

—Es que tengo un mal presentimiento sobre esta noche... —insistió.

Decidí ignorar su advertencia. Shadow era un aguafiestas: «No hagas eso», «No hagas esto», «Es demasiado peligroso».

El silencio cayó sobre nosotros y sus ojos rojos volvieron a mirarme. Como siempre, vestía su uniforme negro y cubría su rostro con una máscara. Sentía curiosidad por verle la cara. Aidan era muy guapo. Siempre me había atraído de alguna forma a pesar de que siempre se había mostrado muy distante conmigo. Era misterioso. Pero Shadow estaba más allá del misterio, ni siquiera había visto su cara. Sonreí cuando una idea vino a mi mente.

—¿Qué? —preguntó él, frunciendo el ceño—. Conozco esa mirada, estás tramando algo.

—Hoy es mi cumpleaños. —Le sonreí.

Él me miró con cautela

—¿Y?

—¿No vas a regalarme nada?

Shadow no era muy sociable ni tampoco muy hablador, pero, por lo general, me daba todo lo que le pedía en mis cumpleaños, excepto cuando le pedí salir de casa para dar una vuelta. Me recordó que era demasiado peligroso.

—¿Qué es lo que quieres? —me preguntó tras dejar escapar un largo suspiro.

—Muéstrame tu cara —respondí rápido.

Él ni siquiera parpadeó.

—No.

—¿Por qué no? ¿Qué hay de malo en verte la cara? —Me crucé de brazos.

—He dicho que no.

—Pero…

—No.

Tomé una respiración profunda, bajando la cabeza.

—Por favor, necesito que esta noche sea diferente.

Nos quedamos en silencio un instante.

Shadow dio unos pasos hacia mí. Yo me había quedado mirando el suelo, así que lo primero que vi fueron sus botas negras de combate. Mis ojos subieron, pasando por sus piernas bien formadas, sus brazos y hombros y su pecho definido. Mi mirada llegó a su mandíbula y me quedé paralizada: se había quitado la máscara.

Mi corazón empezó a latir desbocado al ver la cara de Shadow por primera vez en mi vida.

Su mandíbula inferior era cuadrada y conducía a unos pómulos bien definidos, que se elevaban hasta su desordenado cabello, el cual era del color de la oscuridad. Sus cejas, tan negras como su pelo, eran gruesas, y sus ojos, de un rojo oscuro, estaban bordeados de unas largas pestañas. Tenía una nariz perfecta y unos labios carnosos, que lucían un marcado arco de Cupido.

Me lo quedé mirando boquiabierta. Por primera vez, esa familiaridad que había desarrollado con él se transformó en algo más.

—¿Morgan? —La voz de Shadow me sacó de mis pensamientos. Aparté la vista, sonrojándome.

No podía creer que esa criatura tan hermosa hubiera estado conmigo durante toda mi existencia. Su belleza no era natural; por supuesto que no lo era, él era un Purasangre, un ser sobrenatural.

Le di la espalda, tratando de controlarme frente al espejo. Me peiné con dedos temblorosos, haciendo esfuerzos para que él no notara mi nerviosismo. Pero no fue fácil. Mi respiración se había descontrolado y mis pechos subían y bajaban rápidamente bajo el apretado corsé. Podía ver sus ardientes ojos rojos a través del espejo. Mi cuerpo era muy consciente de la hermosa criatura que tenía detrás de mí.

«Relájate», me dije.

Me coloqué la melena hacia un lado, exponiendo mi cuello un poco mientras me colocaba un collar con un colgante. Cuando terminé, sentí una respiración cálida en mi nuca. Eché un vistazo al reflejo del espejo y vi a Shadow justo detrás de mí. Todavía estaba desenmascarado; sus ojos llameantes me atrapaban, tenían tanta intensidad que era imposible mirar hacia otro lado.

—Yo… debería irme. Los invitados ya deben de estar en el jardín.

Me estaba ahogando en el mar rojo de su mirada. La intensidad de nuestro contacto visual estaba creando un ambiente pesado y extraño entre nosotros, nunca nos había pasado algo así. Era como si ambos estuviéramos sorprendidos por lo que fuera que estuviera ocurriendo en ese instante.

Shadow dio un paso atrás.

—Mantente alerta durante la fiesta.

—De acuerdo —asentí y aparté la mirada.

Al salir al jardín, vi que ya habían llegado algunos invitados. Respiré profundamente. ¿Qué había pasado en la habitación? ¿Acaso Shadow… me gustaba? No, solo me había sorprendido ver su cara; eso era todo. Pensé que estaba confundiendo las cosas; le tenía cariño porque siempre me había protegido de todo.

Bueno, salvo de mi padre… Me había explicado que no podía interferir en las acciones de mi padre. Porque si lo hacía, nos separarían para siempre.

Sin embargo, Shadow me había preguntado una vez si quería que matara a mi padre, y lo pensé por mucho tiempo, y cuando estaba a punto de decirle que lo hiciera en mi cumpleaños número diecisiete, mi padre paró. No volvió a torturarme, me llegué a preguntar si mi padre quizá sabía de la oferta de Shadow.

—¡Morgan! —me llamó mi madre tras de mí—. ¡Ven conmigo! ¡Ahora! —Sonaba urgente. Caminamos hasta que estuvimos detrás de unas cortinas azules en la parte posterior de la mesa principal del jardín.

—¿Qué pasa, mamá?

—Tu padre acaba de recibir sus nuevas órdenes. Tenía un mal presentimiento, pero me acaba de decir que va a dar un discurso para presentarte a todos los invitados de la fiesta. —Estaba más que emocionada.

—¿De verdad? —No podía creerlo, mi padre no era del tipo afectivo.

—Sí, espéralo aquí. No te muevas.

Asentí, sonriendo como una tonta.

Esperé lo que me parecieron los veinte minutos más largos de mi vida. Podía escuchar los murmullos de la gente en el jardín; moví la cortina un poco para echar un vistazo. Ya había muchos vecinos allí. Algunos de ellos estaban sentados y otros estaban de pie hablando.

Estaba a punto de poner la cortina en su lugar cuando me fijé en un grupo de personas que estaban de pie conversando. Una de ellas era una hermosa chica rubia con un vestido blanco; me percaté de que tenía la marca en el cuello de los Purasangres. Todos eran Purasangres; tal vez mi padre los había invitado porque eran sus amigos o algo así. Suspiré y volví a poner la cortina en su lugar.

—Morgan —me saludó mi padre con la frialdad de siempre.

Me volví hacia él y le sonreí.

—Padre.

—Estás hermosa, hija mía. —Su voz cambió de fría a triste.

—Gracias —dije. Era la primera vez que me hacía un cumplido.

Él miró hacia abajo un momento y sacó algo de su bolsillo: era una hermosa daga, tal vez se trataba de mi regalo.

—Lo siento.

¿Por qué?

Recibí mi respuesta de inmediato. Levantó la mano con el arma y luego la bajó para clavármela. Por instinto, di un paso atrás, poniendo los brazos frente a mí en un intento inútil de protegerme, y el filo de la daga me hizo un corte superficial en un antebrazo. Sentí la sangre rodando por mi piel. Estaba temblando, completamente desconcertada. Me tropecé y acabé sentada en el suelo. Rápidamente me arrastré hacia atrás mientras él me seguía, determinado.

—¡Padre! ¡No! ¡Por favor! —Alcé la mano y él volvió a cortarme, esta vez en la palma. Y cuando lo intentó una tercera vez, el grito de mi madre resonó en la distancia:

—¡Brorian! ¡Para!

La voz de mi madre lo detuvo. Ella parecía tan sorprendida como yo, podía verlo en sus ojos.

—¿Qué estás haciendo? ¡Oh, Dios mío!

Se arrodilló frente a mí y me ayudó a levantarme.

—No te metas, Margaret —ordenó mi padre, muy serio.

Lágrimas silenciosas caían de mis ojos mientras mi madre me agarraba de los brazos para revisar los cortes.

—Morgan, vamos adentro para que pueda curarte —me dijo, pero su voz parecía muy lejos de mí. Mi padre agarró un puñado de su cabello y tiró de él para alejarla de mí.

—Te he dicho que no interfieras. —La tiró al suelo violentamente.

Sabía que tenía que moverme, gritar, decir algo…, pero mi mente estaba paralizada y también mi cuerpo. Las heridas físicas no me dolían; sin embargo, las psicológicas me estaban consumiendo. Él levantó la mano una vez más.

—Padre… —Mi voz se quebró; mi padre quería matarme.

—No te preocupes, hija mía, estarás bien —susurró.

Mi madre se puso entre nosotros.

—No dejaré que mates a mi hija. —Había determinación en su tono. Nunca había desobedecido a mi padre y ahora lo estaba haciendo por mí.

—Eres una criatura egoísta, Margaret. Esto es un sacrificio en aras de un bien mayor. Está más allá de ti, de mí o de ella —dijo, plenamente convencido de sus palabras.

—Ella es mi hija. No me importan tus objetivos. Morgan ya ha sufrido bastante. Nos iremos de esta casa y seremos felices sin ti.

—Si te la llevas, no podrás protegerla —replicó él amargamente.

—Al menos será feliz. Es una gran chica, Brorian, deberías saberlo. Tiene el corazón más dulce del mundo. Ni siquiera tu cruel tortura ha dañado su alma pura. Es una luchadora, una superviviente y… mi hija. Estoy orgullosa de ella y la quiero.

—Las palabras de mi madre aliviaron mi corazón herido.

—Oh, Margaret, eres débil. No entiendes que mi visión de este mundo va más allá de los sentimientos familiares y patéticos.

¿Cómo podía mi padre decir eso? Entonces me atacó en un movimiento rápido, pero mi madre se puso frente a mí y lo detuvo sosteniendo su antebrazo.

—No —dijo desafiante.

Él se soltó para agarrarla y le clavó la daga en el estómago, salpicándome de sangre. Empecé a temblar sin control cuando vi que ella tosía sangre.

«No, no, no…».

—No… —logré susurrar.

Mi padre tiró del arma y ella cayó al suelo.

—Mamá…, no… —Mis labios temblaron mientras lágrimas calientes caían por mi rostro. Aunque mi mente no podía procesarlo, necesitaba reaccionar por ella. Me las arreglé para caminar hacia ella, pero mi padre me agarró por el antebrazo herido. Lo miré fijamente.

—Seré rápido.

Levantó la mano con la daga ensangrentada, pero antes de que pudiera cortarme, la hoja de una espada cruzó su pecho, salpicándome sangre en la cara.

Vi a Shadow detrás de él. Mi padre tosió un par de veces cuando el arma se retiró de su pecho. Cayó en el suelo, justo al lado de mi madre. Me arrodillé frente a ella, desesperada. Sostuve su mano fría. Estaba muy pálida y tenía los ojos cerrados.

—Mamá…, te salvaré, espera. Te curaré… Buscaré ayuda. Dejaremos estas tierras y seremos felices juntos, solo tú, Milosh y yo. Por favor, quédate conmigo. —No podía parar de hablar.

—Morgan, está… —comenzó a decir Shadow.

—No, se pondrá bien. Es fuerte —seguí balbuceando—. Mamá, respira… Te necesito, por favor —repetía una y otra vez. Mi padre se movió a su lado. Encontré sus ojos y noté cómo la ira y la impotencia crecían dentro de mí.

—La insipidez de la muerte nos brinda la solución —susurró antes de que Shadow le arrancara la cabeza con un movimiento rápido.

—Los Purasangres que pertenecen a Nhyme están atacando este lugar. Tengo que luchar contra ellos, Morgan. Quédate aquí, no mires detrás de las cortinas, sin importar lo que oigas —dijo Shadow antes de marcharse.

Miré hacia abajo, mi hermoso vestido estaba ahora manchado de sangre. De hecho, yo estaba sentada en un charco de sangre…, la sangre de mis padres. No lloré. Permanecí en silencio. Mi mente decidió bloquear lo que en realidad estaba sucediendo. Me toqué la cara y me manché la nariz y los labios con sangre. Extendí la mano frente a mí.

—Mamá… —susurré, mirando al pálido cadáver de mi madre. Junto a ella estaba el cuerpo mutilado de mi padre; vi la daga en su mano y se la quité.

Estaban muertos.

Mi madre estaba muerta.

No pude contener mi dolor por más tiempo. La realidad me golpeó, las lágrimas empezaron a rodar por mi cara. Lloré en silencio. Todo mi cuerpo tembló. Me levanté y caminé hacia la cortina azul. Utilicé la daga para cortar la tela sin control, en un intento inútil de liberar mi dolor.

Grité y lloré moviendo la mano rápidamente, cortando la cortina, escuchando los gritos aterrorizantes detrás de ella. Las piezas de tela comenzaron a caer al suelo y pude ver el jardín; mi corazón casi se detuvo. No respiré durante unos segundos.

Había sangre y cadáveres descuartizados esparcidos por todo el césped.

Vi a Shadow peleando contra otro Purasangre. Se movían muy rápido. Shadow le había hecho varios cortes en el pecho con su espada. Reconocí a la dama Purasangre que había visto antes. Estaba bailando y riendo encima de los cuerpos, con su vestido blanco lleno de sangre.

No podía soportarlo. Todos estaban muertos por mi culpa; mi madre estaba muerta por mi culpa. Tal vez mi padre tenía razón: no debía seguir viviendo. Todo lo que había causado era muerte y sufrimiento. Di un paso atrás, sin poder apartar la vista de aquella escena tan horrible.

«Esto no es real. No puede ser».

Apreté la daga en mi mano, caminando hacia el cuerpo de mi madre. Me arrodillé junto a ella.

—Iré contigo, mamá. No hay razón para que siga viviendo, estoy… —Mi voz se quebró—. Yo solo… —Nunca había experimentado un dolor tan profundo, era como un espacio vacío dentro de mí que me estaba tragando—. Todo lo que hago es herir a la gente… ¡Todo lo que causo es sufrimiento!

—Morgan…

Esa voz… Levanté la mirada, pero mi vista estaba borrosa por las lágrimas.

—Milosh, yo… —No sabía qué decir. Me limpié las lágrimas con la parte posterior de mi mano ensangrentada. Mi hermano estaba paralizado. Sostenía una caja decorada, parecía un regalo.

—¿Qué has hecho? —Dejó caer la pequeña caja.

—Yo… —Me puse de pie.

—Perdiste el control, ¿no? —gritó—. ¡Perdiste el control y los mataste!

No podía creer que pensara que yo los había matado. Estaba a punto de responder, pero sentí una fuerte bofetada en la cara que me envió al suelo.

Milosh me quitó la daga.

—¡¿Cómo has podido?!

—No quise…

—¿No quisiste hacerlo? —Estaba fuera de control. Lo entendía: acababa de encontrar los cadáveres de sus padres—. ¡Maldita seas! —exclamó una y otra vez, apretando los puños. Levantó la mano con la daga, pero se detuvo, dudoso, las aletas de su nariz se movían rápidamente mientras respiraba con furia.

Me dio la espalda para irse.

—¡Milosh! —lo llamé, tratando de levantarme. Resbalé en el charco de sangre y caí entre los cuerpos de mis padres.

—La próxima vez que nos veamos, te mataré. —Sus palabras estaban llenas de desprecio y rabia. ¿Cómo podía pensar que yo había matado a nuestros padres? Pero, antes de que pudiera añadir nada, desapareció.

—¡Milosh! —grité intentando levantarme de nuevo, y volviéndome a caer—. No… no… No me dejes, Milosh. No…, por favor.

Mis manos comenzaron a temblar y a brillar: mi poder se estaba activando. A veces podía controlarlo, pero era difícil. Lloré mientras golpeaba el suelo sin esperanza, haciendo agujeros en él.

—¿Morgan? —La voz de Shadow sonó detrás de mí, pero yo no podía escucharlo.

—¿Por qué? ¿Por qué? ¿Qué he hecho mal? ¿Qué he hecho para merecer esto? ¡¿Por qué?! —grité, sintiendo que mi poder llegaba a cada célula de mi cuerpo. Un viento frío movió las ramas de los árboles y las flores—. ¡Ah, mamá! ¿Por qué?

Se escuchó un fuerte trueno. Un aura formada por varios círculos me rodeaba.

—Cálmate, Morgan. —La voz de Shadow sonaba muy lejos.

Nubes oscuras llenaron el cielo de manera rápida y poco natural; se vieron relámpagos y luego se escuchó otro trueno.

—¡Mamá! —exclamé, creyendo que ella despertaría y me diría que todo iba a salir bien.

—Morgan… —seguía llamándome Shadow.

—Ya no quiero vivir. Por favor, mátame —le supliqué—. Por favor… —Sentí una presencia detrás de mí y, al girarme, vi que Aidan estaba mirándome. Automáticamente, mi aura lo hizo retroceder. Pero entonces sentí un par de manos frías que me cubrían los ojos y todo se volvió oscuridad. Mientras perdía el conocimiento, lo único que podía pensar era: «No quiero estar sola; por favor, no me dejen sola».

Abro los ojos con desconcierto. Mi respiración es rápida e inconsistente. Parpadeo un par de veces. El agua fría que cae sobre mí me hace darme cuenta de dónde estoy. Miro la daga en mi mano; es la misma que mi padre usó para tratar de matarme, la misma que usó para matar a mi madre.

—Recuerdas ahora, ¿no? —dice Milosh detrás de mí.

Me pongo de pie, apretando los puños. Sigue lloviendo a cántaros. Mi mente no ha asimilado lo que acabo de recordar. Levanto la mirada como si estuviera valorando diversas opciones.

—Milosh… —murmuro, captando su atención—, mátame —susurro.

Sé que es una decisión cobarde, es la forma más fácil de escapar del dolor y de los hechos. Pero no me siento capaz de cargar con todo lo que ahora sé; me es imposible aceptar que soy la causa de tantas muertes, de tanto sufrimiento. No puedo soportarlo más. No puedo respirar ni vivir con esas imágenes dentro de mi cabeza. Me he esforzado tanto durante mi vida para contener el dolor, para ser fría, para que nada me afecte… Pero ya no puedo continuar haciendo lo mismo. Me desprecio a mí misma. La vida es algo hermoso que resguardar, pero mi alma está manchada con sangre y marcas que nunca podrán eliminarse. Además, me siento muy débil, no hay nada que pueda hacer para detener a mi hermano. Él me observa en silencio.

—¿Ahora te has convertido en una suicida, hermanita?

—Solo hazlo rápido. —Los relámpagos iluminan por un instante la cara confundida de Milosh. Inclina la cabeza hacia un lado.

—¿Qué pasa contigo? Sé que estás débil y no puedes evitar que te mate, pero ¿no lucharás por tu vida?

No respondo y camino hacia él. Le ofrezco la daga y él la toma con cautela. Sostengo su mano y la apunto a mi pecho.

—Mátame.

Mi hermano me da una palmada en la mano.

—¡Deberías estar avergonzada! Nuestra madre se avergonzaría de ti en este momento. No crio a una estúpida cobarde; ella crio a una luchadora, a una niña que lucharía por su vida hasta agotar su último aliento.

Bajo la cabeza, pensando en nuestra madre. La echo mucho de menos. También echo de menos a mi hermano. Al chico amable que siempre me apoyaba y ayudaba.

—Te extraño, hermano.

—No eres mi hermana. Dejaste de serlo cuando mataste a nuestros padres. —Su tono está lleno de rabia.

—Yo no los maté.

—¿Pretendes que te crea?

—Tú me conocías, Milosh. ¿Cómo pudiste pensar que yo asesiné a nuestros padres? —pregunto, herida. Él se limita a mirarme—. Me quieres muerta, ¿no? Entonces, mátame. No tengo energía ni fuerza para luchar. No tengo voluntad ni ganas de seguir viviendo. Terminemos con esto, entonces.

Da unos pasos hacia mí y yo retrocedo hasta que mi espalda choca contra el árbol. Él rodea mi cuello con su mano fría. Parece dudar, está pensando en algo. Miro directamente a sus ojos verdes. Las lágrimas ruedan por mi cara y se mezclan con la lluvia. Milosh se inclina despacio hacia mí y nuestras frentes se tocan. Noto su cálido aliento en mi rostro. Sé que puede matarme en cualquier momento; solo tiene que romperme el cuello para paralizarme, algo fácil de hacer para un vampiro. Luego puede terminar conmigo fácilmente.

—¿Me odias? —pregunto.

Milosh respira profundamente, presionando su frente contra la mía.

—Eres mi hermanita, por supuesto que no te odio —responde, como solía hacer cuando éramos niños.

Mi corazón se salta un latido. Y lo abrazo, llorando desesperada.

Lo he extrañado…

Lo he necesitado…

Él es mi única familia. Mi hermano mayor.

XXIV

Lloro silenciosamente sobre el hombro de mi hermano; él no me aparta, pero se queda quieto.

—Lo siento —murmuro. Nadie puede entender cuánto lamento la muerte de nuestros padres. Puedo imaginar cómo se sintió él—. Lo siento mucho, Milosh.

Quiero quedarme abrazada a él más tiempo, pero mi hermano se aparta, manteniendo la cabeza baja y evitando mirarme.

—¿Milosh?

Cuando su mirada se encuentra con la mía, veo las disculpas en ella.

—Tengo que hacerlo, lo siento.

Me empuja contra el árbol y siento su cálido aliento en mi cuello.

—Milosh… ¿Qué…? —No me deja terminar y entierra sus colmillos en mi piel. Ya estoy débil, no puedo perder más sangre, pero no lucho contra él. Esta es la única forma en la que puede ver mis recuerdos y confirmar mi inocencia. Mi sangre me abandona y se vuelve parte de él, dejándome más débil. Cierro los ojos, luchando con la sensación de entumecimiento.

Cuando me suelta, caigo al suelo, pero trato de no perder la consciencia. Al levantar la mirada hacia él, veo la sorpresa en sus ojos verdes. La lluvia cesa finalmente. Él se gira sosteniéndose la cabeza con ambas manos para luego golpear un árbol, agrietándolo.

—Milosh…

Levanta la mano en un gesto para que me quede callada.

Intento levantarme, pero es difícil. Me siento y apoyo la espalda contra el árbol. El suelo está empapado, lleno de barro y hojas. El viento helado mueve las ramas de los árboles y el cabello mojado de Milosh. Él aprieta los puños, sin desviar la mirada. Le doy tiempo, lo necesita. Sé que no es fácil aceptar lo que acaba de ver en mis recuerdos.

Los rayos iluminan el lugar por un segundo y luego mi hermano comienza a alejarse sin decir una palabra.

«No…».

—¡Milosh! —grito, pero él no se detiene. Utilizando lo que me queda de energía, me pongo de pie y lo sigo tambaleándome—. ¡Milosh, espera!

Se detiene de espaldas a mí; mis rodillas se rinden y caigo en el suelo, sintiendo el barro frío en mis piernas.

En silencio, mi hermano se acerca a mí a grandes zancadas, me levanta del suelo y me carga sobre su espalda. Lo rodeo con las piernas y los brazos y entonces comienza a correr a una velocidad impresionante; sé que vamos a mi escondite.

El viento sopla el aroma de Milosh directamente en mi cara. Estoy muy sedienta, así que no puedo dejar de mirar su cuello. El olor de su sangre es diferente a cualquier otra que haya olfateado antes.

Corre en silencio durante minutos que me parecen años. Cuando estamos a pocos metros de la guarida de mi clan, para y me deja en el suelo.

—Gracias —digo, pero él ni siquiera me mira antes de irse. Tal vez necesita tiempo para asimilar lo que acaba de descubrir, o tal vez no quiere saber nada de mí.

Cuando me quedo sola, empiezo a caminar despacio para salir del bosque. Pronto veo la playa. Está vacía, enormes olas llegan a la orilla. Necesito sangre urgentemente. No puedo evitar pensar en la de Shadow, en su aroma dulce y poderoso.

Me encuentro a Aidan saliendo de la cueva.

—Morgan —dice, ojeando mi estado.

No le respondo, no estoy de humor.

Me pregunto dónde está Shadow, pero sé que necesito dejar de pensar en él y en su sangre. Le pedí que se fuera, así que no creo que ande cerca. Sé que he sido injusta con él, porque ahora sé cómo sucedieron las cosas y que él hizo todo lo posible para protegerme. Incluso me preguntó si quería que matara a mi padre para que dejara de torturarme, pero fui yo la que se tomó su tiempo considerándolo, y cuando finalmente me decidí, mi padre había parado.

Entro en mi compartimento. Me siento tan débil que me cuesta respirar.

—Travis. —Lo busco dentro de mi cabeza. Como he bebido su sangre, puedo llamarlo mentalmente. En unos minutos, siento un latido acelerado acercarse a mí. Me giro y lo veo de pie en la entrada de mi habitación.

—¿Me has llamado? —Me dedica una mirada nerviosa. Noto que está enojado conmigo, pero no puede culparme por no corresponder a sus sentimientos.

—Sí, necesito tu sangre —digo, dándole tiempo suficiente para decir que no. No quiero que haga algo que no desea.

Para mi sorpresa, él asiente y da unos pasos hacia mí. Se desabrocha la camisa y me ofrece su cuello. Puedo ver sus venas palpitando, la sangre bombeada a través de ellas. Pongo las manos sobre sus hombros mientras me inclino hacia él. Lamo su piel, disfrutando de la lujuria que le causa mi proximidad, y luego entierro los colmillos en su cuello, traspasando su aorta.

Travis se estremece, dejando escapar un suspiro. Rodea mi cintura con las manos, apretándola de placer. Su sangre llena mi boca y me baja por la garganta. Sabe bien, sin embargo, no es tan deliciosa como la de Shadow. Dejo de beber y doy un paso atrás.

Él trata de atraerme hacia él, pero aparto sus manos. Me agarra el rostro y se inclina para besarme.

—Travis —protesto, liberándome. Me mira con tristeza—. Lo siento. —No sé por qué me disculpo, quizá por la pena de la que parezco ser responsable.

—Lo último que quiero de ti es lástima, Morgan —dice herido.

No sé qué responder.

Sale del compartimento antes de que yo pueda decir algo. Respiro hondo y me cambio de ropa, ya que estoy completamente empapada.

El resto de la noche la paso tumbada de espaldas en mi roca. Hay muchas cosas sobre las que tengo que reflexionar. Cuando el amanecer está a punto de llegar, extiendo las manos frente a mí. Se me ocurren miles de preguntas: «¿Qué soy?», «¿Qué es este poder que parezco tener?», «¿Qué está pensando Milosh?». Me quedo dormida con esas preguntas vagando por mi mente.

Abro los párpados lentamente cuando cae la noche de nuevo y percibo a alguien dentro de mi compartimento. Me siento frotándome los ojos. Ian está en la entrada, escaneando mi cuerpo en busca de lesiones.

—Debo admitir que estoy sorprendido de que no tengas ni un rasguño. —Sé que se refiere al hecho de que Milosh no me hizo daño la noche anterior—. ¿Qué pasó? ¿No lo encontraste?

Mi cabeza palpita de dolor cuando me siento.

—Lo encontré.

—Entonces ¿por qué estás viva? ¿Lo mataste?

—No.

Parpadeo un par de veces. El dolor de cabeza se extiende dolorosamente alrededor de mi cráneo. Esto no es normal, los vampiros no sufren aflicciones como esta. Ian nota mi expresión de dolor.

—¿Estás bien?

—Sí. —Finjo una sonrisa.

—¿Y qué pasó anoche? ¿Qué hizo o qué te dijo Milosh?

—Es una larga historia, Ian.

—No soy el mejor espectador, Morgan, pero quiero ayudar, estoy aquí para ti.

—Es solo que… estoy asimilando muchas cosas en este momento. No estoy lista para hablar ahora. —Es la verdad, no puedo hablar todavía sobre mis padres o Milosh.

—Ya veo. —Mi amigo lo entiende y se va sin decir una palabra.

Aprecio el hecho de que me dé mi tiempo para estar lista para hablar. Aún me duele la cabeza, es como si algo estuviera presionándome el cráneo.

Salgo de la cueva porque necesito aire fresco. La noche está calmada; la luna ilumina la playa y sus suaves olas. Me siento en la arena, envolviendo mis piernas con los brazos mientras las pego contra mi pecho. Apoyo la barbilla en una de mis rodillas y observo el mar frente a mí. Se está bien, no hace ni demasiado frío ni demasiado calor. Me pregunto qué puede haber más allá de ese océano, más allá de esa cálida agua.

A veces pienso que los humanos no saben valorar lo que tienen. Entre las cosas que nos envían al territorio sobrenatural, a veces incluyen libros, recortes de lo que la humanidad lee y consume, y me ha sorprendido leer lo mucho que se quejan. No aprecian sus vidas o los pequeños momentos de felicidad; nunca están satisfechos. No importa cuántas cosas buenas puedan tener, nunca están del todo felices, siempre tienen la sensación de que les falta algo. ¿Por qué no pueden disfrutar de un hermoso cielo azul? ¿Por qué no pueden detenerse un momento y sentirse felices por estar vivos un día más? Los humanos tienen un hermoso territorio para ellos, muchos tienen familias y pueden vivir bajo el sol, sintiendo su calor sobre la piel, mientras que las criaturas de la noche como yo solo podemos vivir una existencia solitaria y sangrienta. Siempre rodeados de la muerte. Siempre luchando por mantener el calor en nuestros corazones, porque, con el paso de los años, tienden a tornarse fríos.

Tomo una respiración profunda, sintiéndome celosa de los humanos. Se supone que son criaturas inferiores, pero me gustaría ser como ellos.

—Morgan. —Esa voz grave y aterciopelada me deja sin aliento.

No me muevo; he estado tan absorta en mis pensamientos que no he sentido su presencia. Trago saliva. «¿Por qué estoy tan nerviosa? Solo es Shadow». Levanto la vista para encontrarme con el oscuro rojo de sus ojos.

—¿Sí? —Su presencia es inesperada. Pensé que no volvería a verlo después de lo grosera que fui con él.

—Necesito que vengas conmigo.

—¿Por qué?

Se encoge de hombros.

—Me limito a obedecer las órdenes que me han dado.

—Oh. —Parece que volvemos al Shadow frío que solo sigue órdenes.

—Mi superior quiere hablar contigo. —Desvía la mirada como si no estuviera interesado en mí.

—¿Hablar conmigo? ¿Sobre qué?

Me levanto y de repente me viene a la mente el recuerdo de cuando vi su rostro el día de mi cumpleaños, y noto cómo me ruborizo.

—Solo ven conmigo. —Me ofrece su mano.

Dudo un momento antes de tomarla. Esa electricidad familiar me atraviesa cuando mi piel hace contacto con la suya.

En un movimiento rápido, Shadow me levanta del suelo y me atrae hacia él. Aterrizo en sus brazos; me está cargando como un bebé. Estar tan cerca de él me pone muy nerviosa.

—Puedo caminar. Bájame.

Me ignora y echa a correr como nunca antes he visto correr a ningún vampiro. Es difícil mantener los ojos abiertos.

Me las arreglo para mirar hacia arriba y ver el cuello pálido de Shadow. Me pregunto cuántos años ha vivido.

Huele bien, su piel tiene un olor peculiar. Lleva la máscara cubriendo parte de su rostro y mantiene los ojos enfocados en el camino. El viento le mueve el pelo oscuro hacia atrás. No puedo evitar admirar las venas de su pálido cuello, esas venas que contienen su poderosa sangre. Me lamo los labios como un depredador. «¿En qué estoy pensando?». Aparto esas imágenes de mi cabeza.

Después de lo que me parece una eternidad, Shadow se detiene y me deja en el suelo lentamente. Nos miramos a los ojos por primera vez en esa noche. Necesito que sepa cuánto siento haberle dicho hace dos noches que no quería volver a verlo.

—Shadow… —Trago saliva—. Sobre lo que te dije la otra noche…

—Sé que esta noche he roto la regla que impusiste sobre que me mantuviera alejado. Pero, como te he dicho, lo he hecho porque me han pedido que fuera a buscarte —dice con indiferencia mientras empieza a andar.

—No, eso no es lo que iba a decir. Yo… —Me interrumpo cuando me doy la vuelta para seguirlo y veo que estamos frente a una gran cabaña de dos pisos, rodeada de árboles enormes que parece que están ahí para ocultarla. Sus grandes ventanas muestran un interior con poca iluminación.

El Purasangre camina hacia una gran puerta antigua.

—Shadow, espera —lo llamo, tratando de hacer que se detenga porque necesito que me escuche. Se para, pero no se gira, como si esperara que yo hablara. Doy unos pasos hacia él—. Yo… yo… —¿Por qué es tan difícil hablar?

De repente, la puerta se abre y aparece una figura alta, pero no acabo de ver bien quién es.

—Hermano.

Me quedo paralizada. No respiro ni me muevo, simplemente me paralizo. Esa voz… Retrocedo de forma inconsciente. El miedo corre por mis venas; él sale de las sombras, sonriendo.

—Byron. —Mi voz es apenas un murmullo.

—Morgan, ha pasado mucho tiempo. —Me dedica esa sonrisa enferma y retorcida que tiene. Lleva el uniforme negro de Purasangre. Estoy temblando cuando doy otro paso atrás.

—Creo que te dije que te fueras, Byron. —El tono de Shadow es más frío que antes.

—Estaba a punto de hacerlo, hermano —responde pasando por su lado.

No puedo soportar estar cerca de él, pero Byron se dirige hacia mí y se queda mirándome con esos ojos que me he esforzado tanto en olvidar, al igual que sus manos que tanto daño me hicieron y sus labios crueles que besaron mi piel para prepararla para sus dolorosas mordeduras. Me alejo, tratando de apartarme de su camino.

Él me sonríe.

—¿Tienes miedo, Morgan? —pregunta con tono sádico.

En unos segundos, Shadow está a su lado, con una mano en su hombro.

—No te atrevas a hablarle ni a mirarla. Jamás volverás a mancharla con tu inmundicia. —Su tono de voz es suficiente para que cualquier criatura se doblegue ante él.

—¡Qué posesivo, hermano! —responde Byron, y me echa un último vistazo antes de desaparecer.

Me quedo allí sin moverme. Sé que se ha ido, pero todavía estoy temblando.

—¿Estás bien? —me pregunta Shadow.

Me obligo a mentir.

—Sí.

—Vamos adentro.

Camina hacia la puerta de nuevo y yo lo sigo en silencio. Cuando llegamos, él se detiene y se gira hacia mí.

—No volverá a ponerte un dedo encima, lo prometo —dice en voz baja.

Yo asiento en silencio.

No creo que Shadow sepa el alivio que me causan sus palabras. Entramos en esa cabaña antigua. Hay una enorme sala de estar con escaleras de madera al final. Parece abandonada.

—Entra por esa puerta. Te está esperando —me ordena, señalando una puerta a nuestro lado.

—¿Quién es?

—Mi superior. Él es el único que puede responder tus preguntas —me explica.

Me dirijo a la puerta sin saber qué esperar. Golpeo la madera nerviosamente. Yo quiero respuestas, ¿no? Entonces ¿por qué tengo tanto miedo?

Distingo pasos al otro lado, se escucha un clic y la puerta se abre. Trago, sintiendo la garganta seca.

Es hora de conocer la verdad.

XXV

—Adelante —ordena una voz masculina.

Entro poco a poco. Es un estudio antiguo, decorado con muebles marrones viejos y cortinas blancas llenas de polvo. Hay un escritorio en el centro y un hombre sentado detrás. Su presencia es imponente. Tiene los ojos azules y el pelo veteado de gris, pero no parece viejo. Tiene el aspecto de alguien solo algo mayor que yo.

—Hola, Morgan. —Tiene la voz más tranquilizante que he escuchado—. Soy Vincent, el líder de esta organización de Purasangres. Como sabes, Shadow forma parte del Consejo Sobrenatural. —Rodea el escritorio para colocarse frente a mí.

—Shadow me ha dicho que eres el único que puede responder mis preguntas —digo.

—Sí, soy el único autorizado para ello. —Me dedica una sonrisa amable.

—De acuerdo.

—He vivido durante muchos siglos. Soy el Purasangre más viejo después de Shadow. No tienes idea de las cosas que he visto, de las cosas que sé. ¿Cuáles son tus preguntas?

—Recuerdo mi pasado; recuerdo a mi hermano, a mi madre, incluso a mi padre. Pero todavía hay muchas cosas que no entiendo. Sé que no soy una vampira normal, que soy especial y que, por ello, Aidan y Shadow han sido mis guardianes desde el día en que nací. Sé que mi padre asesinó a mi madre porque ella trató de evitar que me matara. Recuerdo cómo mi padre me torturó durante años… —Hago una pausa—. No entiendo el poder que poseo; toda mi existencia está manchada de sangre, sufrimiento y muerte por culpa de ese poder… —Dejo salir una larga bocanada de aire—. Así que supongo que la pregunta más importante es: ¿qué soy?

—¿Sabes, Morgan? La naturaleza es muy extraña y funciona de maneras que a veces no entendemos —comenta, observándome con detalle, como si me estuviera preparando para lo que va a decir.

—No sé qué tiene que ver eso conmigo.

—Hace mucho tiempo había rumores sobre el fin del mundo. Siempre han existido ese tipo de rumores, incluso hoy hay quien habla de ello. Pero hace casi tres milenios un Purasangre llamado Isidoro descubrió algo que cambió nuestro mundo para siempre. Isidoro era un importante estudioso de la naturaleza y decía que podía predecir el futuro y que había visto cómo el mundo llegaba a su fin y nacía de nuevo, que había visto a una criatura limpiando toda la maldad en la Tierra, dejando solo las almas puras y buenas. En su profecía, llamó a ese ser «el Purificador», porque creía que estaba destinado a purificar el mundo. —Hace una pausa—. Por supuesto, nadie le hizo caso. Era una época en la que dominaba el escepticismo y en la que los Purasangres se creían invencibles. Unas décadas después, siendo yo un Purasangre joven, escuché hablar de las predicciones de Isidoro. Lo admiraba por su coraje y por defender con firmeza sus creencias delante de todos. Fue en ese siglo cuando su profecía resultó ser cierta y nació el primer Purificador, el ser que eliminó a todos los considerados impuros, poseedores de un alma negra o llena de maldad, sin importar lo que fueran: vampiros, Purasangres, humanos o cualquier otra criatura de la noche.

—¿Qué pasó contigo?

—Yo era un Purasangre joven, no había matado ni herido a nadie, mi alma estaba limpia, así que supongo que fue considerada pura. Sin embargo, Isidoro no tuvo tanta suerte. Antes de morir, escribió: «Un Purificador nacerá cada trescientos años». Me tomó años recordar lo que realmente sucedió. El primer Purificador no solo limpió el mundo y lo llevó a nacer de nuevo, sino que también borró la memoria de las almas puras que quedaron para que todos pudieran comenzar de nuevo. Es imposible que un humano recuerde, pero un Purasangre puede hacerlo si cuenta con mucho poder antiguo.

—Espera… ¿Estás diciendo que el mundo ha sido purificado cada trescientos años?

—Debería haberlo sido; no obstante, después de la primera Purificación de la Tierra, algunos vampiros y Purasangres que sobrevivieron lograron obtener la profecía de Isidoro. Por supuesto que para ellos no era conveniente una Purificación cada trescientos años. Como sabes, los vampiros, los Purasangres y el resto de criaturas de la noche tienden a volverse malvados y desalmados con el tiempo. Sabían que iban a ser los primeros en ser eliminados si había purificaciones porque sus almas no eran puras, y no querían vivir con restricciones, ni querían ser buenos.

—Entonces ¿qué hicieron? —Consigo no confundirme y seguir la explicación.

—Analizaron detenidamente la profecía de Isidoro y decidieron matar a los siguientes purificadores antes de que nacieran, pero no sabían cómo encontrar a las madres seleccionadas. No obstante, Isidoro había dejado escrito en su profecía que, antes de que un Purificador fuera concebido, nacería otra criatura, lo que significa que la madre daría a luz a un primogénito, uno especial, antes del Purificador. Este primer niño fue llamado «el Protector» porque tenía habilidades inusuales para poder proteger al Purificador mientras estaba en el vientre de su madre y, luego, mientras crecía y sus poderes maduraban.

—¿Así que trataban de encontrar a los Protectores para llegar a los Purificadores?

—Sí, y han tenido éxito durante mucho tiempo. Después de aquel primer Purificador, han matado a todos los Purificadores antes de nacer. Por eso el mundo está así en este momento: lleno de maldad, muerte y destrucción. Los humanos se están atacando a sí mismos, los vampiros convertidos están fuera de control, los Purasangres matan a sangre fría… Estoy cansado de tanta violencia, Morgan. Cuando el último Purificador fue asesinado, juré que protegería al siguiente. El mundo necesita urgentemente una Purificación; de lo contrario, este mundo, este hermoso mundo, será destruido.

—Ya veo. Pero ¿qué tiene que ver todo eso conmigo?

—Tú eres una Purificadora.

—¿Qué?

—Eres la primera Purificadora viva en mucho tiempo.

—Espera… No puedo serlo… Yo soy una vampira.

—No lo eres.

Estoy perpleja.

—¿De qué estás hablando? Aidan me convirtió cuando tenía dieciocho años, la noche en la que murió mi madre.

—Eso nunca ocurrió.

—¿Qué? Yo lo vi, estaba allí. Soy una vampira, es de lo único que he estado segura en los últimos ochenta y cinco años.

—Nunca sucedió, Morgan —insiste.

—Entonces ¿me lo imaginé? Por supuesto que sucedió. Y… bebo sangre, necesito sangre. Tengo que ser una vampira.

—Es un recuerdo implantado. La mejor en habilidades mentales de nuestra organización lo puso en tu cabeza y también hizo algunos cambios en ti para que todos pudieran percibirte como una vampira y nadie pudiera detectar lo que realmente eres.

—No puede ser cierto…

—¿No te has preguntado por qué, si bebiste la sangre de Aidan cuando te convirtió, no estableciste un vínculo con él cuando él bebió la tuya hace poco? Es porque nunca antes has bebido su sangre.

—No soy una vampira...

—No. Milosh es el Protector. Por eso tiene habilidades tan poco comunes.

El mundo da vueltas a mi alrededor.

—Yo... yo...

—Entiendo que estés confundida, es mucha información; tómate tu tiempo.

—¿Se supone que debo eliminar la maldad del mundo? —No puedo creerlo—. Por eso mi padre trató de matarme... Sabía que su alma no era pura —digo al darme cuenta—. Oh, esto es...

—Te dije que la naturaleza es extraña, pero no podemos negar su inteligencia; supongo que sabía que, cada cierto tiempo, la maldad se apoderaría del mundo. Por eso nacen los Purificadores.

—Oh...

—Morgan...

—Estoy bien, estoy bien, en serio —miento.

—Toma asiento. —Vincent me ofrece una silla de madera y me siento. Él se apoya en el escritorio—. Sé que es difícil de creer, pero es la verdad.

—¿Por qué me estás diciendo esto ahora? ¿Por qué no me lo explicaste antes? Es decir, he vivido ochenta y cinco años pensando que soy una vampira. Además, ¿por qué borraste mis recuerdos?

—Morgan, cálmate. Voy a responder a tus preguntas una por una. —Su voz calmada me hace tomar una respiración profunda—. Después de que el último Purificador fuera asesinado, decidí formar una organización cuyo objetivo fuera mantener vivo al siguiente Purificador. Pero, por supuesto, no iba a ser fácil; muchos Purasangres pertenecían a la Organización Nhyme, cuyo primer objetivo era matar al Purificador, algo en lo que habían tenido éxito durante siglos. Hicimos intensas exploraciones cuando se acercaban las fechas de los nacimientos del siguiente Protector y del siguiente Purificador. Cuando Milosh nació, tuvimos la suerte de localizarlo antes de que lo hiciera la Organización Nhyme. Pero ellos se enteraron de todos modos y enviaron a un Purasangre muy persuasivo para que hablara con tu padre. Este se unió a ellos unos años después, cuando tu madre ya estaba embarazada de ti.

—¿Estás diciendo que mi padre se unió a la Organización Nhyme, cuyo principal objetivo era matarme?

—Tu padre no lo sabía, le dijeron que ellos querían lo mejor para todos, para él que era un alma impura y para ti, que te monitorearían, básicamente una verdad a medias. Además, pensó que estaba haciendo lo correcto.

—No entiendo. ¿Por qué la Organización Nhyme no me mató si me había encontrado?

—Por algunos de los rumores sobre tu especie. Un viejo Purasangre dijo que, si hay un Purificador vivo, no nace otro. Así que la organización de tu padre pensó que era mejor mantenerte cautiva durante toda la vida, pues así evitaban tener que encontrar al Purificador cada trescientos años.

—Tiene sentido.

—Pero, como sabrás, al final decidieron matarte cuando cumpliste dieciocho años debido a la rebelión que tu madre estaba mostrando. Ella no estaba de acuerdo con lo que tu padre estaba haciendo contigo. Además, tus poderes no paraban de incrementarse y temían no ser capaces de eliminarte más adelante.

—Así que, mientras la organización de mi padre me mantenía cautiva, la tuya me protegía en secreto.

—Sí, Shadow y Aidan han sido los encargados de hacerlo. Se suponía que no debían tener contacto contigo, sin embargo, Shadow dijo que todo sería más fácil si confiabas en ellos —explica Vincent, caminando para volver detrás del escritorio y sentarse.

—¿Por qué necesito sangre?

—No eres una vampira, pero tu especie está más cerca de la mía que de la de los humanos. Necesitas sangre para obtener fuerza y poder. Ya sabes que los vampiros convertidos se alimentan de humanos, los Purasangres se alimentan de vampiros convertidos…

—Y los Purificadores se alimentan de los Purasangres —termino su oración.

Asiente.

—Veo que has notado la diferencia entre la sangre humana y la de Shadow.

—Sí. —Es la verdad—. Ahora entiendo muchas cosas, pero todavía no sé cómo voy a poder cumplir la misión para la que se supone que he nacido. Quiero decir, ni siquiera sé si de verdad tengo ese poder del que hablas.

Vincent se levanta de nuevo y camina hacia mí.

—Levántate. —Me ofrece su mano y obedezco, confundida—. Dame tus manos. —Dudo un momento—. No te lastimaré. —Extiendo las manos y él las pone a los lados de su cara—. Mírame a los ojos. —Lo hago—. Relájate y respira. Concéntrate en mis ojos, en indagar, en buscar en ellos.

Inspiro profundamente.

—No hay nada.

—Concéntrate, Morgan.

Lo intento aún más. Mi vista se vuelve borrosa; pestañeo, tratando de enfocar, pero solo veo imágenes desconocidas: a una niña muriendo y escupiendo sangre y a un niño rompiéndose en pedazos. Miro hacia otro lado sin poder manejar esas escenas. Retrocedo, alejándome un poco de Vincent. Cuando levanto la vista, me sorprende ver que le sale sangre de la nariz.

—¡Oh! ¿Estás bien?

—Sí, no te preocupes. —Se limpia con el dorso de la mano—. Es impresionante, me has hecho sangrar solo con mirarme. ¿Qué has visto?

—Una niña y un niño muriendo —le respondo, sintiéndome rara—. Tú los mataste, ¿no es cierto?

—Sí, los maté en un ataque de furia. Cuando recuperé el sentido…, ya era muy tarde. ¿Cómo te sientes?

—Es extraño. Es como si pudiera sentir el dolor que sufrieron.

—Mi alma no es pura, como puedes ver.

No sé qué decir, se supone que debo matarlo.

—No sé qué hacer —digo.

—Lo sabrás. Cuando llegue el momento de la Purificación, lo sabrás. Cuando tu cuerpo esté listo, lo sentirás. Solo tienes que ser paciente.

No sé por qué Vincent me hace sentir tan calmada. Tiene la seguridad y la tranquilidad que mi madre solía tener. Nos quedamos en silencio unos segundos. Un golpe en la puerta interrumpe el momento.

—Entra.

—Es peligroso para ella estar aquí —dice Shadow detrás de mí.

—Lo sé. Es hora de que te vayas, Morgan. Puede que este lugar esté vigilado por la Organización Nhyme —explica Vincent suavemente.

—Pero todavía tengo algunas preguntas…

—Lo sé. Debes pensar en lo que te he contado esta noche. La próxima vez que nos veamos, seré todo oídos para ti —me promete con una sonrisa reconfortante.

Me giro hacia la puerta y veo a Shadow de pie ahí. Paso por su lado sin decir una palabra y luego salgo de la cabaña escuchando cómo cruje el suelo de madera bajo mis pies.

En mi mente reina la confusión. De nuevo, necesito tiempo para procesar todo lo que Vincent me acaba de contar.

Profecías, Purificación… Esas palabras aparecen en bucle dentro de mi cabeza.

Shadow me coge de nuevo en brazos y corre de vuelta a mi refugio. Durante el camino, permanezco en silencio, pensando en cómo puedo disculparme con él. Quiero que me hable, que esté conmigo, que sea el Shadow que siempre me ha cuidado, no el cascarón frío que les muestra a los demás.

Llegamos al bosque cerca de la cueva y se detiene, igual que hizo Milosh cuando me dejó allí. Piso el suelo y levanto la mirada para encontrarme con la suya.

—Debo irme —me dice mirando hacia otro lado.

—No, espera. Tengo que hablar contigo. —Sueno patética, pero necesito que escuche.

—No tenemos nada de qué hablar.

Su frialdad me duele.

—Shadow, yo…

—No.

—¿Por qué no quieres escucharme?

—Ya te escuché. Ahora estoy haciendo lo que me pediste que hiciera; eso es todo.

Se da la vuelta y siento que mis ojos se llenan de lágrimas. Agarro su antebrazo y tiro de él para que me mire; veo la sorpresa en su rostro.

—¡No te vayas! Necesito disculparme contigo, de lo contrario me volveré loca.

—No tienes nada por lo que disculparte, Morgan —dice, liberando su brazo de mi agarre.

—Escúchame, por favor. La otra noche no quise…

—¡No! Me mantendré alejado de ti; es mejor así. ¿Por qué no puedes entender eso?

—Porque no quiero que estés lejos de mí. —Las palabras salen de mi boca antes de que pueda detenerlas. Desvío la mirada, avergonzada.

—Esto no está bien, Morgan.

—Lo sé. Lo siento, soy un desastre… Estoy… estoy tan confundida. No puedo dejar de pensar en la otra noche, y no puedo vivir sabiendo que he sido injusta contigo. Así que, por favor, acepta mis disculpas.

—No puedo hacer eso. —Su tono es tan frío que me sorprende. Levanto la vista para mirarlo a los ojos, pero él está observando algunos árboles a su derecha—. Es mejor para los dos que me mantenga alejado. —Se da la vuelta y comienza a alejarse.

Estoy respirando muy rápido, no entiendo por qué no puede perdonarme.

—¿Por qué quieres alejarte de mí? —le pregunto sin rodeos. Él se detiene—. ¿Es por lo que sucedió la noche que nos besamos? —Me avergüenza mencionarlo, pero no se me ocurre otra razón por la que no quiera verme. Él no se mueve y yo tampoco. Un largo silencio transcurre entre nosotros.

—No sé de qué estás hablando.

—¡Oh!, ¿en serio? —Sus palabras me lastiman, debo admitirlo.

Camino hacia él, tiro de su brazo y lo empujo contra un árbol. Pese a que veo la sorpresa en sus ojos, no dudo al quitarle la máscara en un movimiento rápido. Él agarra mis muñecas y tira de mí para cambiar posiciones y empujarme contra el tronco. No puedo creer que hayamos cambiado de lugar tan rápido.

Puedo ver su hermoso rostro, sus labios carnosos. Shadow me gruñe, enseñándome sus afilados colmillos. No dejaré que me intimide.

—Dijiste que me protegerías, y ahora quieres mantenerte lejos.

Aprieta con más fuerza mis muñecas y noto cómo presiona su cuerpo contra mí.

—No juegues conmigo, Morgan. —Su aliento cálido me acaricia la cara—. No sabes de lo que soy capaz.

Trato de inclinarme hacia él, pero me presiona las muñecas con más fuerza contra el árbol, manteniéndome inmovilizada.

—No te tengo miedo, Shadow.

Sus intensos ojos de color rojo oscuro encuentran los míos y veo cómo su cara se acerca más a la mía, hasta que la entierra en mi cuello y sus labios rozan mi oreja.

—No juegues con fuego, Morgan. Ya has sufrido bastante —murmura en mi oído. Su voz enciende de pasión todo mi cuerpo.

—Shadow...

Aparta el rostro de mi cuello para mirarme. Ver su rostro, tenerlo tan cerca del mío, nubla mi mente. Estoy cansada de analizar al detalle todo lo que hago. Necesito seguir mis instintos en este momento. Necesito hacer lo que quiero hacer, no lo que debería hacer. Levanto la cara para buscar sus labios. Él puede apretar mis muñecas para mantenerme en mi lugar y evitarlo, pero cuando veo que no lo hace, sé que quiere que lo bese tanto como yo quiero besarlo.

Nuestros labios se rozan, pero él se detiene, como si sintiera la presencia de alguien.

—Morgan. —La voz de Aidan nos hace alejarnos tan rápido como podemos.

—Estaba a punto de irme —dice Shadow antes de desaparecer.

Aidan y yo compartimos una mirada incómoda, así que me apresuro a salir del bosque y él me sigue en silencio hasta mi compartimento.

XXVI

—Lo lamento.

La voz de Aidan se ha suavizado, es casi cálida, lo cual me sorprende porque no es propio de él. Permanece de pie en la entrada de mi habitación como si estuviera escogiendo con cuidado sus palabras y quisiera mantener su distancia.

—Lamento mucho lo de tus padres —dice, y sus palabras me aturden. Es la primera vez que alguien trata de consolarme después de haber descubierto mi pasado y siento ganas de llorar. Es como si el hecho de que alguien más hable de la muerte de mis padres confirmara que todo aquel horror pasó de verdad, que yo los vi morir a los dos.

Bajo la cabeza y me limpio rápidamente una lágrima rebelde.

—No —me reprende Aidan—. No. ¿Por qué siempre intentas contener tus sentimientos?

No quiero llorar delante de él. Mostrar mi vulnerabilidad a los demás no me resulta fácil.

—Estoy bien —miento.

—No estás sola, tienes a tu clan. Recuérdalo siempre —dice, y luego se va.

Me quedo mirando fijamente el espacio donde acaba de estar Aidan hace unos segundos, pensando en sus palabras. Tiene razón. Sé que puedo contar con mi clan. El problema es que no sé si pueden entender lo que estoy pasando. Tampoco sé cómo explicárselo todo; es difícil explicar algo que aún no terminas de entender.

Me acuesto y me pongo el antebrazo sobre los ojos, intentando acallar mis pensamientos incesantes y confusos.

Sed…

Sangre…

Necesito sangre…

La sed me despierta. Aprieto los dientes, luchando contra el impulso de alimentarme. Mis colmillos se extienden y cortan la piel de mis labios.

Algo me está llamando. Algo que palpita. Necesito encontrarlo.

Me pongo de pie de un salto, respirando pesadamente, y salgo corriendo del refugio para meterme en el bosque.

«Sangre… Sangre… Sangre…». Esa es la única palabra que resuena en mi cabeza. Necesito esa sustancia roja llena de poder.

Salto varias veces para ir más rápido. La sed me domina. Veo una figura en la distancia y la reconozco como la fuente de esa sangre palpitante.

—Has venido.

Su voz está llena de sorpresa. Conozco esa voz…, pero no me importa. Necesito alimentarme.

Salto sobre él, haciendo que se caiga de espaldas, y a continuación entierro mis afilados colmillos en su cuello. La poderosa y deliciosa sangre se derrama dentro de mi boca. Destellos de sus recuerdos pasan por mis ojos. Es…

Milosh.

Sé que debería detenerme. Estoy a punto de parar de beber cuando un recuerdo viene a mí; lo veo como si yo fuera mi hermano.

—¡Milosh! ¡Despierta! Estamos siendo atacados —exclama desesperado Jelsias, mi compañero vampiro.

Me levanto tan rápido como puedo.

—¿Quién es?

—La Organización Nhyme.

Esos patéticos bastardos otra vez. ¿No pueden entender que no tengo nada que ver con mi hermana? Salgo de la cabaña abandonada que estamos utilizando como escondite.

—¿Qué estás haciendo? —me pregunta Jelsias, yendo tras de mí.

Cuando salgo, todos los vampiros que están peleando se detienen. Escaneo la multitud, buscándolo, y lo encuentro apoyado en un árbol. Destaca en la oscuridad, su altura lo hace muy visible. Tylos, la mano derecha del líder de la Organización Nhyme, me sonríe. No es la primera vez que lidio con ellos. Me han mantenido vigilado durante muchas décadas.

—Milosh, nuestro Protector furtivo —dice Tylos, despegando su hombro del árbol.

—¿Qué quieres? —pregunto, aun sabiendo la respuesta.

Mi clan no puede seguir perdiendo miembros por mi culpa. Yo no soy un cobarde, no voy a esconderme detrás de ellos.

—Sabes muy bien lo que queremos —responde un Purasangre rubio.

—No sé dónde está mi hermana. —Es todo lo que puedo responder.

Tylos camina hacia mí.

—Puedes sentirla, lo sé, así que no me mientas, Milosh.

—No sé dónde está —repito.

—Está bien. —Tylos me da la espalda. ¿Se va a rendir con tanta facilidad?

—Tylos, ¿qué estás haciendo? —pregunta el Purasangre rubio.

—Nos llevará a su hermana tarde o temprano. Además, admiro su valentía. Vámonos. —Y, sin más, se marchan. Sus figuras demoníacas desaparecen en la oscuridad.

Dejo de beber y levanto la cabeza. Estoy encima de Milosh, que está acostado sobre su espalda. Miro sus ojos verdes un segundo y bajo la cabeza, avergonzada.

—Yo… lo siento —murmuro—. No sé lo que me ha pasado.

—No te disculpes. —Su tono es serio.

No entiendo lo que ha sucedido, pero si algo me ha quedado claro al tomar su sangre, es que su esencia tiene muchas cosas en común con la de Shadow. ¿Cómo es eso posible? No son de la misma especie, ¿o sí? Me aparto y me pongo de pie.

—Tú…

—Sí, soy una especie de Purasangre —explica, levantándose.

—Pero… ¿Cómo…? —Estoy muy confundida. En mis recuerdos vi que Milosh no era del todo humano, pero tampoco era un Purasangre. Mi hermano no nació como un Purasangre.

—¿Sabes lo que eres, Morgan? —Asiento—. Entonces sabes lo que soy yo.

—Sí, pero ¿cómo es que te convertiste en un Purasangre? Pensaba que los Purasangres nacían, no que eran convertidos.

—Nací para protegerte. Se me dieron habilidades especiales para cumplir esa misión. Aunque también tenía que ser tu alimentador, y como te alimentas de Purasangres, me convertí en uno de forma gradual cuando alcanzaste la adolescencia.

—Eso es imposible.

—Tú y yo somos diferentes, Morgan. Somos una anomalía, una excepción para todas las reglas y para todo lo que conoces de este mundo.

—¿Has tenido algo que ver con esta sed tan intensa que me ha traído hasta aquí?

—Ninguna otra sangre en este mundo será tan deliciosa como la mía para ti, fui hecho para ese propósito. Por eso has perdido el control cuando te he llamado a través de mi sangre.

Me quedo sin palabras. Milosh no solo nació para ser mi protector, sino también para ser mi alimentador.

—Los de Nhyme te están buscando. —Frunzo el ceño—. Ya te han hablado sobre ella, ¿verdad?

—Padre pertenecía a esa organización, ¿no?

El gesto de Milosh se transforma en una expresión dolorosa ante la mención de nuestro padre. Hay un profundo silencio entre nosotros.

Estoy frente a mi hermano, al que amé de forma profunda y sincera durante los dieciocho años de lo yo creía que era mi humanidad; pero él no es el mismo, y yo no soy la misma. En su expresión hay cicatrices no visibles de las cosas que ha vivido. He pensado estúpidamente que él sería el mismo niño rebelde y divertido con el que crecí.

Estaba muy equivocada.

Ahora ya es un adulto, un Purasangre, alguien que nació por una razón, con un propósito; alguien con una misión que cumplir. Ahí, frente a mí, vestido con ropas negras y luciendo un pelo alborotado, está Milosh. Pero es un Milosh en el que no puedo ver a mi hermano. Lo miro a esos ojos que se parecen tanto a los míos y no puedo más que preguntarme: «¿Quién eres tú?».

—¿Morgan? —Su voz me trae de vuelta al momento.

—¿Dónde has estado los últimos ochenta y cinco años, Milosh? —Mi voz es baja y triste.

—No tendremos esta conversación.

—No hemos hablado durante décadas. —Hago una pausa—. Me gustaría saber qué has hecho durante todos estos años.

—De acuerdo… —me dice algo reticente—. Pregunta.

Dudo unos segundos y finalmente suspiro.

—No sé… ¿Dónde has estado todo este tiempo?

Milosh aparta la mirada.

—¿Importa?

—A mí me importa, eres mi hermano.

—Solo soy tu protector —bufa.

—¡Eres mi hermano! No me importa lo que digan esas profecías. Tú eres mi hermano y me importas.

—Deja de repetirlo, es molesto.

—Milosh…

—Olvídalo.

—¿Por qué debería olvidarlo? —Mi insistencia parece desatar algo en él, porque se tensa.

—¡¿Realmente quieres saberlo?! —me espeta.

—¡Sí!

—¡Mataste a nuestros padres!

«¿Qué?».

—Sabes que no lo hice.

—Lo sé ahora, después de ochenta y cinco años de pensar que lo habías hecho. Después de pensar en miles de formas de matarte para vengar sus muertes. No es fácil aceptar que todos estos años llenos de ira e impotencia han sido en vano porque tú eres inocente. Quería matarte, hacer que sufrieras. No tienes idea de lo mucho que te he odiado. —Puedo sentir la frustración en su voz—. Y luego, un día, apareces como si nada hubiera pasado, me llamas «hermano» y soy incapaz de hacerte siquiera un rasguño. Estaba tan decepcionado conmigo mismo. Pasé mi existencia planeando mi venganza, y cuando finalmente te tuve delante…, no pude hacerte nada.

—Milosh…

—He cambiado. —Esas palabras me rompen el corazón.

—Lo sé.

—No esperes que sea tu hermano.

—De acuerdo.

Parece intrigado por mi fría respuesta.

—¿Morgan?

—He sido muy ingenua al pensar que podrías ser el mismo. —Tomo una respiración profunda para continuar—. Sí, tienes razón: has cambiado, te has vuelto egoísta.

Sus ojos se agrandan.

—¿Qué?

Y entonces todas mis emociones reprimidas explotan.

—Acabas de hablar solo de ti, de tu dolor y de lo que has pasado todos estos años. ¿Y qué hay de mí? ¿Qué hay de lo que yo sufrí, Milosh? ¡Fui torturada por mi propio padre desde que era una niña! —Tomo otra bocanada de aire—. Tuve que vivir siendo tratada como una criatura, sin entender nada, y luego, en mi cumpleaños número dieciocho, mi padre trató de matarme, y como mi madre trató de impedírselo, él la asesinó. Vi a mi madre morir. ¡Expulsar su último aliento de vida! —Mi voz se quiebra—. Yo… estoy destrozada por dentro, esas imágenes siguen repitiéndose en mi mente, aunque he intentado bloquearlas… Y estoy tan sola… —Me quedo sin aliento y me dejo caer de rodillas—. Estoy luchando para ser fuerte y continuar, pero a veces siento que no puedo más… —Me ahogo en un sollozo—. No puedo perderte ahora que te he encontrado. Eres mi hermano, y no me importa cuánto hayas cambiado, te necesito y puedo aprender a quererte de nuevo, podemos reencontrarnos. —Es la primera vez que me permito ser tan vulnerable frente a alguien.

Su rostro tiene ahora una expresión triste.

—Lo siento. No sé qué decir.

—Entonces no digas nada. —Me acerco y lo abrazo, enterrando la cara en su hombro, y lloro. Necesito dejar salir el dolor; me está quemando por dentro. Mi hermano me acaricia la cabeza un par de veces con gentileza.

Después de desahogarme, lo suelto y me limpio las lágrimas.

—No estoy seguro de si puedo ser lo que esperas que sea.

—Solo sé tú mismo. Aprenderé a amar tus cambios —digo, y son sincera.

Milosh me sonríe.

—¿Me odias?

—Eres mi hermano mayor, por supuesto que no te odio. —Le devuelvo la sonrisa.

Pasamos las siguientes horas hablando sobre las cosas que hemos hecho durante todo este tiempo que hemos estado separados. Noto algunas reacciones de incomodidad en Milosh mientras me habla de sí mismo, parece que no está acostumbrado a conversar así con nadie.

«¿Has estado todo este tiempo ahogándote en rencor y soledad, Milosh? Lo siento».

—Debo irme —dice cuando ya es medianoche.

—¿Vendrás a verme mañana?

—No puedo, es peligroso para ti. Estoy siendo observado por la Organización Nhyme, como has visto en mis recuerdos.

—Entiendo.

—Pero no te preocupes, nos veremos pronto.

Cuando Milosh desaparece en la oscuridad, camino de regreso hacia el refugio de mi clan. No tengo ganas de correr ni de saltar; solo quiero caminar disfrutando del bosque y de sus enormes árboles. Percibo un movimiento detrás de mí, pero no veo a nadie cuando me giro. Entonces noto acercarse una nueva la energía y veo a Aidan cuando me vuelvo otra vez.

—¿Qué haces aquí?

—Te seguí cuando saliste de la guarida con tanta prisa. Pensé que quizá tenías algún problema.

¿Siempre actuará como si fuera mi padre? Me encojo de hombros.

—Bueno, como puedes ver, no pasa nada.

—No puedes confiar en él, Morgan. —Sé que se refiere a Milosh.

Aidan parece encantado de intervenir en mi vida.

—Creo que eso lo debo decidir yo, no tu.

—Ha vivido más de ocho décadas soñando con matarte; me cuesta creer que todo ese odio se haya borrado simplemente por haber estado hablando un rato.

—Es mi hermano.

—Era tu hermano.

—¡Todavía lo es! No te metas en esto. Pensé que te había dejado claro que no quería que te metieras en mi vida cuando te dije que no eres mi padre para decidir por mí.

—Eres tan terca. —Da un paso hacia mí y no retrocedo; al contrario, alzo el mentón desafiándolo.

—Lo soy, sí. —Me cruzo de brazos. Nuestra pequeña discusión se ha vuelto tan infantil que aprieto los labios para no reírme. Su expresión se relaja y extiende su mano hacia mí para limpiar con el pulgar rastros de sangre seca de mis mejillas. El contacto es íntimo, pero el ambiente está lo suficientemente relajado entre nosotros.

—Has llorado —susurra mientras yo me quedo mirando, ahora que lo tengo tan cerca, sus ojos, su nariz, su boca y su pelo, que parece tan suave.

¿Qué es lo que siento por él? ¿Un enamoramiento infantil? ¿Admiración? ¿Agradecimiento? Pongo mi mano sobre la suya en mi mejilla y lo miro a los ojos. Los latidos acelerados de mi corazón empiezan a resonar en mi pecho. Me lamo los labios y cierro el espacio entre nosotros, presionando mi boca con la suya.

Noto la suavidad de sus labios sobre los míos. Es un beso pausado que me permite sentir cada roce con una lentitud deliciosa. Escalofríos me recorren la espalda, aunque no siento la misma necesidad y deseo que sentí cuando besé a Shadow. Aidan pone sus manos sobre mis hombros y se separa un poco.

—Morgan —susurra contra mis labios.

—Shadow —murmuro en voz baja. «¡¿Qué?!».

Aidan detiene el beso de golpe.

—Aidan… Aidan… —digo rápidamente, tratando de arreglar mi error. Retrocedo, avergonzada—. Lo… lo siento mucho. —Probablemente no tiene ni idea de lo avergonzada que estoy.

—Morgan…

—Tengo que irme.

—Espera.

No puedo darme la vuelta y mirarlo a los ojos. Corro hacia el escondite. «¿Qué demonios está pensando?».

Entro a mi compartimento, liberando mi frustración.

—¡Mierda! ¿Qué pasa conmigo? —Golpeo la pared rocosa. ¿Cómo he podido decir el nombre de Shadow en lugar del de Aidan?—. ¿En qué demonios estaba pensando? —me pregunto en voz alta.

—En mí.

Me quedo helada. Esa voz… Contengo la respiración. «Esto no puede ser posible».

Me doy la vuelta y me encuentro a Shadow apoyado en la pared con un brillo petulante en los ojos.

—Estabas pensando en mí.

No puedo moverme, así que desvío la mirada, avergonzada. Pero tiene razón. Estaba pensando en él cuando Aidan me besó. ¿Por qué?

Tengo mucho miedo de la respuesta a esa pregunta.

XXVII

Decir que estoy avergonzada no es suficiente para describir la forma en la que me siento en este momento. Shadow está frente a mí, de negro como siempre, con el hombro recostado en la pared rocosa y los brazos cruzados. Lleva la máscara que solo me deja ver sus labios y sus ojos, los cuales tienen un brillo engreído.

«¿Qué puedo decir? ¿Cómo sabe que dije su nombre en lugar del de Aidan?».

Me aclaro la garganta.

—¿Qué estás haciendo aquí?

—Pensé que podrías necesitar mi sangre, pero ya te veo alimentada —dice. Su tono no es frío, más bien un poco arrogante—. Además, me llamaste.

La sangre se apresura a mis mejillas, calentándolas.

—No te llamé.

—¿No? ¿Debo recordarte lo que estabas haciendo cuando dijiste mi nombre?

—No, y vamos a olvidar que eso pasó —respondo, centrándome en algún punto de la pared. Me resulta imposible mirarlo a los ojos—. Confundí los nombres, eso es todo.

—Claro.

Su tono arrogante me está incomodando; es como si él supiera algo que yo no sé. Shadow despega su hombro de la pared rocosa para enderezarse y da dos pasos hacia mí. Retrocedo hasta que mi espalda se encuentra con el muro.

En su boca hay una sonrisa juguetona.

—Oh, ¿ahora me tienes miedo? Pensé que no me temías. —Da otro paso hasta quedar justo frente a mí y pasa uno de sus brazos sobre mi hombro para apoyar la mano contra la pared; está muy cerca.

—No te temo. —Le desafío mirándolo directamente a los ojos.

Esa estúpida sonrisa arrogante no se mueve de sus labios mientras se inclina hacia mí y me susurra al oído:

—Si no me tienes miedo, ¿por qué estás tan nerviosa, Morgan? —pronuncia mi nombre con deliberada lentitud.

Respirar con normalidad es difícil cuando está tan cerca. Cometo el error de poner mis manos sobre su pecho para asegurar una distancia entre nosotros y me sonrojo al sentir sus músculos a través de la ropa. Su pecho es duro y definido. Trato de hacerme a un lado para escapar, pero él coloca la otra mano contra la pared, bloqueando mi camino y enjaulándome entre sus brazos.

—Shadow —protesto y trato de escabullirme, pero sin éxito.

—No me has respondido; si no me tienes miedo, entonces ¿qué te pone tan nerviosa cuando me tienes cerca?

Trago con dificultad. Su cercanía tiene un gran efecto en mí.

—No estoy nerviosa.

—Mentirosa.

Entierra su rostro en mi cuello y, al notar su aliento en mi piel, me estremezco. Me aferro a su pecho y lo siguiente que noto es su lengua recorriéndome el cuello de arriba abajo, mandando corrientes de deseo por todo mi cuerpo.

—Shadow, por favor.

Ya no sé si le estoy rogando para que me suelte o para que continúe con lo que está haciendo. Abre la boca, y me invade una combinación de miedo y deseo. No debe morderme, lo sabe, así que intento apartarlo, pero me presiona contra la pared con fuerza.

—No puedes morderme, Shadow.

Retira la cara de mi cuello para mirarme, y sus ojos rojos atrapan los míos.

—No voy a morderte.

—Shadow...

Vuelve a mi cuello; sus labios se cierran sobre mi piel y lo siento chupar con fuerza.

—Duele.... —jadeo, pero es un dolor placentero, que despierta cosas en mí que no conocía.

Continúa chupándome el cuello, dejando puntos doloridos por todos lados, como si estuviera... ¿marcándome? Cuando me suelta, me cubro el cuello en un gesto protector.

—¿Qué te pasa? ¿Por qué has hecho eso? —pregunto, recuperando el aliento. Él no dice nada—. Estas marcas acabarán desapareciendo, lo sabes.

—No lo harán.

Y mi mente idiota parece reaccionar al recordar sus palabras cuando me explicó por qué la herida que me hizo Byron no se curaba: «Las heridas hechas por Purasangre tardan más en sanar».

—¿Qué es lo que quieres de mí? —le espeto—. No te entiendo. Un día dices que es mejor para mí que nos mantengamos alejados y al siguiente apareces y haces esto. —Necesito respuestas.

Shadow frunce el ceño.

—Me estás confundiendo —agrego molesta.

—Tienes razón. —Su frío tono ha vuelto—. No volverá a pasar. Perdóname por confundirte.

—Necesito saber lo que quieres realmente, Shadow.

—Quiero... —Parece dudar, pero no aparta sus ojos de mí.

—¿Qué quieres?

Ahora sí deja de mirarme.

—Quiero alejarme de ti.

Noto un vacío en el estómago. Esperaba una respuesta diferente. Sin embargo, mantengo la cabeza bien alta.

—Entonces hazlo. —Lucho para actuar como si nada de esto me afectara—. Ya tengo un alimentador, así que no te necesito. —Si él puede ser frío conmigo, yo puedo serlo con él.

—Entiendo. —Me da la espalda y se va.

Si quiere mantenerse alejado de mí, ¿por qué sigue viniendo a verme? ¿Por qué me deja el cuello lleno de marcas?

Busco una bufanda entre mi ropa y, cuando la encuentro, me cubro el cuello con ella. No es una prenda apropiada para el clima, así que sé que levantará sospechas, pero debo cubrir esas marcas hasta que sanen. El primero en arrugar el rostro cuando me ve con mi nuevo accesorio es Ian.

—Eh… No quiero sonar como un idiota, pero ¿una bufanda? ¿En serio?

—Estoy cambiando mi estilo.

—¿Y qué estilo se supone que es ese?

—No lo entenderías, es algo nuevo, los humanos…, ya sabes, se inventan muchas cosas.

—Morgan, nunca has ido al territorio humano.

—Luke me trajo unos libros.

—Pero no hace frío.

—Tu interés por mis decisiones de vestuario es preocupante.

En un movimiento rápido, mi amigo se acerca y me arranca la bufanda.

—¡Ian!

Se sorprende al ver las marcas que inútilmente trato de cubrir con las manos.

—Oh, era eso… —Se aclara la garganta mientras me devuelve la bufanda—. Lo siento… Eh, tú… ¿Quién…?

—Ian…

—No, está bien, solo espero que no haya sido un Purasangre.

—Eh, no, claro que no.

—Debe de ser reciente, porque no han sanado aún.

—Ian, ¿podemos no tener esta conversación?

—Claro, claro, ya me voy —responde, incómodo, y sale de mi compartimento.

—¡Ah! —grito al tiempo que me despierto—. Oh, mierda… —murmuro al recordar la horrible pesadilla que acabo de tener; todavía me cuesta acostumbrarme a soñar.

Algo arde en una de mis muñecas. La levanto para mirármela y me quedo paralizada. Tengo una marca extraña en ella: de un círculo rojo emergen nueve líneas que se abren hasta parecer las ramas de un frondoso árbol. Recuerda a algún símbolo antiguo. La toco con cuidado porque me duele.

No sé lo que es, pero decido llevarla cubierta por si es algo que puede identificarme como la Purificadora. Me envuelvo un trozo de tela alrededor de la muñeca. Pero me parece que no es buena idea. Cualquiera se dará cuenta de que estoy tratando de esconder algo, ya que nuestras heridas sanan con tanta rapidez que no necesitamos llevar vendas durante mucho tiempo. Tal vez sea mejor un brazalete o algo así, pero no tengo ninguno. Lyla viene a mi mente; a ella le encantan esas cosas.

Casualmente, me la encuentro al salir de mi compartimento.

—¿Morgan?

—Lyla, iba a buscarte. Me preguntaba si tienes un brazalete que me puedas prestar.

Ella me mira extrañada.

—Claro. En mi compartimento tengo varios. Los encontrarás al lado de la entrada. Tengo que irme.

Al poco de salir de la habitación de Lyla con un brazalete oscuro y grueso adornado con colgantes plateados, mis sentidos detectan una energía desconocida que no pertenece a nadie de mi clan, ni tampoco a Shadow, y cuando salgo de la cueva, veo huellas en la arena. Alguien ha estado por aquí. Escaneo la playa, pero no veo a nadie. El cielo está más oscuro que de costumbre; hay nubes ocultando la luz de las estrellas y de la luna.

De repente, siento una presencia acercándose a mí a gran velocidad por detrás. Me giro y uso los antebrazos para protegerme. Un puño fuerte me golpea y me hace retroceder cinco pasos. Es un vampiro sin camisa. Su pecho desnudo y sus brazos están llenos de marcas de batallas; sus ojos grises brillan con ira. Mis antebrazos palpitan dolorosamente; me ha golpeado con mucha fuerza.

—¿Quién eres? —grito, colocándome en una posición defensiva—. Este es el territorio de las Almas Silenciosas.

—Y en este territorio es donde mueres, monstruo.

Nos movemos en círculo.

—No lo creo… ¿Quién eres?

—Los nombres son irrelevantes.

Aparece detrás de mí y me da una patada en la espalda, haciéndome caer de bruces al suelo. Se me llena la cara de arena. Me levanto, dando un paso atrás, y entonces él tira de mi pelo, me lanza por los aires y acabo aterrizando sobre unas rocas, lastimándome las rodillas y las manos. Con una mueca de dolor, me pongo en pie una vez más.

«Mierda, es muy rápido».

—Estás muerta.

—¿Quién diablos eres? —repito mientras él corre hacia mí.

Bueno, si quiere pelear, pelearé. Extiende su brazo para golpearme en la cara, pero me inclino hacia atrás, esquivando y envolviendo mis dedos alrededor de su muñeca.

—¡Te tengo! —Aprieto mi agarre hasta que escucho el crujido de los huesos al romperse.

Gime de dolor y usa el dorso de su mano libre para darme una bofetada en la cara. Caigo al suelo, clavándome una afilada roca en la espalda. El dolor se expande por todos mis nervios. Trato de seguir sus movimientos con la mirada, pero ha desaparecido.

«¡Mierda! Esto no es bueno».

Si él no está cerca, solo significa que está…

—¡Aquí arriba!

Miro hacia el cielo, aunque es demasiado tarde; él aterriza encima de mí, haciéndome caer de espaldas. Me rodea el cuello con sus fríos dedos y trato de golpearlo, pero me quedo sin fuerza debido a la falta de oxígeno y a los problemas de circulación de la sangre a causa de su agarre. Comienza a llover a cántaros; apenas puedo verlo.

—¿Quién…? —Toso varias veces antes de continuar—. ¿Quién… eres…?

—¿Quieres saber quién soy? —Me aprieta el cuello, amenazando con romperlo.

Este no puede ser mi final.

Eres una Purificadora, susurra una voz en mi cabeza.

Recuerdo lo que sucedió cuando miré a Vincent. Tal vez puedo intentar hacer lo mismo con este vampiro. Lo miro directamente a los ojos.

—¿Qué estás mirando? —pregunta frunciendo el ceño.

Hago un esfuerzo por mantenerme despierta. Al principio, no veo nada, solo oscuridad en su mirada. Pero luego un destello de su mente viene a mí.

Sangre…

Mucha sangre…

Muchos niños humanos…

Él ha asesinado a niños a sangre fría. Puedo escuchar sus gritos y súplicas. Y me duele tanto…

Trato de apartar la mirada, pero las imágenes siguen viniendo a mí. Cierro los ojos con fuerza. De repente, el agarre en mi cuello se afloja y el cuerpo inerte del vampiro cae sobre mí. ¿Qué demonios? Respiro un par de veces para ayudar a mis pulmones a recuperarse. Abro los ojos y uso toda mi fuerza para quitarme de encima a mi atacante. Me siento y me quedo observándolo; le sale sangre por la nariz, la boca y las orejas.

Está muerto.

«¿Cómo? ¿Acaso yo...?».

La lluvia cada vez cae con más fuerza; ya estoy empapada. Tengo el pelo pegado a mi frente y a mis mejillas y respiro de forma agitada. Me siento tan débil y cansada como si acabara de usar una enorme cantidad de energía. La marca en mi muñeca late incesantemente.

—Gran trabajo —anuncia una voz masculina detrás de mí.

Me giro y veo que hay alguien bajo la lluvia, pero el agua cae con tanta fuerza que no puedo distinguir ningún detalle.

—¿Quién eres?

—Digamos que soy alguien que acaba de confirmar que eres la Purificadora.

—¿Qué?

—Mi líder estará encantado de saber que te he encontrado, Morgan —responde, sonando más que satisfecho. Me pregunto dónde demonios está mi clan.

—Este es el territorio del clan Almas Silenciosas.

—Lo sé. El líder es Aidan. —¿Por qué suena como si lo tuviera todo planeado?—. También sé que todos los de tu clan están investigando una amenaza en los alrededores. Fue fácil crear una carnada para distraerlos.

«Oh, así que por eso hace un rato que no veo a nadie...», pienso.

De acuerdo, estoy sola. Necesito pensar qué voy a hacer. Nadie vendrá a ayudarme, y no estoy segura de que pueda salir viva de esta. Estoy a punto de darme por vencida cuando recuerdo las palabras de Milosh la noche que le pedí que me matara: «¡Deberías estar avergonzada! Nuestra madre se avergonzaría de ti en este momento. No crio a una estúpida cobarde. Ella crio a una luchadora… Ella crio a una niña que lucharía por su vida hasta exhalar su último aliento».

«No me voy a rendir, lucharé hasta el último minuto», me digo.

Observo a ese desconocido con cautela.

—¿Qué es lo que quieres?

—No lo sé aún. Estoy considerando llevarte con vida para que mi líder se divierta matándote, pero también sería divertido llevarle una Purificadora muerta como regalo. ¿Tú qué harías? —Habla de forma desenfadada, no como si estuviera decidiendo mi destino.

—¡Muéstrate! —le grito, porque cada vez que doy un paso para acercarme, él da uno atrás; está usando la lluvia para cubrirse.

—No, no soy estúpido. He visto lo que le has hecho a mi amigo con tus bonitos ojos. —Señala al vampiro muerto detrás de mí.

Saco mi daga y me pongo en posición de pelea.

—Quieres llevarme a tu líder, ¿verdad? Entonces, ven a por mí, cobarde.

—¿Crees que esta lluvia es natural? —La victoria en su voz es inquietante—. Bueno, no lo es. ¿Adivinas qué elemento controlo?

No, nunca he visto a un vampiro manejar el elemento del agua a estos extremos; él está en otro nivel de poder, tiene que ser un vampiro muy antiguo. Estoy en desventaja, ya que él controla el ambiente donde pelearemos. Necesito pensar en una estrategia.

Levanta la mano y me envía pequeñas gotas de agua a una velocidad tan asombrosa que, cuando me tocan, me cortan la piel. Intento protegerme de ellas, pero es imposible. Los cortes son dolorosos y mis habilidades de curación tienen dificultades para mantener el ritmo de sanación ya que esas gotas cortantes caen sin parar sobre mí.

Maldigo, estoy perdiendo mucha sangre a causa de esas heridas y eso me debilita.

—Me gustaría jugar contigo, pero me estoy quedando sin tiempo. He decidido que te llevaré viva ante mi líder, así compartiré la diversión con él.

Dolor… Todo mi cuerpo está ardiendo.

«Sé fuerte, Morgan. Puedes hacerlo».

Un recuerdo de mi madre viene a mí, sus palabras resuenan en mi mente con esa voz dulce y tranquilizadora que tenía: «Recuerda que aquí —me dijo tocándome justo donde está mi corazón— siempre has sido buena».

Purificadora…

Ese vampiro debe ser eliminado.

Concentro toda mi energía en mis manos y, cuando las levanto, envío una ola de aire inmensa al cielo para dispersar las nubes y detener la lluvia.

—¿Cómo…? ¿Qué…?

No le doy la oportunidad de reaccionar y por primera vez me materializo detrás de él y le doy una patada en la espalda, enviándolo al suelo. Agarro mi daga para enterrarla en su pecho; él escupe sangre hacia mí. Giro el arma y oigo el crujido de sus costillas al romperse. Saco la daga y le arranco la cabeza en un movimiento rápido, manchando mi ropa mojada con su sangre.

Me inclino hacia delante, apoyando las manos en las rodillas. Estoy tan cansada que creo que voy a desmayarme.

—¿Morgan? —Escucho la voz preocupada de Aidan tras de mí.

Ahí está… Todo mi clan…

Todos parecen asombrados.

—¿Qué pasa? —Pongo la daga en mi cinturón—. ¿No puedo matar vampiros malos? —bromeo.

—Morgan, esos eran Purasangres —me dice Ian señalándolos.

No… No puedo haber matado a dos Purasangres. Ellos son las criaturas más poderosas de la Tierra.

Después de ti, susurra la misma voz dentro de mi cabeza.

Echo un vistazo a los cuerpos inmóviles de los vampiros y noto que tienen la marca en sus cuellos.

Los he asesinado.

No, no los has asesinado, responde esa voz. *Tú eres la Purificadora, ellos eran asesinos que no merecían permanecer en esta tierra. Ellos eran almas perdidas.*

Lyla da un paso hacia mí.

—Estás herida —señala.

Levanto la vista para mirarla a los ojos; fragmentos de su mente se filtran en la mía. La necesidad de ayudar es su principal objetivo. Es una sanadora por naturaleza, porque lo que más le gusta es ayudar a los demás.

—Pero ¿qué mierda…? —grita Ian.

Parpadeo un par de veces y veo a Lyla caer inconsciente en sus brazos.

«¿Qué he hecho?».

—Lo siento…

—¡Está sangrando! —dice mi amigo, alarmado al tocar la sangre que sale de la nariz de Lyla.

—Lo siento mucho. Yo no quería… Solo…

«¿Qué he hecho?».

—Cálmate, Ian. Lyla se pondrá bien —interviene Aidan, observando mi expresión de arrepentimiento.

—¿Seguro? ¡Le está saliendo sangre por la nariz! —Mi amigo está asustado y no lo culpo.

Lyla abre los ojos despacio.

—¿Lyla?

—Estoy bien —nos asegura, levantándose con cuidado.

No puedo mirarla, simplemente no puedo. Lyla solo trataba de ayudarme y, sin embargo, yo le he hecho daño. Me doy la vuelta y me alejo.

—¡Morgan, espera! —El grito de Aidan suena lejos de mí.

Corro por el bosque sin parar. Tengo que alejarme de ellos.

No entiendo lo que he hecho o cómo lo he hecho, pero he lastimado a alguien que me importa. Golpeo un árbol furiosa. ¿Por qué no puedo controlar y entender el poder que tengo? ¿Y si sigo haciendo daño a los míos como he hecho con Lyla?

—¡Ah! —Caigo de rodillas—. Naturaleza, ¿qué quieres de mí?

—Eres consciente de tu misión.

La voz de Shadow me sobresalta. ¿Qué demonios está haciendo aquí?

—¿Me estás espiando? Estás… —No encuentro la palabra para describir la forma en la que actúa.

—Estaba dando un paseo por el bosque. Este no es el territorio de tu clan, así que la espía, en este caso, serías tú. —Se queda ahí de pie, mirándome, todo de negro, como un guerrero oscuro.

—¿Sabes qué, Shadow? —Él espera—. ¡Vete al infierno!

—¿Por qué no puedes entender que estoy haciendo esto por tu propio bien? —Su voz está teñida de tristeza.

—¿Por mi bien?

—Te estoy evitando un dolor mayor.

—¿Dolor mayor? ¿De qué estás hablando? ¡Eres solo un cobarde que no puede admitir que le gusta la chica a la que se le ordenó proteger!

—¡Ese no es el problema! —grita.

—Entonces ¿cuál es?

—¿Qué quieres de mí, Morgan?

Aprieto los puños.

—¡Quiero que seas sincero conmigo!

—¿Quieres sinceridad?

—Sí. Solo eso, sé sincero conmigo por una vez y te prometo que no te volveré a molestar.

Shadow niega con la cabeza.

—No puedo…

—¡Qué sorpresa! —Él no dice nada—. Eres un cobarde. —Le doy la espalda.

—¡Te deseo! —grita detrás de mí. El corazón me da un vuelco—. Te deseo desde hace décadas. Es tan retorcido desear lo que no puedes tener, creo que es la tortura más dulce y cruel que existe. Pero creí que me la merecía, que era mi castigo por ser un asesino. —Hace una pausa—. Fue muy difícil para mí estar cerca de ti todo este tiempo sin poder extender mi mano y tocarte. He querido tocarte, besarte, sentirte tantas veces, Morgan.

—¿Qué? —Es la única palabra que sale de mi boca cuando me doy la vuelta para mirarlo.

—Esa es la verdad.

—Yo…

—Fuiste mi castigo. —Sus ojos rojos brillan en la oscuridad—. Eres mi tortura.

Continuo en silencio, sin saber qué decir.

—Y serás mi verdugo.

XXVIII

—Te deseo.

Esas dos palabras circulan dentro de mi cabeza. Me cuesta creer que Shadow las haya dicho. No puedo negar la emoción que me causa que por fin las diga, que por fin responda a lo que siento por él. Sin embargo, la agonía en su voz empaña esa emoción.

«Eres mi tortura».

«Y serás mi verdugo».

Abro la boca para hablar, pero la cierro cuando me doy cuenta de que no sé qué decir. Me siento demasiado confundida.

El viento de la noche sopla moviendo mi cabello suavemente.

Después de un rato, encuentro mi voz.

—¿Seré quien acabe con tu vida?

Shadow se toma su tiempo para responder.

—Sí. —Se quita la máscara y puedo ver su hermoso rostro.

—No entiendo…

Yo nunca le haría daño. Él se acerca a mí.

—Tendrás que matarme.

«No».

—No, yo nunca…

La realidad me golpea con una fuerza que me deja sin aliento. Yo soy la Purificadora. Él es un asesino.

Niego con la cabeza.

—No lo haré. —Estoy convencida de ello—. Nunca te haría daño. No puedo. No tienes un alma mala.

Shadow ya está frente a mí.

—Mírame. —Me sostiene la cara con ambas manos—. Me matarás, lo que acabo de decirte no cambia ese hecho.

—Yo… —Las lágrimas se me acumulan en los ojos. Se me ha revuelto el estómago con esta nueva información; no puedo imaginarme matando a Shadow. Tengo ganas de vomitar, no me encuentro bien y él lo nota.

—Lo siento, intenté trazar una línea entre nosotros. No quería esto para ti, ya has sufrido bastante.

Lo miro a los ojos.

—Bésame.

Él suspira.

—Morgan, eso solo empeorará las cosas.

—No lo creo… —murmuro. Me siento tan triste—. Las cosas no pueden empeorar más, Shadow.

Me pongo de puntillas y presiono mis labios contra los suyos. Al principio se queda paralizado, pero luego me rodea la cintura con los brazos y me devuelve el beso con desesperación. Sus labios se mueven contra los míos, sus fuertes brazos me mantienen contra él mientras movemos nuestras bocas en sincronía. Sangrientas lágrimas de impotencia y desesperación se escapan de mis ojos y ruedan por mis mejillas.

«Tendrás que matarme». «Te deseo». Sus palabras no hacen más que resonar en mi mente.

Profundizo el beso al notar que la desesperación se está apoderando de mí.

Tiene razón: sin importar lo mucho que lo quiera, nuestro destino está decidido.

Termino el beso y entierro la cara en su pecho.

—No puedo hacerte daño… —Mi voz se rompe y él me abraza con fuerza y apoya la barbilla en mi cabello.

—Lo siento.

—Te quiero —digo sin pensar.

Shadow se tensa.

—Alguien tan puro como tú no puede querer a un Pura-sangre como yo, deberías saberlo. Soy un monstruo. —La resignación en su tono me molesta.

Lo empujo hacia atrás.

—No eres un monstruo.

—Lo soy; no puedes quererme, Morgan.

Bajo la mirada y muchos recuerdos se precipitan hacia mí. Shadow siempre cerca de mí, protegiéndome. Shadow extendiéndome la mano para ayudarme a levantarme. Shadow usando su espada para matar a los que me querían muerta.

No es justo.

Reprimo un sollozo.

—No eres malo.

—Debería haberme quedado lejos de ti. No llores, no lo valgo.

—Es demasiado tarde. —Abro los ojos, pero él se ha ido—. ¿Shadow? —llamo en un inútil intento para hacerlo regresar. ¿Cómo puede atreverse a irse de nuevo?—. ¡Eres un cobarde! —grito enojada a la oscuridad.

Caigo de rodillas, apretando los puños a los lados. ¡No es justo! No puedo perderlo. Primero, perdí a mis padres por culpa de este poder. Luego perdí a mi hermano y pasó ochenta y cinco años odiándome.

Todo lo que siempre quise fue ser normal.

—¿Por qué? ¡No es justo! —grito al cielo, pero nadie responde.

Cuando bajo la mirada, me doy cuenta de que mis manos brillan. Siento el poder que me atraviesa nublándome la vista. Esta vez no perderé el control, estoy demasiado furiosa conmigo misma.

Con mi poder… Con mi destino…

Me limpio las lágrimas para ver claramente. Hay un viento incontrolable a mi alrededor; los rayos comienzan a chocar contra el suelo y los árboles… y yo soy quien está causando todo eso.

Me pongo de pie y extiendo las manos frente a mí.

Purificadora…

Actúo por instinto.

—*Aqua* —susurro, y una bola de agua se forma en mi mano izquierda—. *Ignis.* —Una pequeña llama aparece en la palma de mi mano derecha.

El poder es tremendo y fluye a través de mí como mi propia sangre, puedo sentirlo drenando toda mi energía corporal. El viento me azota el cabello de un lado a otro, las hojas flotan en el aire junto con algunas ramas. Mi poder parece controlar la gravedad a mi alrededor. Me pican los ojos y veo un poco rojo.

—¡Morgan! —Escucho una voz alarmada detrás de mí. Me giro con lentitud; es Aidan. Miro directamente en sus grandes ojos azules.

Las puertas de su mente se rompen, cayendo en pedazos. Sus pensamientos y recuerdos llegan a mí.

«Es tan terca».

«Tengo que proteger a mi clan».

«Cuidaré de ella como se me ha ordenado».

Este último pensamiento me hace salir de su cabeza. Parpadeo y veo que le sangra la nariz y cae de rodillas, pero no pierdo la conexión con sus ojos y sigo explorando en su mente.

«No vuelvas a morderla». Es una advertencia de Shadow.

«Eres como mi hermana, Lyla, siempre te protegeré».

Noto unos dedos fríos cubriéndome los ojos.

—Morgan…

Esa voz…

Si mi hogar tuviera voz, sería la suya.

—Shadow —susurro. Mi cuerpo se debilita.

—Para.

Lo obedezco e intento controlar el poder.

—¿Aidan? —lo llamo. Sé que le he hecho daño.

—Se pondrá bien —dice Shadow—. Tenemos que llevarte con Vincent.

—¿Por qué?

—Por esto. —Deja de taparme los ojos y veo a Aidan poniéndose de pie, pero cuando su mirada se encuentra de nuevo con la mía, otra vez puedo ver sus pensamientos. Shadow me cubre el rostro de nuevo—. Tus ojos han despertado.

—¿Qué?

—Según la profecía, los ojos del Purificador son su arma más peligrosa. Revelan y leen las almas de los demás —me explica Shadow—. Debes aprender a manejar el poder de tus ojos, ya que dañan a cualquier alma; aún no pueden diferenciar entre una buena y una mala.

—Entiendo. —Recuerdo que él se fue hace un rato como un cobarde—. ¿Podrías, por favor, quitarme las manos de encima? —le pido, molesta.

Él no dice nada y obedece. Mantengo los ojos cerrados mientras arranco un pedazo de mi camiseta para usarlo como una venda improvisada para mis ojos.

—Déjame llevarte —se ofrece Shadow, y sé que quiere que suba a su espalda, pero todavía estoy furiosa con él y no quiero tenerlo cerca de mí. Sin embargo, no tengo ni idea de cómo llegar a esa cabaña, así que me giro hacia Aidan.

—¿Puedes llevarme tú?

Durante unos segundos ninguno de los tres dice nada.

—Por supuesto.

Después de subirme en la espalda de Aidan, comenzamos nuestro camino en silencio. Al no poder ver, mis otros sentidos están más despiertos que nunca. Él corre tan rápido que me mareo un par de veces: es la primera vez que voy a esta velocidad sin ver nada. Su pelo acaricia mi rostro porque el viento lo empuja hacia atrás.

—Tenemos que hablar, pero será luego —me susurra tan bajo que me cuesta oírlo. Supongo que es porque Shadow nos está siguiendo, y no quiere que lo oiga.

Después de un rato, llegamos. Cuando Aidan se detiene, pongo los pies en el suelo. Me siento muy extraña al no poder ver. Aidan me guía hasta dentro de la cabaña. Reconozco el olor a madera vieja.

—Morgan —me saluda Vincent con su usual tono calmado de voz. Está detrás de mí—. Veo que tus ojos han despertado.

Me giro hacia él.

—Sí, necesito aprender a controlarlos.

—Por supuesto, pero no es algo fácil. No tienes idea de cuánto daño pueden causar tus ojos. Son una de tus armas más poderosas.

—¿Cómo puedo controlarlos?

—No estoy muy seguro, debes entender que eres el primer ser Purificador que he visto. Tu especie es muy desconocida en este mundo. Sin embargo, de acuerdo con Isidoro, una vez que los ojos del Purificador han despertado, solo buscarán dolor y sangre hasta que este encuentre su propia paz interior.

—No entiendo.

—Tienes que aprender a controlar tu cuerpo, y no solo físicamente. También has de poder dominar tus sentimientos y emociones. Tendrás que encontrar la armonía entre tu mente y tu cuerpo. Solo cuando lo consigas controlarás el poder de tus ojos, según lo que Isidoro escribió en su profecía.

—Controlar mi cuerpo… —Me quedo pensativa—. Lo siento, pero no sé cómo hacerlo.

—Shadow puede ayudarte.

«¿En serio?».

—¿Cómo?

—Bueno, él fue entrenado de una manera muy especial. Aprendió a controlar sus sentimientos, a no dejarse dominar por sus emociones mientras mataba, a no sentir nada. Su cuerpo y su mente están enfocados en un mismo objetivo: matar. Tú debes hacer lo mismo, pero con un objetivo diferente: purificar.

Siento que Shadow se tensa junto a mí. Vincent ha enfatizado la diferencia entre él y yo.

Matar y purificar.

Estamos en extremos opuestos en este mundo.

—¿Puedes entrenarla, Shadow? —La pregunta de Vincent me saca de mis pensamientos. Supongo que Shadow asiente con la cabeza, porque no le oigo decir nada—. Bien. Ahora deben irse. Como sabes, Morgan, es peligroso para ti estar aquí.

—Yo me quedaré —le dice Shadow a Aidan—. Tengo que hablar con Vincent.

Mi líder y yo nos vamos. En nuestro camino de regreso, apoyo la cabeza en su hombro. Estoy muy cansada. Necesito alimentarme pronto. Probar mis poderes me ha dejado muy débil.

Cuando estamos a pocos kilómetros de nuestro escondite, Aidan se detiene bruscamente y me pone en el suelo con cautela.

—¿Qué pasa?

—No te muevas.

Y entonces los siento: dos presencias nos rodean.

—Quédate quieta —me susurra en un tono bajo. Pero luego algo lo arranca de mi lado, alejándolo de mí a toda velocidad.

No poder ver nada es aterrador.

—¿Aidan? —llamo, girándome en todas direcciones—. ¿Aidan?

Está luchando contra una de esas presencias. Me giro varias veces, tratando de localizarlo aguzando mi oído.

—¿Aidan?

La otra presencia se acerca a mí por detrás. Saco mi daga. Huelen… Son…

Purasangres.

El vampiro me da una patada en la espalda y caigo al suelo. Necesito ver para poder defenderme. Me levanto de golpe y me arranco el pedazo de tela de los ojos.

Rojo.

Parpadeo, pero sigo viéndolo todo rojo.

La figura aparece frente a mí y muevo la mano con rapidez, logrando herirlo con mi daga. Él suelta un gemido de dolor y vuelve a atacarme. Trato de encontrar sus ojos, pero entonces él extiende su mano frente a mí y sopla. Una sustancia polvorosa que se desvanece en el aire me golpea el rostro, haciéndome toser. De inmediato, noto que mis extremidades se adormecen.

—No… ¡Aidan! —grito, tosiendo y tambaleándome de un lado a otro hasta caer sobre mis rodillas—. ¡Aidan!

Caigo hacia delante inconsciente.

XXIX

La cabeza me palpita de dolor cuando me despierto y siento una gran debilidad en brazos y piernas. Estoy mareada y confundida.

Solo veo oscuridad; tengo una venda sobre los ojos. Trato de mover las manos, pero las encuentro inmovilizadas. Estoy sentada con la espalda contra un muro. El metal frío me muerde la piel de las muñecas y los tobillos; estoy encadenada a la pared, no puedo moverme mucho y me duele todo el cuerpo. Sé que estoy demasiado débil, necesito alimentarme. Olfateo y arrugo la nariz con asco. El lugar huele a madera vieja y excremento de rata. Por fortuna, no siento a nadie a mi alrededor. Recuerdo la pelea, a Aidan… Recuerdo que me desmayé. Necesito salir de aquí. Concentro mi fuerza restante en quitarme las cadenas, pero no puedo hacerlo. Su metal es grueso y fuerte.

—¡Maldita sea! —grito presa de la impotencia.

Soy la Purificadora del mundo, estas cadenas no deberían ser un obstáculo para mí. Pero ciertamente lo son en este momento.

Me quedo quieta cuando noto que alguien entra en la habitación. Tan pronto como su aroma me toca la nariz, dejo de respirar. Conozco ese olor muy bien, estuvo en todo mi cuerpo una vez.

—Veo que estás despierta. —Su voz es tranquila, ligeramente teñida de diversión, como de costumbre.

—Byron —susurro.

—Hola, Morgan. Ha pasado mucho tiempo.

—¿Qué diablos quieres? —pregunto con franqueza, tratando de ocultar mi miedo. Él me aterra; Byron es peligroso y yo ahora mismo no puedo defenderme.

—Sabía que eras diferente. —Hace una pausa, acercándose—. Pero nunca pensé que fueras el ser Purificador. —Suelta una risa—. Creía que era un mito, ya sabes, historias que cuentan para asustarte cuando estás creciendo: «Sé bueno o te matará el Purificador».

¿Cómo sabe que soy la Purificadora?

—¿Vas a matarme?

—¿Matarte? —pregunta, y luego se ríe—. No, matarte no es suficiente.

—Entonces ¿qué quieres de mí?

Ahora está más cerca, puedo sentirlo. Mis cadenas hacen ruido cuando trato de alejarme de él.

—Esa es una pregunta muy importante, ¿no crees? —Su mano me acaricia el rostro suavemente. Giro la cabeza para evitar el contacto—. Eres alguien muy buscado, Morgan. ¿Tienes idea de cuántos Purasangres están intentando encontrarte? —No respondo. Su mano fría me agarra la barbilla y gira mi cabeza hacia él—. Tú vas a ayudarme a convertirme en el vampiro Purasangre más poderoso. Voy a ser reconocido y respetado como el que encontró y entregó al ser Purificador. —Su aliento está sobre mi cara—. Por otra parte, Morgan, te he echado de menos… —Su mano libre me acaricia el brazo.

—No me toques —espeto con amargura.

—¿Qué acabas de decir? —Me agarra del pelo, obligándome a levantarme, y me estampa contra la pared. Retengo mis lágrimas. No quiero que me vea llorar otra vez. Siento sus labios en mi cuello y su lengua lamiéndome la piel—. ¿Qué te parece si terminamos lo que comenzamos aquella noche? ¿Eh?

—Sus dedos se deslizan por la piel desnuda de mis muslos. Me hace sentir enferma.

—No…

Lucho contra las cadenas. No dejaré que me haga daño de nuevo; aún sigo teniendo pesadillas desde la noche que me atacó y me dejó mordidas por todo el cuerpo. Cierro los ojos y me concentro en mi cuerpo y en mi mente y uso la ira y la impotencia como combustible para despertar mi poder. Tengo que detenerlo.

Sus colmillos arañan mi cuello. Un gruñido retumba en su garganta.

«No…».

Mi cuerpo recupera una pequeña porción de energía; es ahora o nunca. Muevo la mano hacia delante y rompo la cadena con un movimiento rápido.

—¡No me toques, bastardo! —Le doy un puñetazo en la cara con todas mis fuerzas y lo envío hacia atrás. Rápidamente libero mi otra mano y los tobillos, rompiendo las cadenas, que caen en el suelo con estrépito. Luego me quito el vendaje de los ojos.

Rojo…

Lo veo todo rojo cuando mis ojos se acostumbran a la luz. Parpadeo varias veces, tratando de ver con más claridad.

—Eres fuerte —dice Byron. Lo escucho a solo unos pasos de mí.

Sigo viendo borroso. Doy un paso atrás hasta que mi espalda golpea la pared. ¿Por qué no puedo ver bien?

—No te has alimentado, Morgan. Estás débil; no importa cuánto poder tengas, tu cuerpo no puede controlarlo ahora.

Parpadeo, confundida. Necesito ver, necesito salir de aquí. Miro a mi alrededor. Solo alcanzo a ver las paredes borrosas y el marco de la puerta detrás de Byron. Trato de enfocar la mirada en su cara para acabar con él, pero sigo sin poder distinguir las cosas con claridad. Mi vista no me va a poder ayudar esta vez. Me saco la daga del cinturón, dispuesta a luchar contra él.

—¿Vas a pelear conmigo? —me reta Byron—. Como desees.

Me da una patada en el estómago y salgo volando por los aires hasta que me estrello contra la pared, en la que se abren algunas grietas. Grito de dolor, pero me levanto sosteniendo la daga con fuerza.

—No quiero hacerte daño, Morgan.

—Ya me lo hiciste una vez. —Corro hacia él—. No volverás a hacerlo.

Le doy un puñetazo, pero él se recupera rápido y me golpea la cara con el dorso de la mano. Pruebo mi propia sangre dentro de mi boca. Me empuja hasta que mi espalda toca la pared.

—No mientas; disfrutaste mucho en nuestro primer encuentro.

Ataca directo a mi cara, pero me inclino, lo esquivo y lo golpeo en el estómago. Él retrocede. Y aprovecho para recuperarme; estoy respirando con dificultad.

Necesito salir de aquí, pero no tengo fuerzas, y soy consciente de que Byron no está peleando en serio; en el momento en el que lo haga, estaré perdida. Porque tiene razón: mi cuerpo está demasiado debilitado para manejar el poder que tengo.

Eso no quiere decir que vaya a darme por vencida; jamás lo haría.

Byron aparece detrás de mí, pero me giro a toda velocidad y entierro mi daga en su pecho. Gime de dolor, dando un paso atrás. Necesito correr, es mi única oportunidad. Solo le tomará unos segundos sacarse el arma y sanar.

Atravieso el marco de la puerta y corro lo más rápido que puedo. A pesar de que no puedo ver bien, siento el viento que viene del exterior; solo necesito seguirlo. Mis pasos desesperados resuenan por el pasillo solitario.

—¡Mooorgan! —Escucho la llamada burlona de Byron detrás de mí.

«¡Corre! —me digo—. No pares».

Salgo de ese lugar y corro a través de lo que asumo que es un bosque. Todo está muy oscuro y mi vista sigue borrosa. Sin embargo, no me detengo, a pesar de que me tropiezo muchas veces. Me caigo una vez, y luego tres veces más…

Aprieto los puños frustrada cuando me caigo de rodillas por cuarta vez. No soy débil; no puedo permitirme serlo en este momento, sin importar cuánto duela o lo que me cueste. Con dificultad, me pongo de pie.

—¿De verdad crees que puedes escapar de mí?

La voz de Byron suena detrás de mí. Me giro hacia él; está a una distancia considerable. Mi respiración está muy acelerada, mis hombros suben y bajan a su ritmo inconstante. Estoy muy cansada.

Byron da un paso hacia mí y me dispongo a luchar de nuevo. No me rendiré. Lucharé hasta exhalar mi último aliento. Lo oigo reír.

«¡Aléjate de mí!».

Cuando él da su segundo paso hacia mí, una fuerza invisible lo obliga a retroceder y un círculo de fuego me rodea, interponiéndose entre ambos. Miro a mi alrededor, pero no hay nadie.

«¿Yo he hecho eso?».

—Vaya, vaya, ¿ya controlas elementos? Esto se está poniendo interesante.

Byron concentra energía en sus manos y aparecen en ellas esferas de agua, que lanza al fuego sin ningún esfuerzo, abriendo una brecha en el círculo de llamas por donde puede entrar fácilmente. Se apresura hacia mí y me protejo levantando los antebrazos, esperando un golpe que nunca llega.

Cuando bajo los brazos, veo el tronco de un árbol flotando delante de mí, como si me estuviera protegiendo del golpe. El tronco se hace trizas ante el impacto de la fuerza de Byron, que retrocede, confundido.

«¿Qué está pasando?».

Ahora caen rocas a una velocidad impresionante sobre el vampiro, rompiéndole los huesos y destrozándolo tan rápido que no le da tiempo de sanarse y recuperarse lo suficiente para seguir luchando.

Es como si la naturaleza... me protegiera.

Byron está perdiendo mucha sangre, eso lo debilitará. Ahora emergen raíces del suelo y se enrollan en sus tobillos. Él cae y las raíces siguen avanzando por su cuerpo, inmovilizándolo.

«Corre», me ordeno mentalmente.

—¡Morgan! —me grita él, lleno de rabia. Es espeluznante.

No dudo ni un segundo y echo a correr, sintiendo en la piel el viento frío. No paro, pero siento que estoy a punto de desmayarme. Tras mi lucha con Byron, mi cuerpo está aún más débil. Cuando creo que ya estoy a salvo, me detengo de golpe, y entonces un olor nauseabundo alcanza mi nariz. Hago una mueca de asco porque sé lo que es.

Cruentus.

Hay al menos seis a unos metros de distancia. El más grande está en medio de ellos. Echo un vistazo al cielo: luna llena. Sonrío tristemente por lo deplorable de mi situación. Seis *cruentus* en luna llena son una muerte segura para cualquiera.

Me dispongo a enfrentarme a ellos cuando el más grande se hace a un lado y baja su cabeza de manera sumisa. Los otros *cruentus* hacen lo mismo: cabizbajos, se colocan a ambos lados del camino, dejándolo libre para mí.

Aún incrédula, comienzo a pasar entre ellos con cautela; sin embargo, no mueven ni un músculo. ¿Es que saben que soy la Purificadora? Pero los *cruentus* me han atacado antes... De repente recuerdo las palabras de Vincent: «La mejor en habilidades mentales de nuestra organización puso ese recuerdo en tu cabeza y también hizo algunos cambios en ti para que todos pudieran percibirte como una vampira y nadie pudiera detectar lo que realmente eres».

Los *cruentus* solían creer que yo era una vampira más, pero ahora que estoy empezando a controlar mis poderes, quizá pueden percibir que soy la Purificadora y me muestran su respeto de esta forma.

Continúo caminando y pierdo la noción del tiempo; estoy tan débil que mis piernas tiemblan con cada paso que doy. No tengo ni idea de dónde estoy, solo sé que necesito apresurarme porque está a punto de amanecer. Mi vista sigue siendo borrosa, aunque por lo menos ya no lo veo todo rojo.

Me paro abruptamente al sentir algo frente a mí. A través de mi visión desenfocada, distingo una de las criaturas más magníficas que he visto: un lobo. Es casi de mi tamaño, con un pelaje blanco que resplandece en la oscuridad. He sabido de la existencia de lobos toda mi vida, pero jamás me había encontrado con uno. Estas silenciosas criaturas de la noche se mueven con sus manadas sin mezclarse con el resto de nosotros. Mi madre solía decirme que, si alguna vez veía uno, sería porque el lobo así lo habría decidido.

El viento acaricia su pelaje blanco, moviéndolo ligeramente. Los lobos pueden cambiar a su forma humana, pero son muy pocos los que lo hacen. Según mi madre, es porque disfrutan siendo lobos y se sienten orgullosos de formar parte de la naturaleza.

El animal no se mueve, y yo tampoco; espero que no tenga intención de atacarme, porque estoy a un paso de desmayarme. No puedo perder el conocimiento ahora, no sé si me he alejado lo suficiente de Byron ni si las raíces podrán retenerlo durante mucho más tiempo.

Con cuidado, paso al lado del lobo, sin hacer movimientos bruscos que puedan asustarlo o que puedan hacerle creer que soy un peligro para él. Sin embargo, cuando lo dejo atrás, vuelvo a detenerme; frente a mí, hay docenas de lobos, observándome. Estoy rodeada.

Solo quiero llegar a casa, estoy agotada. No puedo más.

Me cuesta mantener los ojos abiertos y mi cuerpo se rinde por un segundo y cae hacia delante. Espero el contacto con el rústico suelo, pero aterrizo sobre un pelaje suave de color blanco. El lobo me ayuda a acomodarme sobre su lomo y me quedo sobre él con los brazos y las piernas colgando a los lados y la cara enterrada en su pelo.

Y entonces comienza a correr, alejándome del peligro. Pierdo el conocimiento varias veces y lo recupero por segundos; por alguna extraña razón, sé que no estoy en peligro.

Descansa, estás a salvo, dice una voz suave y tranquilizadora dentro de mi mente.

Creo que es la voz del lobo.

—Gracias —murmuro, adormilada.

XXX

SHADOW

—¿Cómo pueden estar tan tranquilos? —nos pregunta Ian, paseando su mirada de Aidan a mí.

La verdad es que no estoy nada tranquilo, pero demostrar preocupación no es algo que se me dé bien, y tampoco a Aidan. Supongo que tenemos eso en común, ambos tenemos la frialdad necesaria para manejar cualquier situación delicada. No sé cómo llegó él a ser de esta forma, lo que sí sé es cómo lo conseguí yo: no fui criado por mis padres, fui entrenado desde que era un niño.

Estaba de rodillas y me brotaba sangre de las heridas abiertas que tenía en los brazos y las piernas. Mi cuerpo hacía esfuerzos por sanarse, pero el proceso se había ralentizado por la cantidad y la profundidad de las heridas.

—¡Levántate! —me gritó Baloch, mi hermano mayor, a unos pasos de mí.

Con piernas temblorosas y respirando con dificultad, hice un esfuerzo por levantarme, pero fallé. Me goteaba sangre de la nariz.

Baloch estaba siendo demasiado duro conmigo; yo solo tenía ocho años.

—Eres débil —escupió con desprecio.

Me estremecí y me puse en pie. Me atravesó un dolor horrible. Algunas de mis costillas y dedos estaban rotos.

—No soy débil —dije con firmeza.

—¿No, hermanito? Entonces demuéstramelo; si nuestro padre viviera, se avergonzaría de ti.

Esas palabras me dolieron. Apreté los puños, ignorando el dolor cegador de mis dedos rotos.

—¡No menciones a nuestro padre! —Corrí hacia él, que me sonrió.

—¡Vamos! ¡Demuéstrame que eres un Purasangre! ¡Vamos, peleas como un convertido!

Corrí hacia él y elevé la mano para levantar la arena del suelo. Luego giré los dedos y provoqué un remolino arenoso que desorientó a Baloch unos segundos. Salté sobre mi hermano y le golpeé en la cara con tanta fuerza que le disloqué la mandíbula.

Sin embargo, se recuperó rápidamente, me agarró del cuello con una mano y con la otra me dio un puñetazo en el estómago. El aire abandonó mis pulmones y escupí sangre mientras él me lanzaba a un lado como un muñeco de trapo y caí en la tierra árida.

Baloch se enderezó la mandíbula.

—Buen golpe, pero no es suficiente.

Tosí contra el suelo y me llené la cara de polvo. Me dolía todo el cuerpo y tenía la garganta seca porque hacía días que no me alimentaba. Baloch me entrenaba sediento, decía que así conseguiría desarrollar el poder interno que poseía.

—¡De pie!

Me apoyé en las manos para levantar mi torso y me quedé sobre manos y rodillas. Un hilo de sangre colgaba de mi boca.

—¡De pie, Shadow! —me gritó de nuevo—. Olvida el dolor, olvida tus heridas, oblígate a no sentir nada, solo la furia contra tu objetivo: yo.

Me levanté tambaleándome un poco. Tragué y noté un insufrible ardor debido a la sequedad de mi garganta. Me obligué a no sentir el dolor.

—Recuerda que nuestro padre ha muerto por tu culpa; no pudiste protegerlo porque eres débil.

—¡No!

—Tu padre murió por culpa de tu debilidad.

—¡No! —gruñí, fuego en mis manos—. ¡No soy débil!

Corrí alrededor de él lo más rápido que pude; sabía que le resultaba difícil seguir mis movimientos porque yo era más pequeño y más ligero que él. Salté y le lancé una ola de fuego. Baloch puso los antebrazos frente a él para protegerse y aproveché su distracción para desenvainar mi espada y hacerle cortes en los brazos. Grité con rabia y luego enterré mi arma en su estómago. Él gimió de dolor mientras retrocedía rápidamente para sacarse la espada.

—Bien. —Me sonrió, sosteniéndose el estómago ensangrentado—. Serás el mejor luchador de tu especie, Shadow.

Y lo fui, lo he sido durante décadas, Baloch.

Mi hermano mayor me entrenó durante mucho tiempo. Murió en la primera Purificación; yo aún no había asesinado a nadie, al igual que Byron, quien entonces solo era un niño. Por eso ambos sobrevivimos.

«¿Estás orgulloso del asesino en el que me he convertido, Baloch?».

Tú no eres un asesino, la voz de Morgan se infiltra en mi mente.

—De verdad que no tengo palabras... —dice Ian, meneando la cabeza—. Han secuestrado a Morgan y quién sabe qué le estarán haciendo, y los dos están aquí sin hacer nada.

Ian no sabe que Aidan y yo sabemos que Morgan está a salvo; un miembro de la manada de lobos nos hizo llegar el mensaje de que está bien y que su alfa está viniendo con ella para entregárnosla.

—¿Me están escuchando? —El chico no para de hablar.

—Ella está bien, Ian —responde Aidan.

—¿Cómo lo sabes?

Lo miro a los ojos y observo cómo se debilita, poniendo los ojos en blanco hasta perder el conocimiento y caer al suelo.

—Shadow… —me regaña Aidan.

—¿Qué? Es insoportable. Además, ya puedo sentir a Calum. Está cerca, no se sentirá cómodo con un convertido que no sabe nada de la verdadera naturaleza de Morgan. Tú mejor que nadie sabes lo cuidadoso que se ha de ser cuando se trata con los lobos.

—Sí, que la naturaleza no permita que algo incomode a Calum. —El sarcasmo en su voz no es algo que me sorprenda.

—Si no puedes comportarte, será mejor que te vayas.

Aidan no dice nada y se sienta sobre el tronco de un árbol caído a unos pasos de Ian, que ahora duerme profundamente. Estamos en el bosque, no muy lejos del refugio del clan de Morgan.

Entre árboles y arbustos pequeños, aparece Calum, vestido con unos shorts y con el torso desnudo. Su cabello blanco resplandece en la oscuridad. Por la ligera capa de sudor que cubre su cuerpo, deduzco que acaba de retomar su forma humana y, por la mirada contrariada de sus ojos grises, es evidente que no es algo que le guste. Ni a Calum ni a ningún lobo que conozco les emociona transformarse en humanos.

Lleva en brazos a una inconsciente Morgan.

—Shadow —me saluda con una ligera sonrisa y se detiene frente a mí.

—Calum.

Sus ojos caen sobre Aidan, y asiente hacia él a modo de saludo. La relación entre ambos no es muy buena. Una vez, hace siglos, lucharon por un territorio y los dos son demasiado orgullosos para olvidarlo.

En cambio, Calum y yo siempre nos hemos llevado bien; estuve migrando con su manada hace unos siglos. Él es el lobo más antiguo del planeta, así que, en este momento, aquí en medio del bosque, estamos los seres más poderosos de nuestras especies.

De inmediato, recojo a Morgan de sus brazos. Ella murmura algo y pega su rostro contra mi pecho, pero sin abrir los ojos. La evaluó con cuidado; tiene varias heridas que no están sanando y sangre seca bajo los ojos: ha llorado. Eso solo agrega aún más rabia a mis venas.

—La encontré en el bosque, venía huyendo de alguien —explica Calum—. Reconocí la esencia de quien estaba persiguiéndola.

—¿Quién era?

Noto que duda un instante.

—Calum, ¿quién era?

—Byron.

Calum ha dudado en decírmelo porque sabe que en el momento en que yo supiera que Byron había atacado a Morgan de nuevo, su destino estaría sellado: mi hermano tiene que morir. Ningún Purasangre que sea un peligro para Morgan y que sepa su identidad como Purificador y dónde encontrarla puede seguir con vida. No apoyo las acciones de Byron de ninguna forma, nunca lo he hecho, pero mentiría si dijera que esta situación no me resulta difícil. A pesar de que él es un bastardo, es mi hermano, lo último que queda de mi familia. Mis padres y Baloch ya no están y, aunque no fueron una familia ejemplar, fueron los Purasangres con los que crecí.

Calum pone su mano sobre mi hombro.

—Quisiera poder hacerlo en tu lugar, pero no está en mi naturaleza terminar con la existencia de otro ser, en especial de un ser de otra especie.

Mis ojos caen sobre Morgan, que se estremece en mis brazos. A pesar de que Byron es mi hermano, si él es un peligro para ella, no dudaré en eliminarlo: no solo porque, desde hace más de un siglo, me ordenaron protegerla, sino porque de verdad quiero hacerlo.

—¿Shadow? —La voz de Calum me recuerda su presencia; me está observando divertido—. Nunca he visto ese brillo en tus ojos. —Sonríe—. Puedes sentir, después de todo.

—Cállate.

—Debo suponer que, sin toda esa sangre y esas heridas, debe de ser muy hermosa —comenta, divertido—. Tienen que cuidarla mejor: transmite un aura muy llamativa. No se percibe como la de una vampira convertida.

—Ah, ¿no?

Los lobos son los mejores rastreadores e identificadores de esencia, así que Calum es el más indicado para informarnos.

Él suspira y dice mirando a Morgan:

—Tiene el aura de un ente superior. Parece tener poder puro. Un poder natural inmenso. A su lado, el poder de un Purasangre resulta insignificante.

Aidan habla por primera vez.

—¿Ente superior?

—Es superior a todos nosotros —responde Calum—. Es normal que lo sea, imaginen cuánto poder se necesita para purificar al mundo entero.

—No es una buena noticia. Si ya puede ser percibida como Purificadora, la podrán encontrar fácilmente.

—Lo sé, pero como ahora ella conoce cuál es su verdadera naturaleza, sus poderes se desarrollarán más rápido; la barrera de contención que había antes en su mente y cuerpo ya no está. Y puedo decirte con seguridad que su conexión con la naturaleza se ha restaurado.

—Estoy perdido —dice Aidan.

Calum sigue explicando con calma.

—¿Acaso soy el único que presta atención cuando Vincent habla?

Aidan y yo compartimos una mirada. El lobo nos dedica un gesto cansado antes de explicarse:

—Los seres Purificadores tienen una conexión directa con la naturaleza. El cuerpo de Morgan se alimenta de Purasangres, pero su poder se alimenta de la naturaleza, y seguirá incrementándose hasta que pueda llevar a cabo la Purificación.

Aidan frunce el ceño, confuso.

—Entonces ¿por qué la organización ha querido mantenerla engañada todos estos años? No tiene sentido; si su poder se desarrolla alimentándose de la naturaleza, la Purificación podría haberse hecho hace años si no hubiéramos hecho creer a Morgan que era algo que no era.

—Estás olvidando algo, Aidan —le digo con tono molesto—. Los Purificadores necesitan cumplir cien años para poder extraer el poder de la naturaleza; sus cuerpos tardan ese tiempo en madurar por completo y prepararse para llevar a cabo su misión.

Calum bufa.

—Aidan definitivamente no le presta atención a Vincent.

Él le dirige una mirada helada. Yo, al contrario, lo miro con calidez.

—Gracias.

Me sonríe y, después de darme la ubicación de Byron, se despide:

—Larga vida a la Purificadora —dice. Se da la vuelta y desaparece en el bosque.

—Voy a alimentarla y la dejaré descansar en su compartimento —le informo a Aidan—. Luego la dejaré a tu cuidado. Tengo algo que hacer.

—¿Podrás llevar a cabo tu misión?

Sé que se refiere a Byron. Las palabras de Baloch vuelven a mi mente: «Serás el mejor luchador de tu especie, Shadow».

—Sí. Aunque no lo parezca, mi hermano es muy fuerte —respondo—. Soy el único que puede acabar con él.

—Sé que puedes acabar con él, pero él es tu…

—Él ahora solo es un objetivo para mí.

Cierro los ojos y me desvanezco para aparecer con Morgan en su compartimento. Está oscuro y frío. Con mucho cuidado, la acuesto y después, con pequeñas llamas de mis dedos, enciendo las antorchas que cuelgan de las paredes rocosas.

Me siento a su lado y le aparto un mechón de cabello negro de la cara. Su palidez resalta a la luz de las llamas; parece tan vulnerable, tan joven, tan frágil… Sin embargo, es la criatura más poderosa de la Tierra, y tiene que cargar con una responsabilidad tan gigantesca como la purificación de este mundo roto. No se parece en nada a la niña que conocí; ahora es una mujer, una persona totalmente distinta.

Le acaricio la mejilla con mi pulgar. Luego, tras lanzar un hondo suspiro, me subo una manga del uniforme para clavar los colmillos en mi muñeca y acercarla a los labios de Morgan. Ella prueba la sangre e, instintivamente, se agarra de mi brazo con ambas manos para alimentarse. Con los ojos cerrados, chupa ávidamente mi sangre, y cuando la herida sana sola y se cierra, clava los colmillos en mi piel para poder seguir alimentándose. El pinchazo de sus dientes es doloroso, pero también me proporciona una sensación agradable.

Cuando ya ha tenido suficiente, aparto la muñeca de su boca y sus brazos caen a sus costados; sigue inconsciente, así que observo en silencio cómo sus heridas se desvanecen rápidamente y su cuerpo pierde esa palidez de debilidad.

Me inclino sobre ella y presiono los labios contra su frente.

—Descansa —susurro—. Estás a salvo.

Cuando me separo, mi rostro queda a solo unos centímetros del suyo; puedo ver con detalle cada parte de su cara, en especial, sus labios gruesos y sensuales.

Mi nariz roza la suya y puedo oler los rastros de mi sangre en su boca.

—Yo también te quiero.

Me separo de ella para ponerme de pie y salir de su habitación. Tengo algo que hacer: matar al único miembro vivo de mi familia. No es algo que desee hacer, pero me prepararon para ignorar mis sentimientos y llevar a cabo todo tipo de misiones.

Estoy seguro de que Baloch debe de estar regocijándose en el infierno.

«Buen trabajo, hermano mayor».

XXXI

MORGAN

Abro los ojos y estoy en un campo solitario. Me rodean árboles secos sembrados en una tierra árida; el cielo es rojo carmesí. Un viento helado me roza brazos y piernas, haciéndome estremecer.

«¿Dónde estoy?».

Aparece una figura borrosa a algunos metros de distancia.

—¿Padre? —Lo reconozco incluso cuando está dándome la espalda. Me mira por encima del hombro y comienza a alejarse—. ¡Padre!

—El dolor es necesario, Morgan. —Su voz fría hace que me detenga.

—No...

—En este juego, eres solo un arma.

—¿Qué juego? —Lo alcanzo, pero cuando estoy a punto de tocar su hombro, se desvanece en el aire.

Todo el lugar cambia a mi alrededor, los árboles secos son tragados por la oscuridad. Los gritos llenan el silencio y me tapo los oídos con las manos.

—Morgan... —murmura una dulce voz detrás de mí.

Me doy vuelta bruscamente.

—¿Mamá? —pregunto al borde de las lágrimas.

Allí está. El viento mueve el vestido blanco holgado que lleva puesto. Parece un ángel. La piel le brilla en la oscuridad y sus ojos transmiten esa calidez que recuerdo tan bien.

—Morgan.

Las lágrimas me nublan la vista.

—Mamá… —Se me rompe la voz y corro hacia ella sintiendo cómo las ramas puntiagudas de los árboles me cortan los brazos desnudos.

La abrazo con fuerza.

—Te he echado mucho de menos. —Mis lágrimas carmesís tiñen el vestido de mi madre.

—Estoy aquí. Ya está todo bien —dice mientras me acaricia el cabello suavemente.

—Lo siento, mamá.

—No fue culpa tuya —responde antes de depositar un beso en mi cabeza.

Noto las manos empapadas. Doy un paso atrás y me las miro: están manchadas de sangre.

Miro a mi madre y veo que tiene una herida en el estómago de la que brota mucha sangre. Su vestido blanco se torna rojo en unos segundos.

—¿Mamá? —Sostengo su rostro al verla hacer una mueca de dolor.

Se convierte en polvo en mis brazos.

Estoy de vuelta en el campo solitario. Los relámpagos caen a mi alrededor, partiendo árboles por la mitad y abriendo agujeros en la tierra mientras los truenos resuenan, ensordeciéndome. Noto algo muy poderoso en el ambiente, incluso me resulta difícil respirar. De pronto, caen miles de pétalos de rosas rojas del cielo y varios me aterrizan en las manos. Me los quedo mirando, confundida.

Levanto la vista al cielo y lo veo.

Hay un ser flotando en el aire y tiene las manos extendidas a los lados. Sus ropas negras ondean a su alrededor. Su cuerpo desprende olas de poder que desestabilizan la gravedad y lanzan lejos de él, con mucha fuerza, restos de árboles muertos y hojas.

Sin duda, es el causante de todo este caos.

De pronto, siento como si su poder quisiera arrastrarme hacia él, como si ese ser fuera el centro de gravedad, y trato de mantenerme alejada de él, mientras rocas y ramas son atraídas hacia él y otras se quedan flotando a su alrededor.

Él baja y, en el momento en que sus pies tocan la tierra, una oleada de gravedad me golpea y me obliga a retroceder unos cuantos pasos.

Estamos frente a frente, pero aún hay una distancia entre nosotros. Tiene el rostro cubierto de telas negras y solo se le ven los ojos, que son completamente rojos, no hay blanco en ellos. No se mueve, se limita a ladear la cabeza, observándome.

De pronto, levanta un pie para dar un paso hacia mí y, en el instante en el que toca la tierra de nuevo, emana de él una oleada de fuerza de tal potencia que tengo que esforzarme mucho por mantenerme en el sitio, sin retroceder. Ocurre lo mismo cada vez que da un paso. ¿Cómo puede poseer tanto poder? Está haciendo todo esto sin hacer ningún movimiento con las manos, ni ningún tipo de esfuerzo, como si pudiera hacerlo todo solo con… sus ojos.

Esos ojos siguen mirando fijamente los míos y mis rodillas ceden como si una fuerza invisible las golpeara, forzándome a arrodillarme ante él. Siento seca la garganta y me lamo los labios para intentar hablar.

—¡¿Quién eres?! —grito, pero mi voz se pierde entre los aullidos del viento.

Intento ponerme de pie sin éxito; no me obedecen las piernas. Se detiene justo frente a mí y tengo que alzar la cara para poder mirarlo. Pero entonces se arrodilla para quedar a mi altura y me agarra del cuello con una mano. El contacto me causa una sensación extraña. Sus ojos indagan en los míos; de cerca, parecen de rojo líquido. Me habla en un susurro.

—*Jaie saire, tis sai. Jaie sai, tis sairel.* —Se inclina hacia mí y con su voz profunda me susurra al oído—. *Kain.*

Dos fuertes brazos me sacuden por los hombros.

—¡Morgan! ¡Despierta!

Abro los ojos de golpe, apartando de mí esas manos. Respiro con pesadez, gotas de sudor bajan por mi frente y la parte de atrás de mi cuello. Es como si aún pudiera sentir el poder de ese sueño, el susurro de esa voz.

—Morgan, ¿qué pasa?

Levanto la vista. Es Ian, está inclinado sobre mí, completamente confundido. Me doy cuenta de que lo estoy mirando a los ojos y nada está pasando; ya no veo rojo, ya no veo nada de mi amigo al indagar en su mirada. ¿Por qué? ¿He controlado mis ojos tan rápido? No, algo me dice que no se trata de eso... Recuerdo al ser de mis sueños, el rojo líquido de su mirada buscando en la mía. Es como si él hubiera desactivado mis poderes oculares. Pero ¿es eso posible? Solo ha sido un sueño.

—¿Estabas soñando? Nosotros no podemos soñar. Debe de ser culpa de la sangre de ese Purasangre...

Recuerdo que no sabe que no soy una vampira convertida como él.

—Ian.

Me observa con preocupación.

—¿Sí?

¿Puedo decírselo? No, lo pondría en peligro. No puedo arriesgarme.

—¿Dónde está Shadow?

Desaparece la preocupación de su rostro. Ahora parece molesto.

—No lo sé, ese bastardo usó sus poderes conmigo para dejarme inconsciente. Cuando desperté, ya no estaba, y Aidan me dijo que te había traído aquí.

Mi mente viaja a Byron, al bosque, a los *cruentus* apartándose para dejarme pasar, a los lobos… Tengo el leve recuerdo del lobo blanco, la suavidad de su pelaje en mi cara.

—¡Morgy! —exclama Luke, irrumpiendo en el compartimento. Sé que acaba de llegar al refugio después de otro de sus viajes—. ¡Cuántas ganas tenía de verte!

Drake lo sigue tan silencioso como siempre. No puedo evitar sonreírles.

—¿Cuándo regresaron?

—Esta noche. A ver, ¿qué nos hemos perdido?

Ian y yo compartimos una mirada y él procede a ponerlos al día con su versión de lo que ha pasado hasta ahora, llamando a Shadow bastardo unas cuantas veces. No tengo energía para defender al Purasangre. Estoy hecha un lío después de todo lo que ha pasado en el bosque y ese sueño que me ha parecido tan real.

«Kain…».

¿Quién era Kain?

—Tenemos que ser cautelosos —recomienda Drake—. Creo que deberíamos buscar otra guarida; no sé qué está pasando en los otros clanes, pero se dice que está habiendo muchos enfrentamientos y muertes inexplicables.

«Oh, Drake, si supieras que yo soy la causa de todos los problemas que están ocurriendo».

Luke asiente, apoyando a su amigo.

—Drake tiene razón. Corren muchos rumores sobre rebeliones vampíricas…

—Oh… —Aparto la mirada—. Pero son solo rumores.

—Aun así, deberíamos cambiar de guarida. Hablaré con Aidan.

Les dedico una sonrisa de boca cerrada como respuesta y los veo salir de mi compartimento.

Estoy muy preocupada por Shadow. Aidan no me lo ha querido decir, pero sé que ha ido en busca de Byron.

Estoy en el principio del bosque, en el lugar donde Shadow y yo nos encontrábamos para que me diera su sangre. Camino de un lado a otro porque no sé qué hacer para calmarme. Tengo miedo. Shadow es más fuerte que Byron, pero quizá este tenga ayudantes o haya alguien poderoso que le esté cubriendo las espaldas, dudo que haya actuado solo.

—Morgan… —susurra alguien, y noto que se me eriza la piel.

Me giro y observo el bosque y, a los lejos, nuestra guarida y la playa: no veo a nadie. No puedo adentrarme más en la espesura; no quiero exponerme de nuevo al peligro.

Siento una presencia viniendo desde las profundidades del bosque y reconozco la silueta de Shadow en la oscuridad. A medida que se acerca a mí, la luz de la luna que se cuela entre las ramas altas de los árboles ilumina su cuerpo y su rostro sin la máscara. Lleva el uniforme rasgado por los antebrazos y los muslos, y le han debido de herir en el pecho, pero solo queda la sangre pegada a la ropa como prueba de ello. Sus manos y su cuello también están manchados, pero no es eso lo que me parte el corazón. Lo que me duele es verlo tan abatido. Camina cabizbajo y con los hombros caídos; el dolor es claro en su rostro.

No tiene que decírmelo: se ha encargado de Byron. Ha tenido que matar a su propio hermano, y eso ha destruido una parte de él.

Corro hacia él para abrazarlo y él acaba enterrando la cara en mi cuello.

—Tenía que hacerlo —murmura. Cómo me duele la tristeza de su voz.

—Lo sé.

—Tenía que hacerlo.

—Lo sé, Shadow.

Es la primera vez que lo veo tan vulnerable, que lo tengo en mis brazos para darle apoyo después de todos esos años en los que él ha sido el mío. Cuando nos separamos, sostengo su rostro con cariño.

Shadow me besa, tomándome por sorpresa.

Aparto las manos de su cara y él me agarra del cuello y empieza a besarme con desesperación. Doy un paso atrás y él se mueve conmigo, usando su mano libre para tomarme de la cintura y presionarme contra él. No es un beso delicado, es vehemente, pasional. Noto sus labios húmedos y suaves sobre los míos. Besarlo despierta tantas sensaciones en mí; mi piel palpita en deseo. Nuestras bocas se sincronizan a la perfección, como si estuvieran hechas la una para la otra.

—Shadow… —susurro contra sus labios.

Su beso se vuelve aún más exigente. Me empuja hacia atrás hasta que mi espalda se estrella contra un árbol y entonces desliza la mano por debajo de mi camiseta. Sus dedos acarician mi abdomen, enviando corrientes de deseo por todo mi cuerpo.

Su boca abandona la mía para lamer la piel de mi cuello.

—Te deseo tanto… —Me mordisquea la zona en la que mis venas son más visibles.

—Por favor, muérdeme —le ruego, agarrándolo por el pelo.

Quiero que entierre sus colmillos en mi piel. Su mano asciende por debajo de mi camiseta hasta alcanzar uno de mis pechos, que masajea con lujuria. Me arqueo hacia él y noto sus colmillos rozando mi piel, tentándome.

—Hueles tan bien.

Sigue su ataque en mi cuello, probablemente me está dejando nuevas marcas, pero no me importa. Me levanta agarrándome por el trasero y le rodeo la cintura con las piernas. Shadow me presiona contra el árbol y mueve sus caderas contra mí. Nunca pensé que algo así podría despertar sensaciones tan increíbles. Su aliento se vuelve más pesado, su toque ansioso y más agresivo.

—Por favor, muérdeme.

Sus ojos buscan los míos mientras su respiración se ha vuelto más acelerada y sus hombros suben y bajan con rapidez.

—No quiero hacerte daño.

—No me harás nada que yo no quiera.

—Yo... —Sus ágiles dedos juegan con mis pechos, y me muerdo el labio inferior para no gemir.

—¿Qué?

—Soy una bestia, Morgan. No quiero perder el control contigo, nunca me lo perdonaré si te hago daño.

—No lo harás. —Lo beso con suavidad y él gruñe en mi boca, presionándose aún más contra mí. Entonces se separa, mordiendo mis labios ligeramente mientras habla.

—Si te muerdo, se creará un vínculo entre nosotros, y no puedo obligarte a tener un vínculo con alguien a quien tendrás que matar.

—Shadow...

—No quiero hacerte daño.

—No lo harás, confío en ti —le digo.

—No merezco tu confianza.

Dejamos de movernos y nos quedamos mirándonos a los ojos, disfrutando de nuestra cercanía. Su cara es tan hermosa... Extasiada, resigo sus facciones con un dedo.

—Shadow... —La tristeza se apodera de mí.

«Tendrás que matarlo».

«Recuerda cuál es tu misión en este mundo».

Una brisa fría mueve las ramas de los árboles y lo rodeo con los brazos. Quiero que este momento dure para siempre, que no tengamos que volver a la cruel realidad... ¿Cómo podré matarlo cuando lo quiero tanto?

Bajo al suelo nuevamente y tomo su mano.

—Vamos, necesitas descansar.

—Estaré bien.

Tiro de él para que me siga, pero no se mueve.

—Tengo que ir a contarle a Vincent lo que ha pasado.

En ese momento, recuerdo mi sueño.

—¿Puedo ir contigo? Hay algo que necesito preguntarle.

Asiente y nos adentramos en el bosque para ir a la cabaña. Al llegar, Shadow me abre la puerta principal y yo entro; el olor particular a madera sigue estando ahí.

—Espera aquí. Voy a informarle de todo lo que ha ocurrido y le diré que has venido a verlo —dice antes de dejarme sola en la sala.

Me quedo mirando las velas y el fuego de la chimenea. Entonces veo salir a alguien de un pasillo y me pongo en alerta. Es una chica de ojos verdes y melena larga negra que se parece mucho a mí y que se detiene cuando me ve. Frunzo el ceño y ella inclina la cabeza ligeramente hacia delante como saludo.

Es una vampira convertida, y la esencia de Shadow está por todos lados sobre ella, lo que me hace apretar las manos a los costados. Mi molestia crece cuando noto las marcas de mordidas en sus muñecas y en su cuello.

—¿Quién eres? —digo, esforzándome para no sonar grosera.

—Me llamo Rea —me dice con amabilidad—. ¿Y tú?

—Morgan —respondo—. Nos parecemos mucho, pero eso no parece sorprenderte.

—Mi señor me explicó la razón por la que me escogió. Dijo que me parecía a alguien muy importante para él.

—¿Tu señor?

—Shadow.

«Oh, ¿de verdad?».

—¿Eres su alimentadora? —Ella asiente—. ¿Solo le das tu sangre?

Duda antes de responder:

—Si deseas saber cómo sirvo a Shadow, quizá sería mejor que se lo preguntaras a él. Ahora, si me disculpas…

Se va, dejándome con la boca abierta.

«Ay, Shadow, Shadow… Y hablando del Purasangre del momento…», pienso cuando él sale del estudio y me hace un gesto para que me acerque.

—Vincent te está esperando —dice con una sonrisa que se desvanece cuando analiza mi expresión.

—Gracias. —Al pasar por su lado, le dedico una mirada asesina.

Shadow abre la boca para preguntar, pero le cierro la puerta en la cara. Ya me encargaré de él luego.

Vincent está de pie, apoyado en su escritorio, con los brazos cruzados.

—Hola, Morgan —me saluda con una sonrisa, y enseguida noto su expresión de sorpresa al ver mis ojos—. Tus ojos…

—Sí, yo tampoco sé cómo ha pasado. Por eso estoy aquí.

—De acuerdo, soy todo oídos.

—¿Te resulta familiar el nombre de Kain?

Vincent se tensa.

—¿Dónde has escuchado ese nombre, Morgan? —La alerta en su voz me sorprende, es la primera vez que lo veo tan preocupado.

—Primero, respóndeme, ¿sabes quién es?

—Fue el primer Purificador.

—¿Qué?

—Sí, fue el único de tu especie que llegó a hacer la Purificación.

—Eso significa que él fue quien hizo la Purificación de la que sobreviviste —le digo, analizando los hechos.

—Sí.

—Pero no entiendo… ¿Cómo es posible que haya soñado con él después de tanto tiempo?

—Porque Kain todavía está vivo.

XXXII

—¿Todavía está vivo? —pregunto, totalmente confundida—. Me dijiste que, si había un Purificador vivo, no nacería otro.

—Lo que quise decir es que, si hay un Purificador capaz de hacer la Purificación del mundo, no nacerá otro.

—No entiendo.

—Kain cumplió con su misión, hizo la Purificación y luego siguió viviendo. Los Purificadores solo pueden hacer la Purificación una vez.

—Entonces ¿estás diciendo que voy a seguir viviendo después de purificar el mundo?

—Nunca dije que morirías después de que lo hicieras.

—Lo sé. —Todo esto es muy confuso—. ¿Dónde está Kain?

—Nadie lo sabe.

—¿Por qué lo vi en mis sueños?

—No lo sé. Tú eres la primera Purificadora viva después de él, tal vez quiera contactar contigo.

—No se veía amistoso en mi sueño.

—¿Qué quieres decir?

—Creo que, de alguna forma, desactivó el poder de mis ojos… —le explico.

Vincent se queda callado, con una expresión preocupada.

—Hace unos años, hubo rumores sobre él, pero nunca tuve la oportunidad de confirmarlos.

—¿Qué rumores?

—Algunos Purasangres dijeron que Kain se había unido a la Organización Nhyme.

—¿Te refieres a la organización que mató a todos los Purificadores que me precedieron? —Vincent asiente—. No tiene sentido. ¿Por qué un Purificador se uniría a la organización que mató a todos los de su especie después de él?

—No lo sé.

Tomo una respiración profunda. No puedo creer que haya alguien más como yo allá afuera, alguien de mi misma especie. No puedo evitar sentirme menos sola: tal vez Kain ha pasado por las mismas cosas que yo y pueda explicarme cómo manejar nuestros poderes o entenderlos. Aunque no se veía muy amigable en mi sueño...

«Kain...».

La curiosidad me invade, quiero saber más sobre él.

—¿Morgan? —Vincent me saca de mis pensamientos.

—¿Sí?

—Deberías irte. Sabes que no puedes quedarte mucho tiempo aquí, que es peligroso.

Abro la puerta lentamente y salgo del estudio. Shadow me espera en la sala de estar, con la espalda contra la pared. Noto que se ha quitado la ropa desgarrada que llevaba puesta. Ahora lleva otro uniforme negro con detalles rojos. Al verme, se endereza y yo recuerdo a su alimentadora.

No es de mi incumbencia, ¿no? Él puede hacer lo que quiera con quien quiera, ni siquiera ha establecido un vínculo conmigo, así que supongo que no tiene por qué darme explicaciones...

Necesito salir de aquí. Shadow bloquea mi camino.

—Puedo llevarte de regreso.

—No, gracias —digo. La amargura en mi voz es clara. Al pasar por su lado, me agarra del brazo para detenerme.

—Estás enfadada. —No es una pregunta, es una afirmación—. ¿Por qué?

Me suelto de su agarre.

—Estoy bien.

Shadow no se rinde. Me toma del brazo de nuevo y tira de mí hasta que salimos de la cabaña.

—¿Qué estás haciendo? —pregunto, tratando de que me suelte sin lograrlo.

Me arrastra al bosque y, antes de que pueda decir algo, me carga sobre su hombro.

—¡Shadow!

Me ignora y nos desvanecemos en el aire. Al cabo de pocos segundos, aparecemos frente a una pequeña cabaña en medio de la nada y me deja de nuevo en el suelo. Yo me alejo de él.

—¿Dónde…? —Él me interrumpe, tirando de mí hacia la entrada, abre la puerta y me empuja dentro. Estamos solos en una pequeña sala—. ¿Dónde estamos? —Me giro hacia Shadow, que está apoyado en la puerta, quitándose la máscara.

Si cree que su rostro atractivo va a distraerme, está equivocado.

—Esta es mi guarida.

¿Me ha traído a su guarida? Shadow, el Purasangre más reservado de la Tierra, me acaba de traer a su guarida. Bien, pero eso no mitiga la rabia que siento cada vez que recuerdo a la vampiresa alimentadora.

—¿Por qué estamos aquí? ¿Qué quieres? —Me cruzo de brazos.

—No te irás hasta que me digas por qué estás tan furiosa.

—No estoy furiosa, estoy bien.

—Mientes.

—Quiero salir de aquí. —Doy un paso hacia a la puerta, pero él sigue ahí, bloqueándola con sus casi dos metros de altura.

—Dime qué te pasa. No quiero usar mis poderes contigo, pero no dudaré en hacerlo si no me dices la verdad.

—Tal vez tus poderes ya no funcionen conmigo, soy una Purificadora.

—Aún no eres más fuerte que yo.

—Eres tan arrogante —bufo.

—Solo digo la verdad. —Se encoge de hombros—. ¿Quieres ponerlo a prueba? —Mi silencio hace que sus labios se curven en una sonrisa engreída—. ¿A dónde se fue tu valentía?

Su arrogancia incrementa mi rabia, porque está aquí haciéndome bromas y retándome tan tranquilo cuando tiene una vampiresa con la que hace quién sabe qué en casa de Vincent. Lo miro con frialdad. Shadow ladea la cabeza, manteniendo esa estúpida sonrisa en sus húmedos labios.

Debo admitir que es difícil mantener mi enfado estando a solas con él, sobre todo sin su mascara. Además, está tan guapo con ese uniforme negro con detalles rojos que hacen juego con sus ojos.

Estamos solos en medio de la nada. Mi respiración se acelera ligeramente al darme cuenta de ello. Él no despega sus ojos de los míos, como si estuviera tratando de leer cada expresión. Bajo la mirada, evitando la suya. Necesito pensar con la cabeza fría.

—¿Es por Rea?

Su pregunta me hace volver a mirarlo. Me molesta que diga el nombre de esa vampiresa, pero jamás lo admitiré.

—Por tu reacción, parece que sí.

—No sé de qué me hablas.

—Solo me alimento de ella, nada más, ni siquiera la he traído a mi guarida, se queda en casa de Vincent.

—Claro.

—Tú también has tenido una variedad de alimentadores en toda tu existencia y yo no me he quejado, ni los he asesinado, y créeme que soñaba con romper sus pequeños y frágiles cuellos.

—No es lo mismo.

Shadow se cruza de brazos.

—A ver, ¿por qué no es lo mismo?

—Yo no busqué a uno que se pareciera a ti para liberar lo que sea que quisiera liberar.

—Tú no me recordabas, Morgan. —Da un paso hacia mí—. Estuve décadas observándote desde las sombras, sin poder aparecer frente a ti. ¿Crees que fue fácil para mí?

—¡No recordarte no fue culpa mía!

—¡¿Crees que no lo sé?!

—¡Da lo mismo! No tengo por qué exigirte nada, puedes hacer lo que quieras con quien quieras.

—¿De verdad? Entonces supongo que me divertiré con Rea.

Aprieto los puños para golpearlo en la cara, pero antes de que mi mano pueda tocarlo, él la agarra en el aire. Utilizo la otra para darle un puñetazo, pero también la detiene. Trato de usar toda mi fuerza para liberar mis manos, pero él tira de ellas y me empuja contra la puerta.

De pronto su cuerpo está contra el mío mientras me sostiene las manos a ambos lados de la cabeza contra la puerta. Me retuerzo, pero él refuerza su agarre en mis muñecas.

Mi pecho sube y baja rápidamente. Mi respiración se ha acelerado. Me atrevo a enfrentarlo, los ojos de Shadow están llenos de deseo y necesidad. Noto su cálido aliento acariciando mis labios.

—Suéltame. —Intento sonar molesta, pero no lo consigo.

—¿Eso es lo que de verdad quieres? —pregunta, presionando su cuerpo un poco más contra el mío.

Se inclina hacia mí y acerca sus labios a los míos con una lentitud provocativa. Es como si esperara que yo cerrara el espacio entre ambos y lo besara primero. No me rendiré.

De pronto, me besa con una delicadeza que me sorprende, y me hace imposible no responderle. Shadow profundiza el beso y sus labios reclaman los míos con una creciente pasión.

Me libera las manos para poner las suyas sobre mi cintura y luego bajarlas hasta mis muslos. Sin parar de besarme, desliza los dedos debajo de mi falda y sigue tocándome.

—Shadow... —susurro débilmente contra su boca.

Sus dulces labios dejan los míos y bajan por mi barbilla hasta mi cuello. Deja pequeños besos sobre mi piel mientras me roza con sus colmillos. Su mano sigue explorando por debajo de mi falda, acariciándome. Se me escapa un leve gemido.

Su boca encuentra la mía otra vez con desesperación y nos besamos con deseo. Ahora él desliza su mano libre por debajo de mi camiseta para acariciarme los pechos desnudos; me arqueo de placer para él y, agarrándome de su cuello, levanto mis piernas para rodearle con ellas la cintura. Él me lleva a una velocidad vertiginosa a una habitación.

Paramos de besarnos. Shadow me sienta en la cama y se queda de pie frente a mí. Es tan alto, tan perfecto... La luz de la luna que se cuela por la ventana ilumina su cuerpo. Sus ojos oscuros se encuentran con los míos por un momento y me sonrojo.

Él se quita la parte de arriba del uniforme por encima de la cabeza y puedo ver su abdomen definido y pálido, que contrasta con sus pantalones negros. Me lamo los labios, disfrutando la vista.

Nerviosa, levanto las manos para deslizarlas por su pecho y su abdomen, sintiendo sus músculos firmes con la punta de mis dedos. Shadow cierra los ojos y echa la cabeza hacia atrás. Me atrevo a desabrochar sus pantalones y dejarlo desnudo frente a mí. Tomo su miembro para sentirlo y masajearlo, y él vuelve a mirarme con deseo. Sus labios mojados se abren para dejar escapar un largo suspiro.

—Desnúdate.

Su orden no me sorprende, me enciende, pero no quiero dejar de tocarlo.

—Morgan, desnúdate o te arrancaré la ropa.

Cuando dudo, Shadow agarra mis muñecas y me levanta. Me arranca la ropa, haciéndola jirones de tela en unos segundos. Todo pasa tan rápido que solo puedo sentir el frío en mi piel desnuda y expuesta frente a él.

Caemos en la cama, y volvemos a besarnos con una pasión primitiva; no hay delicadeza, solo deseo carnal. Nuestros cuerpos desnudos se frotan, se sienten. Sus húmedos labios chupan mi cuello y bajan por mi clavícula, hasta llegar a mis pechos. Sube para enterrar su rostro en mi garganta y siento sus colmillos rozando mi piel una vez más. Lo agarro más cerca de mí; quiero que me muerda.

Abro las piernas para dejarlo meterse entre ellas.

—Te quiero —susurra en mi oído, y lo siento dentro de mí de golpe.

Apenas me estoy recuperando de la sensación cuando sus colmillos perforan mi piel.

El vínculo entre nosotros comienza a formarse lentamente, electrificando cada parte de mi cuerpo.

Mío, suya.

Puedo sentir lo que él siente y eso amplifica mi placer, porque soy capaz de experimentar lo mucho que está disfrutando, además de disfrutar de mis propias sensaciones.

Ambos nos entregamos por completo al placer, a las caricias, a los gemidos y al deseo. Desde este momento sé que seré solo suya, sin importar lo que pueda pasar.

XXXIII

Tengo un vínculo con Shadow.

La realidad de esa afirmación me hace sonreír. Estoy acostada sobre mi espalda, mirando el techo de madera, agotada, pero satisfecha. Aún puedo sentir su sabor en mis labios, sus fuertes manos sobre mi piel desnuda. Aún puedo escuchar sus gemidos y sus gruñidos en mi oído mientras lo hacíamos.

Las sábanas cubren mi cuerpo desnudo. Shadow permanece sentado a mi lado en la cama, de espaldas a mí; está muy silencioso. Su pálida espalda desnuda tiene marcas de rasguños que ya están sanando y, con orgullo, noto la marca pequeña, roja y circular, que se ha formado en su espalda un poco más abajo de la parte de atrás de su cuello.

La marca de que tiene un vínculo con alguien; estoy segura de que ahora tengo una igual en mi espalda.

Me siento, sosteniendo la sábana a la altura del pecho.

—Shadow. —Él gira la cabeza hacia mí y me mira por encima del hombro. Puedo ver la tristeza en sus ojos.

¿Por qué está tan triste después de regalarme la mejor noche de mi vida? Espero que no esté pensando en la Purificación, en que tendremos que separarnos. Tengo que encontrar una manera de salvarlo, tiene que haberla, de ninguna forma puedo terminar con la existencia del Purasangre al que amo, la naturaleza no puede ser tan cruel.

Se pone de pie y comienza a vestirse mientras yo observo en silencio cómo cada músculo de su cuerpo desnudo se contrae, en especial sus abdominales, cuando se pone la parte de arriba de su uniforme por encima de la cabeza.

Me presta algo de ropa porque ha destrozado la que yo llevaba puesta y también me visto en silencio. Honestamente, no esperaba abrazos y ternura después de lo que ha pasado. Conozco a Shadow, él no es así. Le cuesta expresar lo que siente. Como dijo Vincent, fue entrenado para mantener cualquier tipo de emoción a raya y enfocarse solo en asesinar. No puedo esperar que siglos de entrenamiento se desvanezcan de la noche a la mañana. El hecho de que me haya dicho que me quiere es un gran comienzo.

No voy a presionarlo.

Ya vestida, me pongo de pie. Shadow está junto a la ventana, con la mirada perdida en el bosque afuera.

«¿En qué piensas, Shadow?».

En nada, me contesta mentalmente, tomándome por sorpresa.

«Espera… ¿Puedes saber lo que estoy pensando?».

Sí, ahora tenemos un vínculo.

Siento la necesidad de hablar en voz alta, que él sepa lo que pienso es vergonzoso.

—Pero yo no puedo saber lo que piensas tú —digo.

—Porque yo puedo bloquear mis pensamientos.

«Eso no es justo». Antes de que pueda quejarme, él habla de nuevo.

—Aidan ha venido a buscarte. Está afuera, esperándote.

Me doy cuenta de que no conseguiré averiguar qué le pasa, así que salgo de su habitación y luego de la cabaña. Me encuentro a Aidan fuera.

—¿Qué te ha tomado tanto tiempo?

Espero que no lleve mucho rato aquí, porque, si no, estoy segura de que nos habrá escuchado mientras practicábamos sexo. Por la confusión de su expresión, me doy cuenta de que debe de hacer poco que ha llegado.

—Solo estaba… —Me detengo sin saber qué decir.

Dile la verdad, susurra la voz de Shadow en mi mente.

—Solo estaba discutiendo algo con Shadow —miento.

¿Discutiendo?, dice el Purasangre dentro de mi cabeza. *No llamaría discutir a lo que hemos hecho.*

—¡Cállate! —grito, molesta.

—¿Qué? —Aidan parece aún más confundido.

—Nada, vámonos. —Finjo una sonrisa.

Antes de que irnos, oigo la voz fría de Shadow de nuevo en mi cabeza:

Ten cuidado con Aidan. Si vuelve a morderte o a intentar besarte, lo destrozaré, y no pienses que no hablo en serio. Has visto dentro de mi mente antes, sabes de lo que soy capaz.

«Qué intenso».

La seriedad de sus palabras me da escalofríos. Definitivamente, formar un vínculo lo ha vuelto más posesivo.

Siguiendo a Aidan, porque no tengo ni idea de dónde estamos, corremos hacia nuestro refugio. Solo se escuchan los sonidos de las ramas que se rompen bajo nuestros pies. Permanecemos en silencio todo el camino; lo miro varias veces, parece serio. Estoy segura de que sospecha que algo está pasando entre Shadow y yo.

«Shadow…». Su nombre me recuerda lo que acabamos de hacer y la vergüenza me invade.

No tienes por qué avergonzarte, me dice.

«Oh, genial… ¿Puedes salir de mi cabeza? Esto es muy… invasivo».

Bien, tienes razón. Lo siento.

Espero poder aprender pronto cómo bloquear mis pensamientos, porque no quiero que Shadow sepa todo lo que pienso. Necesito privacidad.

Morgan…

Esa voz…

Me detengo abruptamente en medio del bosque, girando sobre los pies para revisar mis alrededores.

Nada.

—¿Qué pasa? —pregunta Aidan, siguiendo mi mirada.

—No es nada, sigamos.

Tan pronto como llegamos a la playa, cerca de nuestro refugio, ambos paramos de correr. El mar parece calmado esta noche. Estoy a punto de dirigirme a la cueva cuando mi líder me agarra del brazo.

—Algo va mal —dice, olfateando el aire.

—¿Qué?

—Purasangres.

Miro a mi alrededor. En un principio, solo veo el mar y la playa solitaria, pero luego los detecto dentro de la cueva.

Aidan evalúa el área y estoy a punto de correr cuando una mano fría me tapa la boca y tira de mí hacia atrás, hacia el bosque. Extiendo las garras y las hundo en el brazo que me sostiene; el vampiro me suelta lanzando un gruñido. Me giro, lista para pelear.

—¿Ian?

—Eso ha dolido —se queja, acariciando la herida en su brazo, pero ya se está curando.

—¿Por qué has hecho eso? ¿Qué está pasando?

—Chisss. Habla en voz baja —susurra. Parece muy nervioso. Tiene marcas de heridas en los brazos y la ropa rasgada. Ha estado luchando.

—¿Qué ocurre? —repito.

—Nos han atacado.

—¿Qué?

—Llegaron unos Purasangres preguntando por ti, y como no les dijimos nada, comenzó una pelea sangrienta.

—¿Dónde están los demás del clan?

—No lo sé, creo que todavía están dentro.

—¿Cuántos Purasangres hay? —pregunta Aidan fríamente.

Está analizando toda la situación, puedo ver la concentración en sus ojos azules.

—No lo sé.

—Piensa, Ian —le exige nuestro líder.

—Creo que eran unos diez.

—¿Llevan uniforme? —inquiere Aidan, serio.

«¿Y eso qué tiene que ver?», pienso.

—No lo sé —responde Ian—. Todo pasó tan rápido…

—Ian… —lo presiona Aidan.

Mi amigo se acaricia la cabeza y cierra los ojos, tratando de recordar.

—Sí… Su uniforme es… rojo oscuro.

Nuestro líder aprieta la mandíbula.

—Nhyme.

Ian entrecierra sus ojos, confundido, pero yo sé lo que significa esa palabra.

Mi clan está en peligro. Comienzo a caminar hacia la cueva.

—¿A dónde vas? —pregunta mi amigo, siguiéndome—. Morgan, te matarán.

—No me importa; no dejaré que nadie de mi clan salga herido por mi culpa. —No lo permitiré. Si esos Purasangres me están buscando, me van a encontrar.

Aidan bloquea mi camino.

—No seas estúpida. Te están buscando; tienes que esconderte.

—No.

—Este no es un buen momento para ser terca —dice Ian desde atrás—. Haz caso a Aidan. Tienes que esconderte.

—¿Y dejar que Lyla y los demás mueran por mi culpa? No pienso hacer eso. —Paso al lado de mi líder para dirigirme a la cueva, pero él me agarra del brazo para detenerme.

—No.

—Entonces ¿tengo que dejar que mi clan muera?

—No están muertos. Todavía están peleando —dice Ian.

—Luchando contra Purasangres; van a morir —le digo, apartando su mano—. No trates de detenerme —hablo desde el corazón; estoy decidida.

Soy una miembro del clan Almas Silenciosas y pienso defenderlo con todas mis fuerzas, porque los vampiros convertidos que están dentro de esa cueva no solo son mis compañeros, sino que son mis amigos, mi familia. Recuerdo la amabilidad de Lyla y cómo puede sonreír dulcemente incluso cuando está escondiendo tristeza dentro de ella; al frío Drake, tan parecido a Aidan a veces; a Luke, que siempre está de buen humor y tiene un apodo para todos, el mío es «Morgy». Han estado conmigo durante ochenta y cinco años, son mi familia. No puedo esconderme y dejarlos morir, no soy una cobarde. Camino hasta la entrada de la cueva.

—¡Estoy aquí! —grito. El eco de mi voz retumba por toda la cueva.

Enseguida aparece un Purasangre y, al cabo de un segundo, cinco más. Todos me observan confundidos. Van con uniforme, pero no es el mismo que usa Shadow. Los suyos son carmesís.

—Soy Morgan Von Buzten. ¿Están buscándome? —exclamo, cruzándome de brazos. No van a intimidarme.

—No puede ser ella —dice uno al Purasangre del medio—. Solo es una vampira convertida. Mira lo frágil que es.

—Sí, es solo una débil convertida, ni siquiera ha alcanzado la madurez.

—Miente.

Confundidos, comienzan a murmurar sobre mí.

—Silencio —ordena el que está en el medio. No lleva puesta ninguna máscara y puedo ver su rostro pálido.

Lo he visto antes… Y entonces viene a mi mente el recuerdo que tuve cuando bebí la sangre de Milosh. Es Tylos; mi hermano me dijo que era la mano derecha del líder de la Organización Nhyme, lo que solo quiere decir una cosa: es muy fuerte. La tranquilidad con la que permanece en medio de sus compañeros me indica que está seguro de sus poderes y que el miedo no es algo que conozca.

—Morgan… —Escucho la voz débil de Lyla detrás de ellos. Echo un vistazo más allá de los Purasangres y la veo. Está arrodillada frente a Luke, que sangra mucho—. Ha perdido demasiada sangre.

Uno de los Purasangres la abofetea y la aleja de nuestro amigo. Me tenso, apretando los puños.

—Es repugnante ver cuán patéticos son los vampiros convertidos —sisea Tylos—. ¿Así que tú eres Morgan? —Me mira de pies a cabeza—. No pareces una antigua criatura poderosa.

No digo nada.

—Es solo una convertida, está tratando de distraernos —dice uno de los Purasangres.

Veo que Lyla está tratando de ponerse de pie. Tiene heridas en los brazos y las piernas.

—Divirtámonos con ella como lo hicimos con esta. —Señala a Lyla.

«¡Bastardos!». Me pongo en una posición defensiva.

—Vaya, parece que estás dispuesta a luchar contra nosotros —se burla un Purasangre rubio, levantando una ceja—. Interesante… Eres muy hermosa. Me lo pasaré bien contigo.

Da un paso hacia mí. Me quedo completamente quieta. Siento la presencia de Aidan e Ian detrás de mí.

—Cada vez vienen más —comenta Tylos—. Son como cucarachas.

—Este es el territorio del clan Almas Silenciosas —dice Aidan—. Yo soy el líder. ¿Qué quieren?

—Queremos a la Purificadora.

—¿Qué? —pregunta Ian, confundido.

—Sabemos que está aquí —contesta Tylos, sin apartar sus ojos de mí en ningún momento.

Aidan y yo intercambiamos miradas.

—Se equivocan. La Purificadora se fue hace unos meses —miente mi líder sin tan siquiera parpadear.

—Mientes. —Tylos sonríe.

—No la has encontrado, ¿verdad? —Aidan continúa con la farsa.

Los Purasangres comparten miradas confundidas.

—La estás escondiendo.

—No.

La tensión en el ambiente es insoportable.

—Creo que necesitan un incentivo para cooperar —dice Tylos—. Amar. —El Purasangre rubio da un paso adelante.

—¿Señor?

—Vamos a darles ese incentivo.

El rubio aparece a un lado de Lyla y la agarra del cabello. Ella lucha por liberarse, pero él la obliga a mirarlo a los ojos.

—No hables —le ordena, pasándole una daga—. Vas a caminar hasta aquella roca y, cuando llegues ahí, vas a cortarte la garganta y esperarás pacientemente hasta desangrarte por completo.

La lanza a la arena y, con lágrimas de impotencia, Lyla se levanta y comienza a caminar hacia la roca.

«No».

—¡Desgraciado! —grita Aidan, y corre hacia el Purasangre rubio porque sabe que la única forma de evitar que Lyla siga sus órdenes es asesinándolo, pero no tiene mucho tiempo. En pocos minutos nuestra amiga llegará a la fatídica roca.

Tylos da un paso atrás y se recuesta contra una roca con los brazos cruzados, como si lo que está ocurriendo fuera un espectáculo divertido para él.

Le dirijo una mirada rápida a Ian, en cuyas manos ya se distinguen flamantes llamas.

—¿Estás listo?

Asiente.

Uno de los Purasangres aparece frente a mí y trata de golpearme en el estómago, pero lo esquivo retrocediendo. Y así es como comienza una pelea sangrienta.

Aidan lucha contra el rubio, usando el mar como su aliado. Extiende las manos a los lados y luego las levanta: cuatro corrientes de agua salen del océano y caen sobre el Purasangre, estampándolo contra la arena.

Ian, por su parte, estira una mano hacia delante y una línea de fuego se enrolla alrededor del cuello de un Purasangre, quemándolo y asfixiándolo a la vez.

Intento comunicarme con Shadow, pero no lo consigo. Un Purasangre me ataca en un movimiento rápido y me golpea la cara con fuerza. Salgo por los aires y caigo sentada sobre la arena.

—Tú no eres la Purificadora —dice, muy seguro—, pero pienso divertirme contigo.

Nada más levantarme, me golpea en la espalda y caigo hacia delante. A continuación, me pisa la nuca con un pie y no puedo levantar la cabeza, pero distingo a Lyla caminando hacia la roca, su cabello danzando en el viento.

«No...».

—Qué patética... —dice el Purasangre, victorioso.

«No soy patética. —La ira me atraviesa—. Yo soy la Purificadora y no dejaré que estos monstruos de corazón frío destruyan mi clan». Por alguna razón, puedo saber a cuántos seres han matado estos bastardos en sus vidas y cuánto sufrimiento han causado.

Me giro y clavo el codo en la pierna del Purasangre con tanta fuerza que escucho el hueso romperse; gruñe en dolor, retrocediendo.

Me levanto, respirando pesadamente, y el vampiro se materializa frente a mí, me agarra del cuello con una mano y me alza en el aire, apretando con fuerza.

Cierro las piernas y con ambos pies le pateo el pecho. Él me suelta, dando pasos hacia atrás y esforzándose por mantener el equilibrio, mientras yo aterrizo sobre los pies con agilidad.

Lyla cada vez está más cerca de la roca; no puedo imaginar el miedo y la impotencia que debe de sentir en estos momentos. Busco a Aidan. Está luchando contra el rubio, pero no le será fácil vencerlo. Nuestro líder es el vampiro convertido más antiguo del mundo, pero se está enfrentando a un Purasangre muy bien entrenado y, por naturaleza, más fuerte que él.

Aún no estoy segura de poder manejar bien los elementos, pero tengo que intentarlo. Necesito deshacerme de este Purasangre para ayudar a Aidan a acabar con el rubio y salvar a Lyla.

Aprieto los puños, concentrando mi energía en ellos, y cuando comienzan a brillar y aparecen unas líneas azuladas rodeándolos, corro hacia el Purasangre, que frunce el ceño, confundido, al ver mis manos.

Se queda esperando mi ataque. Cuando estoy a punto de llegar a él, en un movimiento rápido, dirijo una mano hacia el suelo y al instante emerge un bloque de tierra. Me apoyo en él y me impulso para saltar por encima del Purasangre. Una vez detrás de él, le traspaso el pecho con la otra mano y agarro su corazón palpitante para destrozarlo.

Cuando saco la mano del Purasangre, lanzo los pedazos de su corazón a un lado y él cae de bruces sobre la arena, levantando una nube de polvo.

Siento que me están mirando y me giro. Tylos me sonríe abiertamente desde la roca en la que sigue apoyado.

«¿Por qué no puedo comunicarme con Shadow?», pienso, angustiada.

Porque yo te lo estoy impidiendo.

He escuchado esa voz, con un acento profundo y antiguo, en mis sueños.

Kain.

Lo ignoro de momento, porque mi prioridad ahora es Lyla, que está muy cerca de la roca. Corro hacia Aidan y el Purasangre rubio, pero esa voz fría vuelve a mi mente.

No podrás matarlo a tiempo. Ve hacia ella.

Durante un segundo mis ojos van del lugar donde el rubio pelea con Aidan a la playa, donde Lyla sigue avanzando hacia su final.

No sé por qué hago lo que la voz me dice, tal vez me estoy volviendo loca. Corro hacia Lyla tan rápido como puedo y me atravieso en su camino. Al ver el pánico en sus ojos, un grito de ayuda silencioso, noto una fuerte opresión en el pecho.

Me empuja para apartarme y poder cumplir la orden que le han dado.

«¿Qué estoy haciendo? ¿Por qué he escuchado a Kain?».

Mírala a los ojos.

Agarro el rostro de Lyla y la miro a los ojos sin saber qué estoy haciendo.

Piérdete en sus ojos, indaga en su mente, encuentra la orden del Purasangre y bórrala.

La voz de Kain ya no es un susurro en mi cabeza: siento su respiración en mi oído, pero a mi lado no hay nada.

—No puedo… —murmuro.

Eres una Purificadora, puedes anular sin problemas la orden de un Purasangre. Concéntrate.

Lyla me empuja de nuevo, empeñada en obedecer.

Siento unas manos sobre mis hombros, pero no hay nadie más, aparte de nosotras. ¿Qué está pasando? Es como si el primer Purificador estuviera aquí, pero no pudiera verlo.

Me concentro, tratando de dejar que el poder fluya a mis ojos. Indago en la mente de Lyla, que gime angustiada. Le está saliendo sangre de la nariz. Le estoy haciendo daño, pero necesito liberarla. Encuentro la orden, siento su presión, su poder, y entonces entrecierro los ojos. Lyla se estremece y empieza a sangrar también por los oídos.

«Lo siento, Lyla, lo siento… Pero creo que lo estoy consiguiendo».

Tiemblo. Siento que me arden los ojos y noto una fuerte presión en la cabeza… Y justo entonces Lyla suelta un chillido y cae hacia mí, débil. La sostengo con gentileza.

—Morgan… —Puede hablar. Eso me confirma, antes de que se desmaye, que he conseguido anular la orden del Purasangre.

La acuesto con cuidado sobre la arena y me quedo sentada a su lado, respirando agitada, notando las dolorosas palpitaciones de mi cabeza. Miro a mi alrededor, buscando a Kain, pero no veo a nadie cerca.

¿Por qué me ha ayudado? Tal vez no es malo, como pensaba.

—Gracias —murmuro al aire.

Oigo una risa burlona en mi oído.

Eres tan ingenua, dice con frialdad.

Frunzo el ceño. ¿A qué se refiere?

¿Crees que te he ayudado porque tengo un corazón bondadoso? Mira frente a ti, Morgan.

Levanto la cabeza y, más allá de la lucha que sigue enfrentando a los Purasangres y a los miembros de mi clan, veo que Tylos me está mirando satisfecho.

Lo ha visto todo. Acabas de confirmar a la Organización Nhyme que eres la Purificadora.

«No…».

—¿Quieres que me encuentren? ¿Por qué? Sabes que me quieren muerta.

Porque es divertido. Las batallas son tan entretenidas…

—Estás loco.

Diviértete ahora que puedes. Disfruta de tu libertad, porque, una vez que llegue el momento, vendré a por ti para que ocupes tu lugar a mi lado, como debe ser.

Dicho esto, su presencia desaparece de mi mente.

XXXIV

Nhyme ha confirmado que soy la Purificadora.

No puedo pensar en otra cosa mientras cargo a Lyla sobre mi hombro para llevarla a la entrada del bosque y alejarla de la intensa lucha que aún se está desarrollando frente a nuestra cueva. La siento contra un árbol y me enderezo; antes de que pueda girarme, Lyla agarra mi muñeca y me mira con los ojos entreabiertos. Está muy débil.

—Gracias —susurra—. Pudiste huir y abandonarnos a nuestra suerte. Hubiera sido lo más seguro para ti, lo habría entendido…, pero no lo hiciste.

Me arrodillo frente a ella y la miro a los ojos.

—¿Se te ha olvidado el juramento de nuestro clan?

Veo una sonrisa triste en su cara.

—Hace tiempo que no lo he escuchado —responde entre toses.

Me pongo de pie y llevo a mi pecho la mano derecha cerrada en un puño. Lyla hace lo mismo.

—Flamas, olas, polvo o viento, sin importar el elemento, mi lealtad permanece con las almas en silencio… —comienzo, y la dejo terminar a ella.

—Y en la noche más oscura no dudaré, no abandonaré, y de ser necesaria mi vida daré por los miembros de mi clan.

Ambas bajamos nuestras manos sonriendo.

—Sigo siendo un alma silenciosa, y siempre lo seré —le

digo. El hecho de que sea la Purificadora no cambia eso. El clan Almas Silenciosas siempre será mi familia, mi hogar.

—Lo sé.

Me despido de ella mirándola con cariño antes de girarme y correr a la playa.

Lo que me encuentro es espeluznante. Hemos recibido respaldo de los vampiros de los clanes vecinos porque solemos apoyarnos de manera implícita cuando se trata de Purasangres atacándonos. Nunca había presenciado un combate así, con tantos vampiros y Purasangres luchando y utilizando el poder de los cuatro elementos.

Aidan está empapado. Tiene las manos extendidas en el aire y está dirigiendo torbellinos de agua que emergen del mar y caen sobre los Purasangres. Estos, a su vez, se protegen alzando ante ellos bloques de tierra o usando viento para desviar el agua.

Ian, por su parte, atrae hacia él a los Purasangres hasta tenerlos lo suficientemente cerca como para encender el fuego en las dos espadas que tiene en sus manos y enviarles oleadas de llamas. Drake cuida la retaguardia de Ian usando su viento para evitar que ataquen a su compañero.

Luke se ha recuperado de sus heridas y, aunque aún está débil, levanta la arena de la playa para dificultar el avance de los Purasangres y luego les lanza rocas inmensas.

Es como si el infierno se hubiera desatado delante de la cueva.

Mis ojos se encuentran con los de Tylos, el líder de este grupo de Purasangres, quien lo observa todo desde la distancia, de pie sobre una roca, mientras el viento mueve su cabello ligeramente.

«Él lo ha visto todo, acabas de confirmar a la organización Nhyme que eres la Purificadora».

Tylos informará a la Organización Nhyme y ellos confirmarán sus sospechas sobre mí. Bueno, no si yo lo mato primero: los muertos no hablan.

Tylos es mi objetivo no solo por eso, sino también porque pronto los miembros de mi clan no podrán seguir luchando. El uso de los elementos requiere mucha energía y llegará un momento en que estarán demasiado débiles. Necesito que los Purasangres se vayan, y ellos siguen las órdenes de Tylos.

Si mato a su líder, no sabrán qué hacer. El miedo puede invadirlos al saber que alguien tan poderoso como Tylos —él es el más antiguo del grupo— ha sido eliminado. Pero, desde luego, no me va a resultar fácil matarlo. No creo que pueda ganar contra un Purasangre de su nivel. Aun así, tengo que intentarlo.

Atravieso el campo de batalla sin dejar de mirar ni un segundo a Tylos, que sigue con los brazos cruzados, dirigiéndome una sonrisa retadora. ¿Sabe lo que soy y no me teme?

A medida que me acerco a él, puedo sentir el poder que emana; me recuerda al de Shadow: antiguo y puro.

Siento que alguien se me está acercando por detrás, así que me giro rápidamente y le agarro el cuello con una mano, deteniéndolo en seco. El Purasangre jadea y trata de hundir sus garras en mis muñecas. Con mis ojos aún sobre el líder, le aprieto el cuello hasta que escucho los huesos romperse y luego dejo caer el cuerpo inerte al suelo.

Tylos baja los brazos y estira una mano hacia mí, invitándome a luchar.

Tomo una respiración profunda, aprieto los puños a mis costados y, gruñendo furiosa, corro hacia él lo más rápido que puedo hasta llegar a la roca inmensa en la que se encuentra. Lo ataco con los puños una y otra vez, pero él esquiva cada golpe con una facilidad insultante. Me doy la vuelta, intentando patearlo, pero solo traspaso aire con mi pierna antes de que él reaparezca a mi lado.

—Aún no estás al nivel de los grandes, Morgan —me dice antes de agarrarme del cabello, forzándome a enfrentarlo. De cerca parece más joven—. Si vienes conmigo ahora, dejaremos que tu clan viva.

Hago como si intentara golpearle el estómago, y cuando él me esquiva, golpeo su rostro con toda mi fuerza. Tylos me suelta, dando un paso atrás. Le brota sangre de la comisura de la boca, que gotea desde su mentón hasta el suelo.

—No me subestimes.

Se ríe mientras lame la sangre de sus labios.

—No te estoy subestimando, solo estoy exponiendo los hechos.

Antes de que pueda refutarle, Tylos desaparece. Trato de sentirlo, pero soy demasiado lenta. Aparece frente a mí y me golpea con el puño cerrado con tanta fuerza que me desorienta. Noto todo ese lado de mi cara palpitando de dolor. Me caigo de la roca y aterrizo sobre mis pies, resistiendo.

¿Qué clase de golpe ha sido ese?

No ha sido normal, es como si hubiera concentrado todo su poder en su puño. Me llevo la mano a la mejilla y retrocedo un poco. Tylos se deja caer de la roca delante de mí.

—Doloroso, ¿no?

El dolor sigue extendiéndose, ahora baja por mi cuello y mi hombro.

—Hay peleas que aún no puedes ganar, Morgan. Ven conmigo o tu clan morirá —repite.

Al no recibir respuesta, alza la mano e hilos de tierra se enroscan alrededor de mis tobillos, aprisionándome. Lucho para liberarme, intentando concentrarme en algún elemento, pero el dolor en el lado derecho de mi cara no se desvanece, no se cura; al contrario, sigue extendiéndose, impidiendo que me concentre.

¿Esa era la intención de su golpe? No sabía que un Purasangre podía hacer eso con solo un ataque. Tylos no es como los Purasangres que he derrotado hasta ahora.

En ese momento camina hacia mí con tranquilidad y levanto las manos para defenderme, aunque mis pies estén atados al suelo.

—No parece importarte la muerte de todos los miembros de tu clan.

—No dejaré que les pase nada, por eso lucharé contigo.

—Solo quiero conversar. Eres tan fácil de manipular, Morgan…

—¿De qué estás hablando?

—Solo quiero que escuches.

—¿Qué pasa si no quiero hacerlo? Puedo sentir tu maldad. Eres un Purasangre muy cruel.

—No voy a negar eso. Pero, Morgan, ¿qué sabes realmente sobre tu especie?

—Sé lo suficiente.

—No lo creo. ¿Por qué crees que estás del lado correcto de esto que pronto será una guerra? Eres muy ingenua.

—¿Qué se supone que significa eso?

—¿Sabías que el primer Purificador perdió el control durante diez minutos durante la primera Purificación y mató a miles de almas inocentes, personas que no habían hecho nada malo?

—Mientes.

—¿Crees que arriesgaría mi vida viniendo aquí solo para decirte mentiras?

—Ni siquiera te conozco. ¿Por qué debería creerte?

Permanece en silencio unos segundos.

—¿Sabes lo que es perder el control sobre tu poder? Has pasado por eso, ¿no? —No respondo, pero sí lo sé—. Algo así le sucedió al primero de tu especie y las consecuencias fueron terribles.

«¿Kain mató almas puras?».

—Escucha, no te queremos muerta, solo queremos entrenarte.

—Mientes.

—Sé que te han dicho que somos fríos y crueles Purasangres que te quieren muerta y que hemos hecho no sé cuántas atrocidades, pero eso no es cierto. Solo queremos asegurarnos de que no pierdas el control como le pasó al primer Purificador.

—¿Se supone que debo creerte? No soy tan estúpida. Solo intentas engañarme.

—Podría haberte matado hace mucho, estás inmovilizada. Ven conmigo.

—No.

Si cree que un montón de mentiras me van a hacer olvidar que él ha traído a su grupo de Purasangres a atacar a mi clan y que han herido a Lyla y a Luke, está muy equivocado.

Tylos suspira.

—Bueno, lo he intentado por las buenas, ¿no?

Acerca su mano a la boca y murmura algo; sus dedos brillan y, cuando abre la mano, hay polvo en su palma que me recuerda al que usaron aquellos Purasangres para dormirme cuando Byron me secuestró.

«Mierda».

Cierro los ojos y trato de concentrarme, pero fallo de nuevo. Tylos me ataca y yo intento golpearlo, pero me esquiva con facilidad. De pronto, sopla el polvo frente a mi cara y hago lo posible por no inhalarlo, pero entonces sus ojos se encuentran con los míos y su poder mental me obliga a respirar.

Toso, tapándome la boca, y noto que se me adormecen las extremidades. Caigo de rodillas frente a él, presa de la rabia al verlo sonreír.

—Cobarde —murmuro—, ¿cómo puedes usar trucos tan sucios?

Me pesan los párpados. Veo que los de mi clan siguen luchando. Ian y Aidan parecen exhaustos, ya no están utilizando sus elementos. Tampoco Drake y Luke lo hacen. Ahora están luchando cuerpo a cuerpo.

Tylos se arrodilla frente a mí.

—Los mataremos a todos. Debiste cooperar, Morgan.

Cuatro figuras aparecen detrás del Purasangre, y parecen poseer su mismo poder. También son vampiros antiguos.

—No pareces necesitar refuerzos, ¿para qué nos has llamado? —inquiere uno de ellos con acento extranjero.

—Por si Shadow decide aparecer.

—No lo hará. Cien Purasangres es un número difícil de eliminar incluso para él, le tomará un tiempo.

«Shadow…».

—¿Y el Protector?

—Nadie sabe dónde está.

«Milosh…».

Caigo de bruces sobre la arena, pero puedo ver a Ian en el suelo mientras dos Purasangres lo golpean con todas sus fuerzas. Está tosiendo sangre.

«No…».

—Siempre estuve solo cuando era humano —me había contado Ian unos años después de mi llegada al clan—. Pasé toda mi vida en un orfanato… Cuando me encariñaba con alguien, lo adoptaban. No conseguían que me adoptaran porque enfermaba a menudo, y nadie quería un hijo con problemas de salud. Al final, me quedé solo, y cuando cerraron el orfanato, me echaron a la calle, casi morí de hambre. Solo era un adolescente. No sé qué fue lo que vio en mí el vampiro que me convirtió, aunque supongo que debo estarle agradecido.

La tristeza en su voz era dolorosa.

—Pero eso ya no importa —se había girado hacia mí sonriendo—, ahora tengo una familia.

«Ian… No puedo perder el conocimiento».

Tylos me coge del brazo para levantarme; yo apenas puedo ponerme de pie, la tierra alrededor de mis tobillos se desvanece.

—¡No me toques! —exijo, pero toda mi energía está enfocada en mantenerme despierta, y es tan difícil…

Un grito furioso que hace estremecer los árboles resuena en el bosque. Todo el mundo en la playa guarda silencio y deja de pelear. Los cuatro Purasangres y Tylos se quedan muy quietos.

—¿Qué es…?

De entre los árboles emerge un furioso Milosh. Viene corriendo con la mano a un lado, levantando un hilo grueso de tierra que luego enrolla, endurece y eleva mientras que a continuación rodea de fuego con el poder de su otra mano. Utiliza el viento para lanzar esa bola de tierra ardiente contra Tylos, que lo golpea y le quema la cara, enviándolo lejos de mí, al no darle tiempo de esquivarla.

—¡No pongas tus sucias garras sobre mi hermana!

Los otros cuatro vampiros dan un salto atrás.

Milosh aparece a mi lado y pasa la mano alrededor de mi cintura, sosteniéndome.

—¿Algún problema, hermanita?

—Lo tenía todo bajo control.

—Por supuesto.

—Mi clan…

Milosh mira primero a los cuatro Purasangres y a Tylos, quien ya se ha levantado del suelo. Tiene la mitad de la cara quemada y humeante, pero ya está sanando. Y luego echa un vistazo a los de mi clan, que siguen luchando casi al borde de la muerte.

—Hay demasiados Purasangres, y esos —me indica los que tenemos frente a nosotros— no son Purasangres comunes, son poderosos.

—Tengo que salvar a mi gente —le susurro, aún adormilada.

—Podemos derrotarlos juntos.

—No puedo… Ese polvo… Apenas puedo mantenerme despierta.

—Hay algo que…

Tylos arranca a Milosh de mi lado, intentando atacarlo.

—¡Milosh!

Mi hermano lo esquiva con facilidad y le rompe la mandíbula con un golpe de gancho, lanzándolo por los aires. Luego se gira hacia mí —estamos bastante cerca—, saca una daga, se corta la palma de la mano, la cierra en un puño, y cuando la abre, veo un círculo de líneas negras en ella.

—Milosh, ¿qué…?

Corre hacia mí con la palma de la mano abierta y me golpea el pecho con tanta fuerza que los dos salimos lanzados por los aires, sin que él despegue los dedos de mí. El dolor se extiende por todo mi tórax, haciéndome gemir de agonía. Las líneas negras, como tatuajes con vida propia, se extienden por su mano y su antebrazo, y luego por mi pecho y mis hombros, hasta alcanzar mi cara. Dos rayas calientes me suben por las mejillas hasta llegar a mis ojos.

—¡Ah! —grito, cerrándolos. Algo se rompe dentro de mí y tengo que gritar para liberar el dolor. Mis huesos crujen, mis nervios arden, mi sangre hierve.

«¿Qué es esto?».

Dejo de retroceder, y cuando todo mi cuerpo está cubierto de ardientes líneas negras, al igual que el de mi hermano, él retira la mano, respirando agitado frente a mí.

Quiero hablar, pero no encuentro mi voz. Ya no hay rastro de esa sensación adormecedora en mi cuerpo, estoy completamente despierta. Los ojos verdes de Milosh brillan con mucha intensidad mientras una línea negra sube desde su cuello y cruza una de sus pálidas mejillas. Él extiende su mano hacia mí.

—¿Lista para pelear, hermanita? —dice extendiendo una mano hacia mí.

No sé qué es lo que ha hecho ni por qué ha sido tan doloroso, pero puedo sentir la conexión intensa entre nosotros, la energía fluyendo dentro de mí y el poder inmenso que ambos tenemos y que él acaba de activar.

Mis labios se curvan en una sonrisa.

—Siempre.

XXXV

CALUM

¿Has venido a observar?

La voz de Airad, mi mano derecha, resuena en mi mente. Ambos estamos en nuestra forma lobuna, silenciosos, escondidos entre los árboles, observando el combate de la playa. La violencia no es algo que me interese, pero Shadow había enviado un mensaje a la manada diciendo que estaba luchando con Purasangres de Nhyme y que estaba seguro de que eran una distracción para atacar a Morgan en su ausencia.

Parece que no necesitarán nuestra ayuda después de todo, respondo, mirando a los hermanos Von Buzten. La piel de sus brazos, cuello y rostro está cubierta de líneas negras. El poder que emana de ellos estremece a la naturaleza que nos rodea.

Nunca pensé que tendría el honor de ver a un ser Purificador y a un Protector peleando juntos, comenta Airad. Para ser sincero, yo tampoco. Aún hay tanto que desconocemos de su especie… Hay muchos rumores sobre ellos que todavía están sin confirmar.

Morgan da un paso hacia delante y una ola de fuerza se extiende por todo el lugar, forzando a todos a retroceder ligeramente. Su hermano la sigue, susurrándole algo que, si no fuera por mi desarrollado sentido del oído, no habría podido oír.

—¿Recuerdas aquel juego de nuestra infancia?

Morgan asiente.

—Juguemos ahora.

Ambos parecen muy tranquilos.

—¡Vengan! ¡Aquí! ¡Ahora! —llama Tylos a sus Purasangres para que se unan a ellos. No es idiota, percibe el poder de los dos hermanos.

Los vampiros obedecen y dejan de luchar con los miembros del clan de Morgan; muchos están en el suelo, tosiendo sangre, Aidan incluido. No puedo negar que disfruto viéndolo herido, aún no es de mi agrado.

Los Von Buzten se enfrentan a Tylos, a los cuatros antiguos y a más de veinte Purasangres. Sin embargo, no hay miedo ni duda en sus rostros marcados por esas líneas negras.

Saben que son una especie superior a todos nosotros, ¿eh?

Sin embargo, hay algo que puedo percibir como lobo, ya que también somos seres muy vinculados a la naturaleza; supongo que eso nos hace similares a la Purificadora y al Protector. Lo que sospecho, ¿es posible?

«Tengo que verlos pelear para confirmarlo», me digo.

Morgan se desvanece en el aire, confundiendo a los Purasangres. Milosh se queda ahí, sonriéndoles desafiante.

—Hora de jugar —susurra el Protector antes de correr hacia el montón de Purasangres.

Nada de miedo, ¿eh? Aunque los superan en número, me comenta Airad.

Milosh corre con las manos extendidas a los lados, y cuando está cerca de los Purasangres, junta las palmas delante de su pecho y una oleada de aire lanza a varios de sus enemigos hacia atrás.

Los que quedan de pie se enfrentan a él. Justo cuando uno de ellos alza su puño para golpearlo, él se deja caer al suelo de rodillas y se inclina hacia atrás, pasando por debajo del puño fácilmente. Sorprendiendo al Purasangre que venía detrás, Milosh extiende la mano hacia él y una oleada de fuego lo asa en segundos.

—¡Morgan! —grita. Su hermana aparece por encima del enemigo que él acaba de esquivar y aterriza sobre el Purasangre. Enrosca las piernas en su cuello y gira hasta que le arranca la cabeza.

Ahora entiendo cómo han planteado su lucha contra los Purasangres: como Morgan aún no controla bien los elementos, pero Milosh sí, este va por delante eliminando al mayor número de enemigos para que su hermana pueda defenderse usando solo su fuerza física.

Ambos quedan en medio de los Purasangres. Morgan se limpia las manos ensangrentadas en la ropa. Ha llegado la hora de la verdad para Tylos, quien no puede disimular su miedo, por mucho que intenta ocultarlo.

Morgan vuelve a desaparecer y el Purasangre maldice por lo bajo.

—¡No se contengan! —grita a los antiguos—. Luchen con todos sus poderes.

Milosh gruñe y sus dedos se alargan y se convierten en puntiagudas garras. Son tan afiladas que puede cortar carne con mucha facilidad.

La batalla comienza de nuevo. Los Purasangres luchan contra Milosh utilizando todos sus poderes, pero él es increíblemente rápido y, cuando ellos menos lo esperan, Morgan aparece de la nada para atacarlos.

Uno a uno, caen todos los Purasangres, hasta que solo quedan Tylos y otro antiguo.

Morgan y Milosh respiran agitadamente. Han matado a más de quince Purasangres, y tres de ellos eran antiguos, en menos de media hora. El Protector es el que parece más cansado.

Los Purificadores tienen un vínculo especial con la naturaleza y han de pasar muchos años antes de que puedan hacer la Purificación; durante ese tiempo fortalecen ese vínculo y acumulan el poder que necesitan para llevar a cabo su misión.

Morgan acaba de descubrir su identidad hace poco y su conexión con la naturaleza es débil e inestable; en cambio, Milosh sí ha pasado todas estas décadas consciente de lo que es, fortaleciendo su vínculo.

Así que el chico está siendo el puente entre la naturaleza y Morgan, como un canal de poder, pero eso lo ha debilitado mucho y probablemente pronto perderá el conocimiento.

Morgan se enfrenta al último antiguo mientras su hermano pelea con Tylos, pero los movimientos de Milosh ya no son tan rápidos y ha perdido capacidad para usar los elementos. Necesitan acabar con ellos pronto.

Morgan ataca al Purasangre con toda su fuerza y se sube encima de él, golpeándolo una y otra vez. Tiene los puños ensangrentados. Por la forma en la que lo golpea y acaba con él, creo que es capaz de ver todo el daño que ese vampiro ha causado.

Ahora solo quedan ellos dos y Tylos, quien está malherido. Tiene cortes que no sanan por todo el rostro y un brazo colgando que ya no puede mover. Escupe sangre a un lado y les sonríe. Hay líquido carmesí manchando la blancura de sus dientes.

—Me han impresionado. Debo admitirlo.

—Setecientos sesenta y ocho —murmura Morgan.

—¿Qué?

—Es el número de criaturas que has matado: humanos, vampiros, lobos e incluso Purasangres. Doscientos de ellos eran almas perdidas, así que no te condenan, pero el resto eran inocentes; debes morir.

Eso me sorprende. Así que, si alguien ha asesinado almas perdidas, ¿no será considerado una? Supongo que la naturaleza lo ve como una ayuda para eliminar a los malos.

—Terminemos con esto, moriré luchando, si es necesario.

Morgan se enfrenta a Tylos con todas sus fuerzas, golpeándolo, pateándolo una y otra vez; él solo puede defenderse, no tiene tiempo de contraatacar.

Milosh cae de rodillas, respirando con dificultad. Se inclina hacia delante y entierra las manos en la arena, sobre la que gotea el sudor de su frente.

Morgan salta sobre el Purasangre y levanta el puño para golpearlo, pero entonces…

Las olas dejan de atacar la orilla, pacificándose, y un silencio ensordecedor nos rodea cuando el viento se detiene.

Una voz femenina, fría y seria, se escucha desde el bosque.

—Detente.

Morgan baja el puño y gira la cara hacia la fuente de esa voz.

Desde los árboles, emerge una figura alta, oculta por una túnica negra con capucha que apenas deja ver su pálido rostro. Olfateo el aire, pero no puedo identificar a qué especie pertenece.

Los ojos de Milosh se abren ligeramente cuando la ve.

La mujer se quita la capucha, liberando un desordenado cabello rubio oscuro y mostrando su rostro de facciones simétricas y dice:

—Cuánto tiempo sin verte, Milosh.

Su acento derrocha antigüedad. Morgan pasea la mirada entre su hermano y la desconocida.

—¿Quién eres?

—Ah, ¿dónde están mis modales? Me llamo Kaya. —Hace una reverencia burlona—. Encantada de conocerte, Morgan.

El Protector aprieta los puños sobre la arena.

—Milosh —murmura Morgan, sin entender.

Kaya le sonríe.

—No quiero molestarles, solo vengo a por Tylos. Verás, aunque molesto y, por lo que veo, inútil, no puedo dejar que lo asesines, aún no.

La confusión en la expresión de Morgan es obvia. Observa

al Purasangre casi inconsciente debajo de ella. Él le dedica una sonrisa victoriosa.

—Tylos y yo tenemos una pelea que terminar, así que te agradecería que no te metieras; si lo haces, no tendré otra opción que luchar contigo.

Kaya se ríe abiertamente y sus carcajadas resuenan por toda la playa.

—Kain tenía razón, eres muy combativa.

«¿Kain? ¿El primer Purificador?».

—¿Estás con Kain?

—Por supuesto. Soy su Protectora.

«¿Protectora? ¿Ella es la Protectora de Kain?».

—Ahora, si me permites, por favor... —dice la mujer al tiempo que señala a Tylos.

—No.

Milosh habla entre dientes:

—Morgan, deja que se lo lleve.

—No. ¿Por qué habría de cooperar con ella?

—No tenemos opción.

Kaya se acerca al chico y se inclina sobre él.

—Cómo has crecido. Eres mucho más guapo de lo que recordaba.

Él la mira con frialdad.

—Y tan poco amigable como siempre, y eso que los dos somos de la misma especie...

—Aléjate de mi hermano —le dice Morgan, poniéndose de pie.

Kaya se endereza, levantando las manos en el aire.

—No he venido a pelear, solo quiero a Tylos. Entrégamelo y me marcharé sin causarte ningún problema.

—No —repite.

—¡Morgan! —protesta su hermano.

«¿Qué es lo que el Protector sabe que los demás no sabemos?».

Kaya camina despreocupada hacia Morgan, que se pone en una posición defensiva. Cuando están lo bastante cerca, la Purificadora corre hacia ella.

—¡Morgan! ¡No! —le grita Milosh, intentando levantarse.

La mujer no se mueve, solo sonríe y de sus labios rojos sale lentamente una única palabra:

—Neyst.

Una fuerza invisible golpea a Morgan y la estrella contra el suelo; apenas puede girar su rostro a un lado para evitar tragar arena.

¿Deberíamos intervenir?, me pregunta Airad.

No creo que sea mucho lo que podamos hacer. Si Kaya cumple su palabra, se llevará a Tylos y nos dejará en paz. Evitar la violencia es mi objetivo en todo momento.

Morgan trata de levantarse, pero es como si su cuerpo estuviera pegado al suelo, como si hubieran colocado sobre ella un peso inmenso.

Kaya se arrodilla a su lado, fingiendo arrepentimiento.

—Quería evitar esto. No sabes cuánto lo siento… —dice. Se incorpora y se dirige a Tylos. Lo levanta con facilidad y se lo echa al hombro rápidamente; el Purasangre queda colgando como un muñeco de trapo—. Vaya, qué inútil eres —le dice, y Tylos murmura algo entre gemidos de dolor que suena como una disculpa.

Kaya camina hacia Milosh de nuevo, pasando al lado de Morgan, que sigue intentando liberarse.

«¿Qué clase de poder tiene Kaya que puede paralizar a un ser Purificador con tanta facilidad?».

La Protectora se detiene frente a Milosh, que se ha puesto de pie y tiene la respiración acelerada. Por un breve segundo, lo noto, la mirada de Kaya se suaviza y le dedica una sonrisa genuina.

—Nos veremos de nuevo, Milosh.

—No —afirma el chico. Sus ojos de jade brillan con intensidad—. Como te dije la última vez, espero no volverte a ver nunca más en mi vida.

La sonrisa de la mujer se desvanece un poco.

—Ochenta años es mucho tiempo para guardar tanto rencor.

—No me alcanzará la vida para odiarte lo suficiente.

La sonrisa de Kaya desaparece por completo y aprieta los labios, tratando de disimular lo que le han dolido esas palabras. Aparta la mirada y empieza a alejarse de él.

—Libera a mi hermana —le ordena Milosh, mirándola por encima del hombro.

Kaya se detiene y pronuncia algo que no alcanzo a escuchar. Morgan se levanta de golpe e intenta correr hacia la Protectora, pero Milosh la detiene.

—¡No! —Él sostiene su rostro—. Basta, no puedes vencerla; aún no.

Morgan observa con rabia cómo Kaya se desvanece en oleadas de aire oscuro. Milosh se queda con la mirada fija en el lugar donde ella ha desaparecido y, por primera vez desde la llegada de la mujer, su expresión fría se agrieta.

Airad suspira.

¿Qué es lo que pasa? No entiendo… Ni siquiera sabía que el primer Purificador conocía la existencia de Morgan y que su Protectora se mostraría así tan abiertamente, me dice mentalmente.

Al parecer, nos quedan muchas cosas que entender sobre los dos Purificadores y los dos Protectores, dos especies tan desconocidas aún para nosotros.

Tengo el presentimiento de que esto no va a terminar bien.

XXXVI

MORGAN

«Kaya...».

Sigo repitiendo ese nombre mientras observo el lugar donde se ha desvanecido hace unos minutos. Luego miro a Milosh. Puedo sentir el dolor que esa mujer le causa a través de nuestro vínculo; nuestra conexión es más profunda de lo que pensé.

«Milosh...», pienso. Su respuesta mental es casi inmediata. *No pasa nada.*

Mi respiración aún está acelerada cuando me acerco a los miembros de mi clan para ver cómo están. Milosh me sigue en silencio.

Me siento aliviada al ver que, aunque están malheridos, todos están vivos. Noto, sin embargo, que miran con curiosidad las marcas de mis brazos, cuello y rostro, al igual que las de mi hermano.

Aidan está ayudando a Lyla a ponerse de pie.

—¿Están bien? —les pregunto.

Asienten, el silencio reina ahora en el lugar; pesado e incómodo.

Luke y Drake comparten una mirada, Lyla me sonríe e Ian ni siquiera me mira. Está sentado en el suelo. Tiene numerosas heridas, pero todas están sanando lentamente.

Caigo en la cuenta de que mi clan acaba de vernos a mí y a mi hermano derrotando a más de una docena de Purasangres, lo cual habría sido imposible si yo solo fuera una vampira convertida. ¿Ya saben lo que soy?

Milosh rompe el silencio:

—Tenemos que salir de aquí. Este refugio ya no es seguro para el clan.

—¿Y quién eres tú? —pregunta Drake, mirándolo con el ceño fruncido.

—Es… —me aclaro la garganta— mi hermano.

Todos parecen sorprendidos, a excepción de Aidan e Ian, que ya conocían a Milosh. Luke aplaude, sonriendo como siempre.

—¡Vaya! Eres una caja de sorpresas, Morgy. Tan callada, pero llena de secretos, ¿eh?

El tono divertido de su voz me tranquiliza; no me está reprochando nada, no parece molesto en absoluto, solo está sorprendido. Sin embargo, Ian sigue sin mirarme, y eso me duele, aunque sé que debe de estar asimilando lo que acaba de presenciar.

Abro la boca para hablar, pero Milosh me pone la mano sobre el hombro.

—No tenemos tiempo. Pronto amanecerá. Deberíamos irnos a un lugar seguro. El sol solo detiene a los convertidos, no a los Purasangres.

Aidan coge a Lyla en brazos y Drake ayuda a Luke a levantarse y a caminar sosteniéndolo de la cintura, ya que una de sus piernas está muy lesionada.

—¿A dónde vamos?

—Conozco un lugar seguro… —mi hermano se interrumpe y cae de rodillas, temblando.

—¡Milosh!

Me arrodillo frente a él y observo cómo las líneas negras de nuestra piel se están desvaneciendo lentamente. Nuestro vínculo desaparece. La piel de mi hermano se torna pálida y se le entrecierran los ojos.

—¡Milosh! —Tomo su rostro entre mis manos—. ¿Qué pasa?

—Es… normal —me susurra—. Tranquila… Pongámonos en marcha.

Dudo mucho que pueda caminar, así que le ayudo a levantarse, decidida a cargármelo al hombro para llevarlo. No obstante, ahora, sin el vínculo y con lo débil que estoy, el efecto del asqueroso polvo que Tylos me sopló a la cara antes de la batalla comienza a hacerme efecto de nuevo y tengo que soltar a Milosh, que respira agitadamente, pero se mantiene de pie, porque me estoy mareando. Retrocedo dos pasos temblorosos.

—Morgan, ¿te ocurre algo? —me pregunta Drake, preocupado.

«No puedo desmayarme ahora…».

Y entonces, como ocurrió la otra noche, cuando estoy a punto de caer al suelo, aterrizo sobre un suave pelaje que reconozco. Abro los ojos para encontrarme con ese pelo blanco, el mismo que me salvó cuando escapé de Byron.

Apoyo un lado de mi cara sobre el lobo y dejo que los brazos y las piernas cuelguen de él a ambos lados.

—Los lobos nos ayudarán —explica Aidan al clan—. Llevarán sobre sus lomos a todo aquel que no pueda caminar. Ahora seguiremos a Milosh.

Mi hermano también será transportado por un lobo, al igual que Ian, aunque este lo hace de mala gana, pero no creo que su rabia tenga nada que ver con los lobos. Debe de estar enfadado conmigo.

El lobo blanco que carga conmigo se desplaza por el bosque con tanta facilidad, con tanta rapidez, que tengo que abrazar su cuello varias veces para no caerme. ¿Cómo consiguió llevarme inconsciente aquella noche?

Usé un arnés cuando perdiste el conocimiento para atarte a mí. Su voz en mi mente es dulce, suave y tan controlada que casi raya en lo fría. *Hoy no lo traigo, así que intenta mantenerte despierta.*

«¿Cómo puede comunicarse conmigo mentalmente?», pienso, con la esperanza de que me escuche.

Supongo que tu vínculo con la naturaleza está mejorando.

«¿Cómo te llamas?».

Calum.

Esquiva unos árboles y tengo que aferrarme a su cuello con mucha fuerza. La piel debajo de su pelaje está caliente, casi hirviendo, y su pelo es muy suave. ¡Qué criatura tan sublime y maravillosa! La naturaleza no deja de sorprenderme.

Al pasar los minutos, noto que me pesan los ojos y que cada vez me resulta más difícil mantenerme despierta. Mis brazos alrededor del cuello del lobo se aflojan y él se detiene justo antes de que yo me caiga de lado. Mi espalda se encuentra con el duro suelo.

Apenas puedo ver a través de mis ojos entrecerrados, pero, por encima de los altos árboles del bosque, distingo el cielo, cuyo color pasa de la tonalidad oscura de la noche a un azul pálido que anuncia el amanecer.

Olfateo un inesperado olor a sangre y trato de averiguar de dónde procede.

Blanco…

Un rostro que no puedo ver bien y un cabello blanco aparecen encima de mí, bloqueando mi vista del cielo.

—Bebe. —Esa voz ya la he escuchado en mi mente: es de Calum. Pone frente a mí su muñeca, y las pequeñas gotas de sangre que caen de ella aterrizan sobre mis labios—. Mi sangre limpiará el efecto de ese polvo, es pura.

Obedezco. Su sangre tiene un sabor único que no sabría describir, pero es muy poderosa. Calum debe de ser un importante miembro de su manada. Ningún recuerdo o pensamiento llega a mí, solo una inmensa sensación de paz y armonía con la naturaleza.

Al dejar de beber, mi vista comienza a aclararse y puedo ver al chico inclinado sobre mí. Calum parece joven, a pesar de que su desordenado cabello es blanco. Sus ojos son grises y transmiten una deliciosa calma.

—¿Mejor?

Asiento.

—Gracias.

Cierro los ojos mientras acabo de recuperarme y Calum vuelve a su forma lobuna. Una vez que se ha transformado, me subo encima de él, completamente despejada, por fin.

Cuando llegamos al lugar que Milosh ha encontrado para nosotros, nos bajamos de los lobos, agradeciendo de corazón su ayuda. No son criaturas a las que les guste mezclarse con otras, así que es doblemente valioso lo que acaban de hacer por nosotros.

Con una sonrisa, me despido de Calum.

Mi clan ya ha entrado en la casa abandonada, probablemente buscando un sótano o un lugar resguardado donde podamos protegernos del sol. Sin embargo, Milosh permanece en las pequeñas escaleras de madera de la entrada sin moverse.

—Vamos, tenemos que entrar —le recuerdo.

—No, no tenemos —me dice con una sonrisa—. No eres una vampira convertida, Morgan. Tu color favorito siempre fue el azul cielo, ¿no? Imagino que lo has echado mucho de menos.

Recuerdo entonces que he vivido en una mentira durante todas estas décadas, escondiéndome del sol, temiéndolo y extrañando el cielo azul y el calor sobre mi piel.

—No necesito esconderme cuando es de día —digo en voz alta lo obvio.

Milosh toma mi mano.

—Ven conmigo.

Caminamos un poco hasta llegar a un acantilado, el mar

está precioso y el cielo cada vez se ve más claro. Milosh se sienta al borde del precipicio y toca un punto a su lado, para que tome asiento junto a él. Lo hago dejando que mis pies cuelguen en el abismo. Me siento emocionada.

Veré el sol, veré el cielo azul de nuevo.

La voz de mi hermano cuando me habla es suave, melancólica:

—Lamento que hayas vivido todos estos años privada de tantas cosas. No tenía ni idea de que habían manipulado tu mente de esa forma. Yo... debí protegerte. Vaya mierda de Protector que soy.

—Milosh...

Me mira y veo sinceridad en esos ojos que son tan parecidos a los míos.

—Lo siento, Morgan. Mi odio, mi necesidad de culparte por la muerte de nuestros padres... Fui tan egoísta. Yo...

—Para. —Tomo su mano—. Por mucho que me odiaras, sé que nunca me hubieras hecho daño.

—¿Cómo estás tan segura?

—Eres mi Protector, Milosh. Durante todas esas décadas pudiste encontrarme con facilidad y matarme o darles esa información a las múltiples personas que llegaron a ti buscándome, pero nunca hiciste nada de eso. A pesar de que me odiabas, me protegiste.

Él suspira.

—Ni siquiera creyendo que habías asesinado a nuestros padres dejaste de importarme; supongo que eso solo aumentó mi odio a mí mismo, no pude odiarte.

—Tal vez una parte de ti sabía que yo no lo había hecho.

—Mi estupidez nos separó durante ochenta años.

—Estamos juntos ahora, y eso es lo que importa.

El sol aparece en el horizonte pintando el cielo y la línea del horizonte de tonos naranjas. Milosh y yo disfrutamos en silencio del magnífico espectáculo durante un buen rato.

Y cuando la mitad del sol es ya visible, cuando su luz ilumina mi rostro, se me llenan los ojos de lágrimas; no puedo evitarlo. Ha pasado tanto tiempo desde la última vez que sentí en mi piel el calor de sus rayos.

Mi hermano no dice nada mientras me limpio las lágrimas rojas que ruedan por mis mejillas. Pensé que jamás volvería a ver el azul del cielo ni el sol, que viviría en la oscuridad para siempre.

Después de un largo rato, giro la cabeza hacia mi hermano, que tiene la mirada perdida en el horizonte, pero no creo que sea porque lo esté admirando; su mente se encuentra en otro lugar.

—Milosh.

—No quiero hablar de eso.

—Lo siento, no quiero presionarte, pero si tienes alguna información sobre Kaya y Kain, necesito conocerla.

Deja salir una larga bocanada de aire.

—Supongo que ya sabes que Kain fue el primer Purificador.

—Sí.

—Él es un enigma, nadie lo ha visto nunca, nadie sabe lo que quiere o si de verdad está relacionado con Nhyme. Solo Kaya lo conoce, solo ella lo defiende.

—Kaya salvó a Tylos hace unas horas, así que parece lógico pensar que Kain está relacionado con la Organización Nhyme.

—Lo sé, pero no sé, Morgan, hay algo que me dice que eso es lo que ellos quieren que todos pensemos, quieren que nos distraigamos con esa cuestión mientras ellos trabajan por alcanzar sus verdaderos objetivos.

—¿Por qué crees eso?

Milosh se gira hacia mí completamente.

—Los Purificadores y los Protectores somos seres muy apegados a la naturaleza —me empieza a explicar gesticulando mucho, como solía hacer cuando éramos pequeños y me contaba algo de lo que estaba seguro—. Nuestro poder y nuestra fuerza dependen de cómo de fuerte sea el vínculo con ella. Eso requiere tiempo y práctica, por eso tú aún no puedes hacer la Purificación, todavía necesitas madurar y desarrollar todo tu poder.

—Eso lo sé.

—Después de la Purificación, Kain y Kaya tuvieron mucho tiempo para perfeccionar, aumentar y dominar sus capacidades sobrenaturales. El poder de Kaya que sentiste no es ni siquiera un cuarto de su potencial, así que no me quiero imaginar el que tiene Kain.

—¿Estás diciendo que son invencibles?

—No, solo estoy diciendo que ambos son posiblemente las criaturas más poderosas de este planeta y, aun así, no han venido a por ti.

—Pero han mandado a otros a buscarme, como Tylos.

—Morgan, si Kain te quisiera muerta, podría acabar con tu vida sin problemas. Sabe que un Purasangre no puede matarte; eres una Purificadora… Si de verdad quisiera destruirte, tendría que hacerlo él mismo o enviar a Kaya. La pregunta es: ¿por qué no lo hace?

—Porque no me quiere muerta.

—Exacto, y el objetivo principal de Nhyme es la eliminación de los Purificadores, así que hay algo que no me cuadra.

—Pero si no me quiere muerta, entonces ¿qué es lo que quiere?

Recuerdo las palabras de Kain en mi oído hace unas horas, en el comienzo de la batalla en la playa.

«Diviértete ahora que puedes. Disfruta de tu libertad, porque, una vez que llegue el momento, vendré a por ti para que ocupes tu lugar a mi lado, como debe ser».

Se lo cuento a Milosh, que ve reafirmada su teoría.

—Kain está esperando algo, no sé lo que es, pero está esperando algo para venir a por ti.

Se queda en silencio unos segundos.

—¿Y si está esperando que hagas la Purificación?

—¿Por qué? Ha habido otros Purificadores antes que yo que han muerto sin que él hiciera nada para impedirlo, ¿por qué ahora sí querría que se llevara a cabo la Purificación?

—No lo sé, Morgan, solo sé que el plan de Kain no es tan simple como quiere que creamos.

Me quedo pensando en todo lo que mi hermano ha dicho. Me aterra lo que Kain pueda estar planeando porque, como Milosh ha dicho, su poder es muy superior al de todos nosotros.

—Bueno, les dejo a solas —dice Milosh de repente poniéndose de pie—. Imagino que ustedes dos tienen mucho de qué hablar.

No entiendo por qué dice eso hasta que me giro y veo la alta figura de Shadow apareciendo entre los árboles detrás de nosotros.

El Purasangre dueño de mi corazón lleva, como de costumbre, un uniforme oscuro y va con la espada a la espalda, el cabello alborotado y la máscara negra. Puedo ver el rojo de sus ojos con mucha claridad, se ven hermosos con la luz del sol reflejándose en ellos. Se me corta un poco la respiración y siento alerta todo mi cuerpo.

Mío, suya.

Estamos vinculados, sé que es normal que mi cuerpo reaccione así al verlo, pero no sé cómo manejarlo.

—¿Estás bien? —Su voz es música para mis oídos porque, aunque han pasado solo horas desde la última vez que nos vimos, se me ha hecho una eternidad.

—Sí, ¿y tú?

Me lamo los labios, mirándolo de arriba abajo para comprobar que no está herido. Aidan me ha dicho que estuvo peleando con un montón de Purasangres mientras nosotros luchábamos en la playa. Me alegra comprobar que no tiene ni un rasguño.

Detecto su sonrisa arrogante bajo su máscara.

—Por supuesto, un montón de Purasangres no son nada para mí.

—Claro. —Aparto la mirada para contemplar el sol, que ya ha salido del todo.

Shadow toma el lugar de Milosh y se sienta a mi lado. Su esencia me vuelve loca. Me muero por arrancarle la máscara y la ropa y repetir lo que hicimos en su habitación. Agradezco que no pueda ver lo que estoy pensando, lo que me recuerda algo importante.

—¿Por qué ya no puedo oírte en mi mente?

—No lo sé, pensaba que habías aprendido a controlarlo.

Recuerdo las palabras de Kain: «Porque yo lo estoy bloqueando».

Me dispongo a contárselo a Shadow, pero, honestamente, ya no quiero hablar más de Kain. Por los menos, no ahora, cuando estoy frente a este hermoso amanecer junto al Purasangre que quiero.

Mi cuerpo se calienta. Necesito que me toque. Me muerdo el labio inferior, controlándome. Al volverme hacia Shadow, veo que me está mirando con intensidad. Sin decir nada, me agarra del cuello y me besa, mandando una carga de deseo a todas mis terminaciones nerviosas. Gimo en sus labios cuando todo lo que ha hecho ha sido besarme durante unos segundos.

Él profundiza su beso y yo me siento a horcajadas sobre él, devolviéndole el beso, transmitiéndole todo lo que siento.

Lo quiero tanto.

Shadow gruñe y comienza a desgarrarme la ropa, desesperado, tan hambriento de mí como yo de él. Y ahí, en mi primer amanecer después de ocho décadas, me entrego de nuevo al Purasangre dueño de mi corazón, apartando todo pensamiento de lo que nos espera en un futuro, toda preocupación, porque, sin importar lo que pase, Shadow siempre será mi único amor.

XXXVII

La calma antes de la tormenta.

Así describiría los meses que han pasado después de la batalla de la playa: sin ataques, disfrutando de días tranquilos. Entreno con Milosh todo el día para mejorar mi vínculo con la naturaleza, con la ayuda de Calum a veces, y por la noche Shadow me ayuda a practicar mis habilidades físicas.

—De pie —me ordena Shadow caminando a mi alrededor.

Estamos en el claro donde solemos entrenar. Esta vez le está costando más derrotarme. La primera vez que luché contra él fue humillante, acabó conmigo en unos minutos. Ahora llevamos peleando más de media hora, pero usando nuestra fuerza física, nada de elementos. El objetivo es mejorar la resistencia y las habilidades de mi cuerpo.

Salto y levanto los puños, concentrando mi energía en ellos como he estado practicando. Shadow se me acerca con una rapidez que solía abrumarme, pero que ahora puedo medir. Me agacho, esquivando su puño, me giro y le golpeo en el pecho. Da dos pasos atrás y luego se abalanza sobre mí y me da un puñetazo en el estómago que me deja sin aire.

Es mi turno de retroceder, no sin antes esquivar tres golpes, y cuando me siento acorralada, me lanzo a sus piernas y lo derribo. Me subo encima de él a horcajadas y le pongo mi daga en la garganta.

—¿He ganado? —pregunto, sorprendida.

Shadow me dedica esa sonrisa torcida llena de arrogancia.

—No. —Antes de que pueda procesarlo, me agarra de la muñeca y sacude mi mano para que suelte la daga. Me lanza a un lado y se sube encima de mí—. Nunca alardees antes de asegurar tu victoria.

Puedo ver la diversión en sus ojos rojos, pero también como sus hombros suben y bajan con cada respiración pesada. Hemos estado luchando un buen rato. Al principio, Shadow no parecía inmutarse, ahora por lo menos he logrado cansarlo.

—Estoy muy cerca de derrotarte —digo, levantando un poco la cara para rozar sus labios con los míos.

Shadow gruñe y me agarra del cuello para mantenerme contra el suelo. Suelto una risita.

—No me provoques, Morgan.

—¿Por qué no? —Me lamo los labios—. Me gusta cuando pierdes el control conmigo.

Su mirada se oscurece.

—La última vez... —murmura, liberando mi cuello—. Fui demasiado brusco.

Eso me hace sonreír.

—A mí me gustó —contesto acariciando su rostro—. Me gustó mucho, Shadow.

Cierro el espacio entre nosotros, besándolo con pasión. Él no duda en responderme con la misma intensidad, apoyando las manos en la tierra a los lados de mi cara. Me encanta pasar mis manos por su rostro cuando lo beso, sentir cada movimiento de su mandíbula y la suavidad de su piel. Su lengua se desliza dentro de mi boca, despertando esa sensación cálida en la parte baja de mi abdomen. Abro las piernas para dejarlo acomodarse mejor sobre mí y él lo hace, presionándose contra mí mientras muerde mis labios con deseo.

Mi cuerpo reconoce su toque, lo anhela constantemente. No puedo evitar recordar todas las veces que nuestros cuerpos desnudos se han encontrado después de entrenar y hoy no será diferente; o eso pensaba, porque alguien se aclara la garganta y Shadow se quita de encima y me da la mano para que me levante.

Un incómodo Ian está entre dos árboles a unos cuantos metros.

—Deberían ir a un lugar… más privado —dice. Se da la vuelta y se va.

Shadow y yo compartimos una mirada avergonzada, antes de que él me coja en brazos.

—¿Qué haces? —susurro, riendo.

—Ir a un lugar más privado —dice con ese tono profundo y ronco que adopta su voz cuando está ardiendo de deseo.

Será una noche larga.

Una parte de mí sabe que estos días tranquilos, sin novedades, no serán eternos, pero quiero vivir el presente y disfrutar junto a mi clan y junto a Shadow y a Milosh. Ian ya no está enfadado conmigo, creo que todo el clan me entendió cuando los senté a todos y les conté desde el principio cómo había descubierto mi verdadera identidad y por qué yo también ignoraba que era la Purificada hasta hace poco.

Ahora estamos todos sentados alrededor de una fogata en la parte de atrás de nuestra cabaña.

—¡Ah! —se queja Luke mientras Lyla le echa pomadas curativas en una herida en el brazo.

—¡Quédate quieto! —le regaña ella.

—Te lo mereces —bufa Drake—, te dije que han mejorado sus armas.

—¿Mejorado sus armas? —pregunta Ian, confundido—. No me digas que has vuelto a ir a los Escudos Gulch.

—Solo quería investigar un poco… ¡Ah! —Luke vuelve a gemir de dolor cuando Lyla extrae algo metálico de su brazo.

Aidan está recostado en un árbol, con los brazos cruzados, luciendo esa fría expresión tan característica de su rostro.

—Eso va en contra del Tratado de Gulch, y lo sabes —le recuerda nuestro líder.

Hayden Gulch fue el primer Purasangre que reunió a todas las especies para que llegaran a un acuerdo después de décadas de derramamiento de sangre en el mundo por batallas entre los humanos y el resto de criaturas.

El Tratado de Gulch, firmado hace más de dos mil años entre la humanidad y los seres sobrenaturales, señala cuáles son los territorios en los que solo habitan humanos y aquellos en los que pueden vivir las criaturas de la noche. En la primera década, el tratado falló por muchas razones, pero la principal fueron las desobedientes criaturas de la noche; era imposible controlar a tantos seres, obligarlos a no acercarse a los territorios de los humanos, así que nació el Consejo Sobrenatural que, conformado por los más poderosos de cada especie, creó los Escudos Gulch con magia y mucho poder antiguo.

Hoy en día ese momento historio se conoce como la Gran División.

Esos escudos rodean los territorios humanos y son imposibles de cruzar para las criaturas sobrenaturales, o al menos lo eran hasta hace menos de un siglo. La magia no ha sido reforzada, así que los escudos se han debilitado y ahora existen algunos puntos vulnerables. A Luke le encanta encontrarlos, pero no estaba preparado para encontrar humanos bien armados para repeler cualquier tipo de ataque.

Por supuesto, parte del tratado incluye que los humanos envíen suficientes personas a nuestros territorios para mantener a nuestras especies. Ellos nos mandan a los criminales y a todo tipo de delincuentes, algo que a los convertidos les da igual, sangre es sangre.

—Solo quería echar un vistazo, ver cómo ha avanzado su tecnología; la última vez que intenté colarme en territorio humano tenían tantas cosas nuevas… Además, la chica que me disparó —Luke suspira— era jodidamente hermosa.

Alzo una ceja.

—¿Amor a primer balazo? —bromeo, sabiendo que eso lo hará reír mucho; el humor de Luke es fácil de copiar.

Se ríe a carcajadas y Lyla me mira con reproche.

—No lo animes, Morgan; esto es serio. Mira. —Me muestra el brazo de Luke, la herida sana lentamente—. No sé qué clase de metal o bala están usando que causa tanto daño como para que nos tome tanto tiempo sanar.

—La próxima vez no lo cuentas —le dice Drake, meneando la cabeza.

—Es culpa del Consejo Sobrenatural. —Me encojo de hombros—. ¿Cuánto tiempo más van a esperar para reforzar los escudos?

—Están trabajando en eso —dice Shadow, sorprendiéndome con su llegada. Se nos une, quedándose de pie al lado de Aidan, y noto que Ian se tensa—. Se necesita mucha magia para eso. Estamos hablando de cientos de muros esparcidos en un terreno extenso. Tomará tiempo.

Luke levanta el brazo mientras Lyla se lo envuelve con un vendaje.

—Me tomó por sorpresa —comenta—. Ni siquiera sabía que los humanos estaban desarrollando armas contra nosotros.

—La creación de armas parece ser la especialidad de esa especie, Luke —le replica Drake—. Su temor a lo desconocido, a lo que no pueden controlar, entender o destruir siempre ha estado ahí.

—Pero esa chica era muy joven, no podía tener más de dieciocho años humanos, y manejaba esa arma con mucha experiencia. Me tomó desprevenido por completo —cuenta Luke, bajando el brazo y dándole las gracias a Lyla.

—Debió de ser una cazadora. En el mundo de los humanos existe un grupo táctico especial —dice Shadow, captando nuestra atención—. Son entrenados desde pequeños, alimentados con un poco de sangre vampírica, la suficiente para aumentar sus habilidades físicas sin convertirlos, y son los responsables de las armas antivampiros que desarrolla la humanidad.

—¿Eso no rompe el Tratado de Gulch? —pregunta Milosh, sentado en una roca a unos pasos de nosotros.

—No, los cazadores solo están desplegados cerca de los puntos vulnerables de algunos escudos. Solo actúan si alguna criatura decide cruzar a su territorio. —Shadow mira a Luke—. Son principalmente una unidad de defensa, no de ataque.

—¿Cómo sabes todo eso? —Luke lo observa con curiosidad—. Pensé que solo el Consejo Sobrenatural estaba al tanto de cosas como esa.

Shadow sonríe con cierta arrogancia.

—Oh, claro, se me olvidó que formas parte del Consejo Sobrenatural —se disculpa Luke.

Ian pone los ojos en blanco: aún no es muy fan de Shadow.

—No deberías acercarte a los escudos —le recomienda el Purasangre a Luke—. Han desarrollado unas armas muy eficaces contra los convertidos.

—Claro, porque somos inferiores —bufa Ian, indignado.

—No, porque son los que se alimentan de los humanos, son su amenaza directa —le explica Shadow—. Los Purasangres no tienen interés en esa especie.

—Porque se alimentan de nosotros —le dice mi amigo con tono acusador.

Shadow le dedica una sonrisa torcida.

—Yo no ideé la cadena alimenticia, convertido.

Lyla, Luke y yo compartimos una mirada. La tensión entre Shadow e Ian es palpable. Mis ojos se encuentran con los de Milosh y siempre me sorprende lo parecidos que son a los míos.

¿Qué pasa entre estos dos? Su voz suena distante en mi mente. Me encojo de hombros.

No es personal, le explico, *Ian perdió a muchos compañeros vampiros en manos de Purasangres antes de unirse a nuestro clan.*

Milosh suspira y se queda mirando a Lyla, que está revisando el vendaje de Luke con mucho cuidado. Entrecierro los ojos porque veo algo en su mirada cuando la observa, ¿acaso es interés? No lo culparía, Lyla es una de las criaturas más nobles que conozco, además de ser hermosa. Su cabello violeta le brinda un aire exótico y llamativo.

Calum sale de entre los árboles, sin camisa, solo lleva unos *shorts*, así que va mostrando su torso delgado y su musculatura bien definida. Su pelo blanco resplandece en la oscuridad.

—Tenemos un problema —dice, pero su voz se mantiene calmada, como siempre. Creo que no hay nadie más conectado con la naturaleza que Calum.

—¿Tiene que ver con el montón de presencias que estoy sintiendo? —le pregunta Shadow.

El lobo asiente.

Luke deja salir una bocanada de aire.

—¿Y ahora qué?

—No sé el número exacto porque aún están lejos, pero son demasiados: Purasangres y convertidos —informa Calum—. Todos vienen hacia aquí.

—Mierda —murmura Drake.

—¿Por qué ahora? —Mis ojos buscan los de Shadow y él me dirige una mirada tranquilizadora.

—Podríamos correr —recomienda Luke; no lo culpo, su brazo aún está sanando—. Tenemos ventaja.

—Ellos cubren bastante terreno, y tenemos que irnos al sur, porque vienen en dos grupos: uno por el norte desde las Villas Costeñas y otro por el este, desde el Bosque Oscuro —comenta Calum.

—¿Nuestra opción es irnos a las Ruinas de Grania? ¿A los Escudos Gulch? —pregunto, y entonces los siento.

Calum tiene razón, son demasiados, y aunque no sé el número exacto, son suficientes para ser un problema para nosotros. No podemos vencer a un número tan grande de enemigos. Estamos en problemas.

Shadow se queda en silencio, evaluando la situación, al igual que Aidan.

—¿Vamos a hacer algo? —pregunta Ian, paseando su mirada por todos nosotros—. Quedarnos aquí es una muerte segura.

Drake mira a Aidan, a Shadow y a Calum.

—No estés tan seguro, Ian. Si hay la mínima oportunidad de sobrevivir a un ataque de esa magnitud, es con ellos. —Señala al Purasangre, al líder y al lobo—. Los tres son los más antiguos de cada especie.

Milosh se pone de pie, sacudiendo las manos.

—¿No se te olvida algo, convertido? —le dice con su frío tono de voz, y me señala a mí—. También contáis con una Purificadora y un Protector; de hecho, somos aún más poderosos que ellos tres —añade, dedicando una sonrisa de boca cerrada a Calum, Shadow y Aidan.

Lyla murmura «arrogante» y Milosh le sonríe divertido.

—Sigue siendo un número alarmante de enemigos —opina Aidan—. Aunque nosotros somos muy fuertes, ellos son demasiados.

—Además —intercede Shadow—, no es nuestra seguridad la que me preocupa —sé que se refiere a ellos tres, a Milosh y a mí—, es la de ustedes, los convertidos; de una u otra forma, tendremos que pelear y también protegerlos a ustedes. Hacer ambas cosas puede ser una desventaja y una distracción que podría costarnos muy cara.

Ian aprieta los puños.

—Yo no necesito tu protección.

Lyla le pone la mano en el hombro.

—Ian, no es momento para eso... Shadow tiene razón. Somos débiles frente a ellos, ¿has olvidado la batalla de la playa? Si estamos con vida, es gracias a Morgan y a Milosh.

Mi amigo aprieta los labios, pero no dice nada.

Aidan se pasa la mano por la cara antes de hablar.

—Creo que la única forma de mantenernos a salvo son los escudos.

Drake arruga las cejas.

—¿Los Escudos Gulch? ¿Los que no podemos cruzar y tienen un montón de humanos armados al otro lado?

—Conozco los riesgos, pero Luke encontró un punto vulnerable en los Escudos Gulch que pudo cruzar —explica Aidan.

—Y también se encontró con una cazadora y una bala que le hizo una herida que aún no ha podido sanar —dice Lyla. Es lo que estábamos pensando todos.

—Shadow, ¿podrías razonar con ellos? —le pide nuestro líder.

—¿Qué te hace pensar que los humanos nos dejarían entrar en su territorio y no nos atacarían enseguida?

—Es como si estuviéramos escogiendo entre dos muy malas decisiones —digo.

Calum ha estado en silencio hasta ahora y decide dar su opinión.

—Sus armas están especializadas en convertidos, puede que también hayan desarrollado algunas contra Purasangres y lobos, pero estoy seguro de que no tienen nada contra una Purificadora y un Protector, porque nunca se han enfrentado a estas especies —explica, observando nuestra reacción.

—Entiendo... —digo—. Milosh y yo podríamos intentar razonar con los humanos, pero si no se avienen a razones y nos atacan, no creo que sus armas puedan hacernos daño.

—No. —La respuesta de Shadow es corta y fría.

—Shadow... —Lo observo, porque entiendo su preocupación.

—No vas a hacer nada parecido —me dice—. Estamos asumiendo muchas cosas, no sabemos qué tipo de armas y trampas tienen.

—Estaré bien.

—No.

No quiero ser directa con él, pero no tenemos mucho tiempo.

—Shadow, no necesito que me protejas. Soy una Purificadora, la criatura más fuerte de todos los que estamos aquí; si alguien va a poder sobrellevar ataques o trampas sorpresa, seré yo —le digo.

—Aún no eres más fuerte que yo. —Shadow me da esa respuesta usual y yo sonrío.

—Calum —lo llamo, pero mantengo los ojos sobre el Purasangre, sonriéndole con arrogancia.

—Hace semanas que es mucho mejor que tú, Shadow —confirma el lobo, porque me ha entrenado y él puede sentir el poder de los demás con mucha facilidad—. Morgan es mucho más fuerte que tú ahora mismo.

Me acerco a Shadow y tomo su mentón con gentileza, mirándolo a los ojos.

—No te preocupes, yo te protegeré.

Él tuerce un segundo los labios, pero luego eleva las comisuras como si quisiera sonreír conmigo. Pero sé lo que eso significa: piensa demostrarme quién es más fuerte en la cama cuando tenga la oportunidad. Sus ojos rojos brillan con ese desafío.

Alguien se aclara la garganta y yo retrocedo.

—Muy bien, vámonos —dice Milosh—. Luke, ¿puedes guiarnos a la zona vulnerable de los Escudos Gulch?

Luke asiente y se pone al frente de la expedición, y como si la naturaleza quisiera complicarnos aún más las cosas, comienza a lloviznar. Las frías gotas de lluvia caen sobre nosotros mientras echamos a andar hacia los escudos.

Tal vez sea una mala decisión, ya que nada nos garantiza que los humanos nos vayan a escuchar, pero es eso o esperar un ataque de decenas de seres sobrenaturales. Sin importar el desarrollo del armamento humano, dudo que puedan igualar eso.

Mientras corro a toda velocidad, miro a las criaturas que me acompañan: todos los miembros de mi clan y también Milosh, Calum y Shadow. Haría cualquier cosa por todos ellos; no dudaré en luchar hasta exhalar mi último aliento para mantenerlos con vida. De repente noto una presión en el pecho y una corriente fría parte de él hasta mis extremidades y he de detenerme de golpe.

La lluvia se detiene, las gotas quedan suspendidas en el aire. Los demás también están completamente paralizados. Es como si se hubiera detenido el tiempo, pero es solo en el área donde estamos nosotros, porque un poco más allá puedo ver la lluvia caer con normalidad.

Respirando agitadamente, me giro y confirmo que todos están quietos, incluso Milosh. La única que se mueve y puede notar lo que está sucediendo soy yo.

«¿Qué está pasando?».

La luz de la luna se refleja en las gotas suspendidas de la lluvia y me atrevo a tocar una, que cae al suelo justo después.

—Fascinante, ¿no es así?

Esa voz fría y cargada de antigüedad me congela. La reconozco, la he escuchado muchas veces en mi mente.

Kain.

XXXVIII

Kain está aquí. Sin embargo, no puedo verlo.

—¿Qué les has hecho? —le pregunto, preocupada por mi clan.

—Están a salvo —responde él, y es como si su voz viniera de todos lados—. No quería que escucharan nuestra conversación.

—¿Qué quieres? ¿Por qué no te muestras?

—¿Por qué estás a la defensiva? ¿Por qué asumes que soy el villano?

—Porque es lo que has demostrado hasta ahora.

Su risa ronca, masculina y corta, resuena a mi alrededor.

—¿Y cómo he demostrado eso, Morgan?

—Has ayudado a Nhyme, y estoy segura de que tienes algo que ver con los grupos de convertidos y Purasangres que vienen hacia nosotros para atacarnos.

—Mmm... —Hace una pausa—. Tal vez.

—¿Qué es lo que quieres, Kain? Sé que, si quisieras matarme, ya lo habrías hecho.

—Quiero que hagas la Purificación.

Frunzo el ceño.

—Esa es la razón por la que estoy aquí: estoy dispuesto a darte el poder restante que necesitas para que cumplas tu misión.

—¿Por qué?

—Porque quiero ayudarte, Morgan.

—No confío en ti en absoluto.

—Buena chica; pero si confías o no en mí no es algo que me importe —susurra. Casi puedo sentir su aliento en mi oreja; no obstante, cuando me giro, no hay nada—. Solo quiero una cosa de ti por ahora y es que cumplas tu misión de Purificadora.

—¿Por qué ahora? Hay tantas cosas que no entiendo sobre ti.

—Tendremos todo el tiempo del mundo para tener una conversación y resolver todas tus dudas después de que hagas la Purificación.

—Como si fuera a acercarme a ti después de la Purificación.

—Oh, lo harás, Morgan, créeme.

El silencio reina entre nosotros durante unos segundos, quiero preguntarle tantas cosas…, pero Kain no ha venido a aclarar mis dudas. Tiene otro objetivo.

—¿Qué te hace pensar que aceptaría tu poder?

—Lo harás, por las buenas o por las malas. —Puedo percibir la diversión en su voz—. Y puedo ser muy creativo por las malas, Morgan.

—¿Me estás amenazando?

—No, solo estoy explicándote lo que va a pasar. Preferiría que aceptaras lo que te ofrezco voluntariamente, pero no me temblará el pulso si he de recurrir a métodos…, digamos, un poco más sangrientos.

—No te tengo miedo.

—Oh, no estaba pensando en usar esos métodos contigo.

Escucho un quejido de dolor y miro a Milosh. A pesar de que él aún está paralizado, le brota sangre de los ojos y rueda por sus mejillas. También sale una línea sangrienta de sus oídos.

—¡No! —Quiero correr hacia él, pero es como si mis pies estuvieran atados al suelo.

—Puedo matarlos a todos en cuestión de segundos, así que sé una buena chica y acepta.

—Ellos son inocentes, si los matas, morirás en la Purificación que tanto deseas que haga.

Kain se ríe de nuevo.

—Tu inocencia me divierte tanto.

«¿A qué se refiere? ¿Por qué no teme lo que le pueda suceder durante la Purificación?».

—No tengo toda la noche, Morgan. Decide antes de que reviente todos los órganos de tu hermano con el chasquido de mis dedos.

—¡No! ¡Está bien! Aceptaré. Por favor, no les hagas daño.

De repente, siento la fuerte presencia de Kain justo detrás de mí. Su respiración en la parte de atrás de mi cuello. Quiero girarme hacia él, pero mi cuerpo no me obedece.

Pega su torso a mi espalda y pasa el brazo por encima de mi hombro, exponiendo su muñeca pálida frente a mí; noto que tiene una marca parecida a la que me salió hace unos meses, esa que traté de cubrir con los brazaletes de Lyla. La suya tiene menos líneas, lo que le da la apariencia de un árbol pequeño con menos ramas. Me rodea con el otro brazo y coloca la mano sobre mi abdomen, pegándome aún más a él mientras noto su helada respiración en mi oído.

—Sabes lo que tienes que hacer. —Su voz profunda me guía.

Tengo que morderlo.

Los colmillos de Kain rasguñan la piel de mi cuello.

—¿Vas a morderme? —pregunto.

—Sí.

—No quiero un vínculo contigo.

—Y no lo tendrás, entre Purificadores no existe esa vinculación arcaica y automática que hay entre otras criaturas, solo creamos vínculos si lo deseamos.

—¿Cómo sé que no me mientes?

—¿Crees que querría un vínculo contigo? El hecho de que ambos seamos Purificadores no quiere decir que tenga un interés personal en ti.

Kain me presiona aún más contra él, y yo tomo su muñeca y extiendo mis colmillos. Su otra mano deja mi abdomen para subir hasta mi cabello y echar mi cabeza a un lado.

Antes de que pueda pensar en miles de razones para no hacer esto, cierro los ojos y entierro los colmillos en su muñeca. Al mismo tiempo, Kain clava los suyos en mi cuello.

En el momento en que su sangre se apresura dentro de mi boca, me doy cuenta de lo poderoso que es. No puedo describir con palabras el poder que su sangre me brinda. Noto que invade cada parte de mi cuerpo.

No hay recuerdos, no hay nada, no me revela ninguna cosa sobre él. Su esencia es solo el poder inmenso que sobrecarga mi cuerpo y me hace aferrarme a su muñeca para no caerme, ya que por un momento me tambaleo. La sangre de Kain sabe a poder puro y natural, a lo imposible, a oscuridad. Una conexión se forma entre nosotros, pero no es un vínculo, parece ser un puente de energía temporal que él utiliza para pasarme parte de su poder. Me parece tan impresionante que no sé si podré manejarlo.

Mi cuerpo lucha por retener la potencia de toda esta energía y tengo la sensación de que me voy a derrumbar. Kain usa la mano con la que me agarra del pelo para sostenerme y mantenerme pegada a él. Sus colmillos profundizan su invasión en mi piel.

Por un segundo, veo a un niño de espaldas a mí en un bosque en llamas. Lleva puesta una capa negra que tiene una capucha que cubre su rostro. Mis ojos bajan a sus pies y veo a un montón de animales muertos a su alrededor. El niño mira a un lado y solo puedo ver el perfil de su cara, pero en vez de una expresión de frialdad, lágrimas rojas gotean de su mentón antes de que él enderece el rostro y se esfume en el aire.

Kain me tira del cabello.

Mantente fuera de mi mente, gruñe dentro de mi cabeza.

No lo he hecho a propósito, y parece que él no se lo esperaba. Quizá, al ser la primera de su especie con la que ha tenido contacto, existan muchas cosas de las que soy capaz que ninguno de los dos conozcamos.

«No lo hagas enojar», me recomienda mi conciencia, recordándome la naturaleza violenta de Kain. Sin embargo, si quiero descifrar sus intenciones, es mi única oportunidad.

Morgan.

El tono de su voz es amenazante. Puede darse cuenta si intento indagar en sus recuerdos.

Estoy de pie ante una gran puerta de madera. Me muevo a un lado y puedo ver rejas por todas partes, como si sus recuerdos estuvieran al otro lado y esas rejas me mantuvieran fuera, pero eso no quiere decir que no pueda ver un poco a través de ellas.

Meto la cara entre los barrotes. Veo una aldea antigua. Hay un alboroto y gente que lleva ropa que nunca había visto y que grita en un idioma que, aunque desconozco, por alguna razón puedo entender.

—¡Es un monstruo! ¡Llora sangre! ¡Es maldad pura!

Un señor grita, empujando a un niño al centro de la gente; es el niño de la capucha del recuerdo anterior.

—¡Todos los animales están muertos! Ha sido él, ha traído la desgracia a esta aldea. ¡Es un demonio! ¡Miren esas lágrimas sangrientas!

—¡Basta! —Una mujer mayor, que también lleva una capucha negra, se abre paso entre la gente para llegar al pequeño—. ¡No es un monstruo! —La mujer se arrodilla frente a él—. Kain. Vamos, levántate.

El hombre toma a la mujer del cabello y la lanza a un lado.

—¡Apártate! Eres un demonio como él, ¡bruja!

Kain no se mueve, no habla. La mujer se pone de manera protectora frente a Kain.

—¡Paren! —Se enfrenta al hombre—. Deja a mi hijo en paz.

—¿Llamas hijo a esa aberración? —El hombre se ríe—. Ni siquiera sabes quién es el padre. —Escupe a la cara de la mujer, y Kain se pone de pie, apretando los puños a los lados.

La señora se limpia y echa un vistazo a su hijo.

—Está bien, no vale la pena —le dice, como si supiera de lo que es capaz.

—Escuchen todos —empieza a decir el hombre—. Esta familia ha esparcido su maldad por nuestra aldea. Él —señala a Kain— ha matado a todos los animales del bosque y los ha quemado. ¿Qué cazaremos y guardaremos para el invierno? Nos moriremos de hambre por culpa de este engendro y de su desvergonzada madre.

Se escuchan murmullos sobre la madre y Kain. Hay quienes los miran con desprecio y otros que les lanzan miradas de miedo. Y entonces entiendo: en la época en la que nació Kain las cosas eran muy diferentes. Lo desconocido, lo diferente era denostado. Incluso me pregunto si Kain sabía lo que era, pues él fue el primer Purificador.

—Monstruos.

—Engendros.

—Que los echen de la aldea.

—Bruja.

Los aldeanos no dejan de insultarlos.

—¡No quise hacerlo! —grita Kain, silenciándolos a todos—. No quería hacer daño a esos animales, lo juro. —Su voz se quiebra—. Yo solo quería… tocarlos, acariciarlos, yo… —Llora abiertamente—. No quería herirlos. Por favor, mamá —tira de la falda de su madre—, diles que no soy un monstruo.

Ella se arrodilla frente a él y le dedica una cálida sonrisa que me recuerda a la de mi madre cuando me aseguraba que todo saldría bien. Limpia las lágrimas rojas de las mejillas del pequeño.

—Kain, tú no eres un monstruo.

—Mamá, yo…, yo… solo quería tocarlos. No sé por qué… —Levanta su mano temblorosa—. No sé qué hice.

—Lo sé, Kain, lo sé.

Y luego todo pasa muy rápido: la señora se pone de pie, pero antes de que pueda hablar, un aldeano la golpea en la cabeza con un palo y ella cae al suelo de inmediato.

—¡No! —grita Kain—. ¡Ayúdenla! ¡Traigan al curandero! ¡Por favor! ¡Madre! ¡Madre!

Y soy expulsada del recuerdo con tanta fuerza que me palpita la cabeza.

Kain saca los colmillos de mi cuello y aparta su muñeca de mi boca, dando un paso atrás.

Aprovecho para girarme hacia él, pero cuando lo hago, él es más rápido que yo y cubre mis ojos con su mano, usando la otra para apretar mi cuello ligeramente.

—¿Por qué no me dejas verte?

—Tengo mis razones.

—Lamento lo de tu madre.

—Para —me interrumpe—. Eso pasó hace mucho tiempo, y si crees que me importa, estás muy equivocada.

Me aprieta el cuello y hago una mueca de dolor. Puedo sentir su respiración sobre mis labios mientras habla.

—Lo único que tienes que recordar es lo que dijeron los aldeanos, Morgan, porque tenían toda la razón —murmura sobre mi boca—. Soy un monstruo.

De repente, desaparece. Abro los ojos y la lluvia comienza a caer de nuevo y todos mis amigos y compañeros del clan empiezan a moverse, ignorando completamente lo que acaba de pasar: que he estado con el primer Purificador del mundo, el único que había logrado hacer la Purificación y el que cada vez me confunde más.

XXXIX

No le he contado a nadie mi encuentro con Kain.

Ya tenemos bastantes problemas. En cuanto estemos a salvo, les explicaré lo que pasó. Milosh es el único que se preocupa al notar mi cansancio, pero le aseguro que estoy bien. No creo que me haya creído, pero parece que ha decidido dejarlo pasar por ahora; como he dicho, tenemos cosas más graves de las que preocuparnos.

Como los Purasangres y convertidos que vienen a por nosotros.

Las Ruinas de Grania nos reciben con su característica oscuridad y con un silencio aterrador. No hay vegetación, solo rocas grises y negras inmensas rodeando un camino árido. Está claro que la lluvia que nos ha acompañado en nuestro recorrido durante varios kilómetros nunca llegó aquí. La brisa nocturna produce un sonido casi fantasmal a nuestro alrededor.

—Este lugar es más escalofriante de lo que pensaba —murmura Ian.

—Podríamos perdernos con facilidad —señala Drake—. Todas estas rocas se parecen.

—Y por eso deberían agradecer que yo esté aquí —Luke nos mira por encima del hombro y guiña un ojo—. Me conozco estas ruinas como la palma de mi mano.

Mientras lo seguimos, me pregunto cómo los Purasangres y los convertidos que nos están persiguiendo saben por dónde vamos si no hemos parado de movernos, porque puedo sentirlos moverse en la dirección exacta de donde estamos, y Drake tiene razón, estas ruinas son extensas. No tiene sentido que estén rastreando a alguno de mis compañeros. ¿Acaso soy yo? ¿Acaso emito algún tipo de energía diferente que los atrae? Soy consciente de que ya nadie me percibe como una convertida, pero ¿eso quiere decir que ya estoy completamente expuesta?

Suspiro porque encontrar una respuesta a ese interrogante no me va a servir de nada. Tras horas de camino, y pasada la medianoche, llegamos finalmente a los Escudos Gulch. Nos detenemos frente a ellos, observando la barrera casi transparente. Su textura es líquida y acuosa, como una barrera de agua, pero imposible de cruzar, y no nos deja ver nada al otro lado. La luz de la luna se refleja sobre ella.

Puedo sentir a los Purasangres y los convertidos acercándose cada vez más. Luke se para a mi lado, señalando el punto debilitado de la barrera.

—Ahí —dice, antes de girarse a mirar atrás.

Sé que no nos queda mucho tiempo.

—Ten cuidado —me dice Luke.

Me dispongo a avanzar cuando una mano me aferra el brazo. Al girarme, veo que es Shadow, que no oculta su preocupación. Eso me desarma, pero no puedo dar marcha atrás ahora.

—No me pasará nada —le digo, liberando mi brazo de su agarre con gentileza.

Milosh aparece a mi lado.

—¿Lista?

Asiento. Shadow retrocede y comienza a organizar a los demás en un círculo defensivo a la espera del ataque. Mi hermano y yo corremos hacia el escudo, observando el pequeño espacio debilitado.

Al cruzarlo, el dolor me impacta de forma abrupta: nos alcanzan docenas de balas metálicas, forzándonos a retroceder un poco. Milosh gruñe a mi lado. Está siendo atacado sin piedad. Logro ver a un círculo defensivo de humanos, todos vestidos de negro. La ropa que llevan parece una armadura oscura y protectora. Hay una torre que emite una luz increíblemente blanca sobre nosotros. La deben de utilizar para visualizar al enemigo, supongo. También veo un inmenso muro, con paredes tan altas que parecen no tener fin. Tiene que ser imposible de cruzar para algunas criaturas. Sin embargo, los humanos que nos disparan están fuera de esas paredes. Admiro su valentía, no se esconden detrás de esa inmensa muralla.

Puedo sentir cómo las balas se abren dentro de mi piel, dividiéndose en docenas de pedazos, algunas derritiéndose.

Resulta muy doloroso.

Caigo de rodillas y alzo las manos en el aire. Milosh me imita, haciendo una mueca de dolor.

—¡Esperen! ¡Deténganse! Solo queremos hablar con ustedes —grito, pero el ruido de los disparos hace imposible que me oigan; no sé cuánto tiempo podré resistirlo—. ¡Por favor! ¡No queremos hacerles daño!

—¡Como si fuéramos a creer sus mentiras de nuevo! —vocifera una humana mientras continúa disparando con odio.

Mi cuerpo está pasándolo mal mientras trata de sanarse de las múltiples heridas.

Mi hermano levanta la mano.

—¡No! ¡Milosh! —le ordeno—. Si usas tus poderes, será peor.

—¡No nos están escuchando y el dolor es insoportable!

Oigo un grito y echo un vistazo por encima de mi hombro. Puedo ver a mi clan por el pequeño espacio debilitado del escudo: ha comenzado el ataque del gran número de Purasangres.

«No».

Milosh levanta la mano y emite una llama que hace explotar las balas en el aire antes de que lleguen a nosotros.

—¡Están atacando! —grita uno de los humanos—. Traigan todo el armamento.

—¡No! ¡No estamos atacando! —aclaro, tratando de hacer que me escuchen—. ¡Por favor!

Comienzan a sonar las alarmas por todo el lugar. En segundos, docenas de humanos se han unido a este grupo defensivo. Miro a los de mi clan, y el número de atacantes sigue aumentando, ni siquiera sé cómo siguen vivos aún.

Desesperada, me pongo de pie y comienzo a caminar hacia los humanos, que no dejan de disparar, soportando el dolor que me producen sus balas. El lugar se ha llenado del humo que sale de sus armas. Es una situación difícil: no puedo herirlos y tampoco puedo dejar que mi clan entre sin su permiso; sé que no podrían resistir los disparos. Necesito que los humanos los dejen pasar sin atacarlos.

—¡Escuchen! ¡Por favor! —les ruego.

—¡No te acerques, monstruo! —me grita una de las humanas—. ¡Detente!

—¡Por favor!

No van a escucharte. La voz de Kain me sorprende en mi mente. *No te escucharán por las buenas, solo te escucharán si los aterrorizas.*

Sigo caminando con una mueca de dolor. «Cómo duelen estas balas».

No voy a hacerles daño, respondo mentalmente.

Kain se ríe. *No tienes que hacérselo, ve al escudo.*

¿Para qué?

Kain suspira. *Confía en mí.*

Eso no es fácil, le respondo.

No tienes muchas opciones, Morgan, ve al escudo.

Sin saber si es lo correcto, doy la espalda a los humanos, sorprendiéndolos, y corro al escudo. Paso junto a Milosh, que me observa confundido.

—¡Morgan!

Al llegar al escudo, Kain susurra en mi mente: *Escálalo.*

Buen intento, me destruirá en el momento que lo toque, le digo.

No lo hará. No tienes tiempo, deja de dudar de mí y hazlo.

Escalo el muro, sorprendida de que mi mano no se encienda en llamas al contacto. Al contrario, puedo atravesar el escudo lo suficiente para agarrarme del mismo. Escalo hasta quedar encima del pequeño punto debilitado. Los humanos detienen su ataque, estupefactos. Ninguna criatura sobrenatural debería poder tocar los escudos.

Aprovecho el cese de los disparos para gritarles.

—¡No queremos hacerles daño, solo necesitamos refugio durante unas horas, por favor!

—¡Los territorios humanos no son refugio de las criaturas sobrenaturales! —me grita un chico que da un paso al frente de su formación. ¿Su líder?

—¡Lo sé! Pero no tenemos mucho tiempo. Por favor, deja que los miembros de mi clan entren en vuestro territorio sin atacarlos. Tienes mi palabra de que no les haremos daño.

—Como si la palabra de una criatura sobrenatural valiera algo —me gruñe, apuntándome—. Salgan de aquí y ni se atrevan a volver. Daré la orden de fuego en veinte segundos. ¡Fuera de aquí!

A regañadientes, murmuro el nombre de Kain en busca de ayuda. Casi puedo verlo sonreír en mi mente.

Es la primera vez que me pides ayuda.

No le respondo, no tengo tiempo para sus juegos.

Bien, pon tus manos sobre el escudo, concentra tu energía en ellas y pronuncia la palabra «Koeshare» muy despacio.

«Que esto no sea nada malo, por favor», pienso.

Espero mientras hago lo que Kain dice. En el momento en que mis labios terminan de susurrar «*Koeshare*», sale una oleada de poder de mis manos y se extiende por todo el escudo, aclarándolo, volviéndolo completamente transparente. Las criaturas sobrenaturales pueden ver el lado de los humanos, y se quedan fascinados, lo que les da tiempo a los de mi clan para recuperarse. Puedo ver que muchos de ellos están sangrando.

Los humanos se quedan paralizados y Milosh tose, arrodillado.

—¡Pueden vernos! ¿Qué está pasando? ¿Qué has hecho? —me gritan los humanos.

Diles que, si no aceptan tu petición, desvanecerás el escudo y tendrán a docenas de Purasangres y convertidos sobre ellos en pocos segundos, me dice Kain.

¿Puedo destruir los Escudos Gulch?, le pregunto.

Por supuesto. ¿Con el poder de qué criatura crees que fueron creados?

¿Tú ayudaste a crear los Escudos Gulch?

Kain suspira.

Dejemos la clase de historia para después. Buena suerte, Morgan.

—¡Escuchen! Si no nos dejan entrar a mí y a mi clan, destruiré los Escudos Gulch y tendrán a todos esos Purasangres y convertidos sobre ustedes en unos segundos.

Los humanos comparten una mirada preocupada. El chico, de nuevo, es el que responde.

—Nadie puede destruir los escudos.

—Yo sí puedo; lo he vuelto transparente y puedo tocarlo, ¿quieres comprobar si puedo destruirlo?

Él parece dudar.

—¡No tengo mucho tiempo! ¡Decidan ahora! —Aprieto las manos dentro de la barrera.

—¡De acuerdo! —El chico por fin se decide—. Bajen las armas —les ordena a los demás. De mala gana, los humanos le obedecen y yo me deslizo por el escudo hacia abajo hasta llegar al lugar por donde hemos podido pasar.

Salgo y veo la batalla frente a mí. Estiro ambas manos a mis lados y una onda de poder deja mi cuerpo, obligando a los

Purasangres y convertidos a retroceder y liberando a mi grupo temporalmente. Bajo una mano y la hundo en la tierra: mi brazo se cubre de líneas negras.

—*Terra!* —grito, y del suelo frente a los atacantes emergen bloques inmensos de tierra que les bloquean el paso, pero sé que es una solución temporal, así que grito a mi clan—: ¡Vengan! ¡Ahora!

Los llamo desesperada y ellos corren y cruzan el escudo uno tras otro. Shadow es el último y sé que tengo que cerrar ese agujero. Actúo por insisto: pongo las manos sobre el punto debilitado y murmuro palabras que llegan a mí por sí solas. Un Purasangre viene corriendo hacia mí a toda velocidad con una daga en la mano, pero no me detengo y sigo repitiendo las palabras una y otra vez, concentrando mi energía en las manos.

Pequeñas líneas de un color brillante comienzan a formarse en el punto de los escudos por donde hemos podido pasar, como si lo repararan.

Shadow me llama preocupado, detrás de mí, pero no lo escucho. El Purasangre cada vez está más cerca y levanta la mano para clavarme su arma en el pecho. Pero antes de que pueda hacerlo, cierro el escudo, que retoma esa consistencia acuosa que no deja ver nada.

Respiro aceleradamente y me giro para hacer frente a la situación.

Una línea defensiva de humanos nos apunta con sus armas. En mi clan hay varios heridos: Lyla sostiene a un malherido Luke; Drake, Ian y Aidan tienen rasguños por todo el cuerpo; Milosh aún está en el suelo, sacándose restos de balas del cuerpo; Calum y Shadow respiran agitadamente, pero no parecen heridos.

—De verdad, no tenemos malas intenciones —les digo a los humanos, acercándome a ellos con cuidado.

—¿Qué eres? —pregunta el chico, sin bajar su arma—. ¿Por qué puedes tocar los escudos?

—Es una larga historia —respondo, evitando su pregunta. No sé qué saben los humanos sobre mi especie.

—¿Por qué los perseguían todos esos sobrenaturales?

—Nuestro clan tuvo problemas con ellos por unos territorios —miento, porque no sé si es buena idea que los humanos sepan sobre mí; quizá intenten desarrollar armas contra los Purificadores.

—Eso eran demasiadas criaturas sobrenaturales para tratarse de una simple pelea de territorios.

No sé qué decir, así que Aidan toma el control.

—Nos metimos con un clan grande, los sobrenaturales pueden ser muy vengativos.

Una de las chicas humanas da un paso adelante y mira a Luke.

—Yo te he visto antes, intentaste atravesar el escudo hace un día —dice.

Él le sonríe. Tiene el rostro ligeramente manchado de sangre.

—Me recuerdas.

—¿Cuánto tiempo permanecerán aquí? Están violando el Tratado de Gulch —nos dice el chico, guardando sus armas en ambas fundas a los lados de su cintura.

Me preparo para explicárselo todo.

—Morgan… —susurra alguien. Me giro, pero solo veo una estatua que está a unos cuantos metros de distancia. Es la figura de una mujer desnuda, con el cabello largo cayendo a ambos lados de su cara y cubriéndole los pechos. Tiene una venda sobre los ojos y las manos extendidas hacia delante, ofreciendo una rosa roja que no entiendo cómo no se ha marchitado. Parece llevar allí desde hace mucho tiempo.

—¿Quién es? —pregunto, y el líder de los humanos sigue mi mirada.

—Nadie lo sabe. Ya estaba ahí cuando se crearon los Escudos Gulch.

Arrugo las cejas porque no es posible que esa voz viniera de la estatua, ¿o sí?

De repente, escucho a Shadow hablar con el líder de los humanos, explicándole que él es parte del Consejo Sobrenatural y que solo le pedimos refugio por un día, que mañana por la noche partiremos. Eso por lo menos nos dará tiempo para decidir nuestros próximos pasos.

De mala gana, el líder nos lleva a un lado donde hay unas cuevas de rocas oscuras, probablemente parte de las Ruinas de Grania que quedaron de este lado de los escudos.

—Los convertidos pueden pasar el día ahí —comenta, ojeándome con cautela. Sé que aún se está preguntando qué soy y que, en cuanto nos deje aquí, irá a consultarlo con los suyos. No puedo culparlo, yo haría lo mismo si alguien atravesara el territorio de mi clan.

Nos quedamos en ese espacio entre los escudos y el gran muro que han construido los humanos. Muchos de ellos se quedan resguardando toda la zona, estoy segura de que no podemos hacer ni un solo movimiento sin que ellos lo noten.

Mi clan se adentra en las cuevas, buscando lugares seguros. Shadow se queda a mi lado y me vuelvo a girar para ver la estatua.

—¿Estaremos seguros aquí? —pregunta Aidan acercándose a nosotros—. Estamos en su territorio, ¿quién nos dice que no aprovecharán cuando estemos vulnerables por el sol?

—Porque nosotros estamos aquí —responde Shadow—. Vigilaremos.

Aidan no parece muy convencido, pero se da la vuelta y nos deja solos. No puedo evitar acercarme a la estatua, es como si me estuviera atrayendo. Shadow me sigue en silencio. Le doy la vuelta a la figura para volver a ver su rostro y esa rosa…

—¿Quién crees que es? —pregunto, hipnotizada por el detalle de cada curva y marca de la estatua.

—Podría ser una diosa. —Shadow se queda detrás de mí—. Servimos a muchos dioses.

Bajo la mirada y veo una inscripción en la peana de la estatua: *Dea mepta die rektar*. ¿Qué significa? Estiro la mano hacia la rosa que sostiene, sus pétalos son suaves y frágiles. De pronto, siento un pinchazo. ¿Cómo he podido pincharme? Vuelvo a mirar la rosa, y ahora no queda ni un solo pétalo, solo un montón de espinas entrelazadas. Mi sangre resplandece en las puntas.

—¿Estás bien? —Shadow me revisa los dedos que ya están sanando—. ¿Por qué has tocado esas espinas?

—No vi las espinas… Era una rosa… —Shadow sacude la cabeza.

—Siempre han sido espinas.

Eso me confunde, estoy segura de que era una rosa.

—Era una…

Bum… Me llevo la mano al pecho al notar que palpita con fuerza.

«¿Qué pasa? Algo va mal».

Una sensación de hormigueo se extiende por mis manos y las extiendo frente a mí para ver un brillo extraño en ellas. Los humanos que se han quedado de guardia me observan con miedo.

—¿Qué estás haciendo?

Meneo la cabeza.

—No, no pienso hacerles daño —murmuro, el brillo de mis manos se extiende por mis brazos y noto la respiración más agitada y la cabeza pesada. Al levantar la mirada, veo que las espinas están creciendo y esparciéndose por toda la estatua. Una ola de poder emerge de mi cuerpo, alejando a Shadow de mí unos cuantos pasos.

Una línea de fuego se forma a mi alrededor, seguida de otras líneas de agua, tierra y aire, las partículas de cada elemento flotan en el aire.

Terra.

Aqua.

Aer.

Ignis.

Los humanos se alarman y no dejan de señalarme. Aidan sale de la cueva, junto con el resto de mi clan, y se apresuran a protegerme. Shadow se me acerca de nuevo.

—¿Estás bien? ¿Morgan?

—No sé... —Salen líneas de energía de las puntas de mis dedos—. No puedo controlarlo.

Lo que comienza como una brisa helada se transforma en un viento huracanado; nubes oscuras cubren la luna y relámpagos y truenos castigan el cielo nocturno.

«¿Qué está pasando?». Tengo miedo.

Milosh cae de rodillas de espaldas a mí. Dos bloques de tierra emergen para enrocarse en sus brazos, los mismos círculos de los elementos a su alrededor, y sus ojos se vuelven completamente rojos.

Ese color me recuerda al sueño con Kain, de la Purificación.

«No. ¿Ha llegado el momento de la Purificación? No, no puede ser. ¿Por qué ahora? ¿No puedo decidir por mí misma cuándo hacerla?».

No. La voz de Kain suena lejana dentro de mi cabeza. *Una vez que tienes el poder suficiente, la Purificación ocurre. No puedes evitarla, es la naturaleza.*

¿Por qué no me lo dijiste antes de que aceptara recibir parte de tu poder?, le echo en cara.

Porque, si lo hubiera hecho, no habrías aceptado que te ayudara. Buena suerte con la Purificación, dice, y desaparece de mi mente.

No.

Shadow.

Mis ojos se encuentran con los suyos y mi expresión parece

decírselo todo. Se me parte el alma al ver tanta tristeza en su rostro.

—¿Ha llegado el momento?

Las lágrimas invaden mis ojos.

—No.

Él me sonríe con comprensión.

El poder se sigue expandiendo por mi cuerpo y causando estragos a mi alrededor. No puedo controlarlo, no puedo detenerlo.

—¿Qué está pasando? —pregunta Aidan, levantando una mano para proteger su vista de las ramas y hojas que el viento levanta.

Shadow lo mira por encima de su hombro.

—La Purificación.

Mi clan se paraliza mientras los humanos retroceden y buscan refugio en sus puestos de control y torres. Ian corre hacia mí, pasándole por un lado a Shadow. Sus ojos encuentran los míos y mi labio inferior tiembla mientras las lágrimas ruedan por mis mejillas porque nunca fui lo suficientemente valiente para indagar en el alma de mis amigos, de mi clan, y corroborar su pureza o maldad. No sé si alguno de ellos no sobrevivirá.

Ian atraviesa los círculos de los elementos, quejándose de dolor cuando el fuego y el aire le hacen daño, y me abraza.

—Está bien —me susurra al oído—. No tengas miedo. —Se separa y toma mi rostro entre las manos—. Lo harás bien, todo estará bien.

—No puedo hacer esto, no sé si les haré daño, no sé si lo controlaré. Ian, yo…

—Chisss. —Me sonríe y el rostro se le ilumina—. Si alguien puede hacerlo, esa eres tú.

Besa mi frente y retrocede, saliendo del círculo. Estoy temblando.

Luke y Drake me sonríen y me miran transmitiéndome la confianza que sienten en mí. Lyla me susurra que lo haré de maravilla y que ella estará ahí cuando todo acabe para sanar a quien lo necesite, que no me preocupe.

¡Cómo no voy a preocuparme cuando los quiero tanto!

Mi mirada vuelve a caer sobre el Purasangre que tengo frente a mí y lloro aún con más fuerza.

—Shadow.

Se me acerca a grandes zancadas y atraviesa el círculo. Me besa con tanta pasión que por un momento me olvido de lo que está pasando y de que estoy a punto de perderlo.

Lo quiero. Lo necesito.

Shadow no puede morir.

Mis lágrimas sangrientas se mezclan con nuestro beso y él acelera el ritmo, sosteniendo mi cara con ambas manos, besándome como si fuera la última vez… Y lo terrible es que tal vez lo sea. Shadow detiene el beso, pero mantiene su frente apoyada en la mía, buscando mis ojos con los suyos.

—Necesito que sepas que lo entiendo y que estoy bien.

—No —murmuro. Siento que se me está rompiendo el corazón.

—Merezco mi destino, Morgan. No te sientas culpable, por favor.

—No, no puedo hacerlo, no quiero…

—Mírame. —Obedezco, pero mi vista está borrosa debido a las lágrimas—. Prométeme que seguirás adelante después de que me haya ido.

Un sollozo deja mis labios.

—Shadow.

—Por favor, prométeme que saldrás adelante por mí.

—Yo… —Mi voz se quiebra—. No puedo hacerlo…

—Morgan, por favor.

Veo la desesperación y la tristeza en sus ojos.

—Lo prometo.

—Te amo —susurra contra mis labios, y lucho para que mi voz no se quiebre al responderle.

—Yo también te amo. —Aprieto los labios, llorando—. Lo siento tanto, Shadow, yo...

Mis pies se despegan del suelo y floto ligeramente en el aire. El poder se expande, castiga, controla todo lo que me rodea.

Shadow retrocede, y veo la agonía clara en su expresión.

El dolor que me cruza me deja sin aliento. No puedo creer que esta será la última vez que lo vea.

—Shadow.

—Está bien.

Todo mi clan está detrás de él, dándome fortaleza. Recuerdo todas esas noches en nuestras guaridas, riéndonos de los chistes de Luke, metiéndonos con Drake y divirtiéndonos cuando Ian quemaba algo accidentalmente o imitaba a Aidan... Lyla siempre nos regañaba por inmaduros. Son mi familia, jamás me perdonaré si les hago daño.

Aidan asiente, seguro de que lo haré bien, al igual que Calum.

Todos me miran y se llevan un puño al pecho, y yo hago lo mismo, sin poder controlar las lágrimas, que caen de mi mentón al vacío.

—Flamas, olas, polvo o viento, sin importar el elemento, mi lealtad yace con las almas en silencio —digo con ellos—. Y en la noche más oscura, no dudaré, no abandonaré, y de ser necesaria mi vida daré por los miembros de mi clan.

Ian me sonríe.

—Siempre.

—Siempre —le respondo mientras mi cuerpo se eleva, y cada vez los veo más pequeños hasta que las nubes oscuras que atravieso los cubren.

Cada célula de mi cuerpo recibe una enorme cantidad de energía.

Tienes una misión...

El mundo te necesita...

Muchos están sufriendo…

Eres nuestra última esperanza…

Cierro los ojos suavemente. Vienen a mi mente imágenes de sobrenaturales siendo asesinados a sangre fría. Puedo sentir su dolor, su sufrimiento.

Mi vista está completamente roja. Extiendo las manos en el aire.

—*Puryael* —digo de forma automática. Una ola de energía sale de mi cuerpo y vuela a través del cielo, volviéndolo completamente rojo. Un aura blanca aparece a mi alrededor.

Levanto las manos y giro para liberar otra ola de energía. Mi largo cabello se mueve con el viento e inclino la cabeza hacia atrás, mirando al cielo rojo.

Hay muchas almas perdidas en el mundo.

Docenas…

Cientos… de almas perdidas.

Aprieto los puños y libero otra ola de energía que eliminará a miles de almas perdidas y hará perder el conocimiento a las buenas. Estoy así durante mucho tiempo, lanzando ola tras ola, purificando el mundo.

Estoy agotada. Trato de tomar una respiración profunda, pero fallo. Necesito concentrarme, si pierdo el control, muchas personas inocentes morirán. Mi garganta está seca, me lamo los labios en un intento inútil de hidratarlos. Manejar todo este poder está acabando con mi cuerpo.

El recuerdo del clan diciendo nuestro juramento, creyendo en mí, me da ánimos.

«Puedes hacerlo, Morgan», me digo.

Uso mi dedo índice para dibujar un círculo blanco y brillante en el aire.

—Seres humanos y criaturas sobrenaturales de este mundo —digo fríamente—, se les ha dado otra oportunidad a aquellos considerados almas buenas —susurro a los supervivientes. El círculo sube y se extiende por todo el cielo, devolviéndole su color oscuro nocturno, arrancando ese rojo sangre. Los truenos y relámpagos desaparecen, las nubes se desvanecen.

Mis ojos casi se cierran por sí solos.

«Shadow…».

Trato de mirar hacia abajo ahora que las nubes ya no están, para ver si él está allí o no, pero pierdo el conocimiento y caigo desde los cielos antes de que pueda parpadear.

XL

LYLA

Han pasado cuatro días desde la Purificación del mundo.

Sigue costándome recordar todo lo que sucedió, es como si me faltaran algunas piezas, como si alguien se hubiera metido en mis recuerdos y solo pudiera ver lo que ocurrió cuando estoy cerca de ella.

Morgan.

La observo en silencio. Está inconsciente, flotando en el aire dentro de lo que parece una inmensa burbuja de agua rodeada de un escudo acuoso parecido a los Escudos Gulch. Sus ropas se mueven en ondas con el líquido, al igual que su largo pelo negro, que flota alrededor de su cara. Parece una bella durmiente encapsulada.

Así la encontré unos kilómetros más allá de los escudos. No sé cómo llegué ahí o de qué conozco a esta criatura durmiente, pero sé su nombre y sé que debo protegerla.

A ella y a su hijo.

Está embarazada y, aun en su estado inconsciente, la criatura parece estar bien; de hecho, creo que el cuerpo de Morgan está sanando y brindándole energía al feto y que, por eso, no ha despertado.

Me siento a cuidarla; incluso sin tener mis recuerdos claros, sé que ella es importante para mí, y no me iré hasta que despierte.

Porque, tarde o temprano, Morgan tiene que despertar.

EPÍLOGO

LA REVELACIÓN

VINCENT

«El poder tiende a corromper; el poder absoluto corrompe absolutamente».

LORD ACTON

En el silencio del lugar, la luz de las velas ilumina las paredes rocosas, el viento proveniente de la ventana mueve las llamas ligeramente. Me quito la camisa del uniforme y me quedo solo con los pantalones negros. Con orgullo, me visto con mi verdadero uniforme. Tiene el símbolo de una rosa marchita en el centro de la camisa negra. Me pongo los guantes negros, ajustando bien los dedos en ellos, y salgo de la oscuridad. El salón de reuniones está repleto de Purasangres que llevan puesto el mismo uniforme. Cuando me ven, bajan la cabeza en señal de respeto.

Me lo deben, soy el líder de Nhyme después de todo.

Uno de ellos comienza a aplaudir y los demás lo siguen. Sonrío satisfecho. ¡Lo hemos logrado! Los planes han salido de acuerdo a lo que nuestro señor ha planeado.

Hemos sobrevivido a la Purificación.

—Suficiente —les digo, deteniéndolos—. No merezco estos aplausos. Todo es gracias a nuestro señor.

—¡Larga vida a nuestro señor! —gritan todos.

Salgo de la estancia para dirigirme al inmenso salón con pilares a los lados. Una vez allí, avanzo por la alfombra azulada hacia el estrado con varios escalones, donde está el trono, hecho de un material oscuro y brillante que nuestro señor creó combinando los cuatro elementos. Es deslumbrante.

Kain está sentado en los escalones frente al trono. Como siempre, viste de negro y lleva puesta la capucha, tal como ha venido haciendo durante este pasado siglo.

—Kain.

—Vincent —me saluda y se recuesta en los escalones, relajado—. Me alegro de verte con vida.

—Todo gracias a nuestro señor.

—Ha sido un trabajo en conjunto.

Oigo pasos que se acercan. Dos Purasangres traen a Shadow amarrado con cadenas empapadas del poder de los Durmientes, lo único que puede detenerlo. Le han tapado la boca con una venda negra y lo obligan a arrodillarse frente a las escaleras del trono.

Cuando los ojos de Shadow se encuentran con los míos y observa que llevo puesto el uniforme de Nhyme, es evidente su desprecio. Los Purasangres se van y él lucha por liberarse.

—Ha pasado mucho tiempo, Shadow —le dice Kain, poniéndose de pie y bajando lentamente los escalones hasta quedarse frente a él—. Te hemos echado de menos.

Shadow lo mira confundido.

—Adelante, Kain —le digo. Sé que al Purificador le gustan demasiado los prolegómenos.

Suspira, agarra a Shadow del pelo y presiona el pulgar de la otra mano sobre su frente. El Purasangre se retuerce.

—*Draeria brakne.* —«Sello roto», murmura Kain, cerrando los ojos—. *Rastyre.*

«Recuerda».

Líneas negras surgen del pulgar de Kain y se esparcen por la frente de Shadow, extendiéndose por su rostro y bajando por su cuello. El vampiro gruñe, cerrando los ojos, temblando. Su piel resplandece. Kain se aparta de él dando un paso atrás. Shadow se retuerce. Cuando abre los ojos, se ven completamente rojos. El vendaje se despega de sus labios y él se inclina hacia adelante, respirando agitadamente. Las marcas negras le llegan a los ojos y dos lágrimas sangrientas ruedan por sus mejillas.

Su gemido de dolor resuena por todo el salón y Kain hace una mueca divertida; él sabe lo que debe de doler. Shadow inclina la cabeza hacia atrás y vemos sus colmillos extendidos. Su cabeza vuelve a colgar hacia delante después de unos minutos y sus hombros suben y bajan rápidamente hasta que se detienen del todo. Shadow se queda completamente quieto.

Los amarres de sus brazos se sueltan y él se pone de pie moviendo el cuello de un lado al otro.

De inmediato, Kain y yo nos arrodillamos frente a él.

Frente a Shadow, el primero de su especie, el primer Purificador del mundo.

—Mi señor.

Shadow nos echa un vistazo y nos sonríe satisfecho mientras se masajea las muñecas.

—Funcionó.

—Sí, mi señor —le informo, orgulloso—. Todo gracias a su plan perfecto.

Mira a Kain y su sonrisa torcida se ensancha.

—Buen trabajo, hermano —le dice.

Kain le devuelve la sonrisa.

—Es mi deber como su Protector, señor.

—Basta de formalidades. De pie —nos ordena Shadow, subiendo los escalones para sentarse en su trono mientras mueve los brazos y los hombros como si estuviera acostumbrándose a su cuerpo de nuevo. Kain y yo obedecemos—. Fingir ser un Purasangre durante un siglo me ha dejado en muy baja forma.

Eso me recuerda a aquel momento, hace más de un siglo, cuando Shadow nos explicó lo que cada uno de nosotros deberíamos hacer.

—Necesitarán el poder de los Durmientes para sellarme como Purificador. He de creer que soy un Purasangre y tener recuerdos de toda mi vida de Purasangre. De otra forma, corremos el riesgo de que me revele o de que mis poderes se manifiesten sin que yo pueda evitarlo.

—¿Estás seguro de esto? —había preguntado Kain, preocupado—. ¿No puedes limitarte a fingir ser un Purasangre?

—Kain, ambos sabemos la magnitud de mis poderes. Fingir no es algo que pueda hacer bien; además, cien años fingiendo ser un Purasangre, sabiendo que soy un Purificador, sería una tortura para mí. Estaré bien.

—¿Qué nos asegura que seguirás nuestros planes si te crees un Purasangre que lucha a favor de la Purificadora?

Shadow me miró.

—Vincent se encargará de eso, no como líder de Nhyme, sino de la falsa organización a favor de la Purificadora. Y si en algún momento hago algo que pueda perjudicar nuestros planes, rompan el sello.

—Cien años, Shadow.

—Es lo que necesitamos para que esto salga como queremos, para prepararlo todo, es el tiempo que necesita la Purificadora para hacer la Purificación a nuestra manera.

Kain y yo compartimos una mirada preocupada.

—Una vez que ella esté embarazada, necesitaré que crees un puente de energía con ella, Kain. De esa forma, podré conectarme con Morgan sin que se dé cuenta durante la Purificación y asegurarme de que todo salga bien en caso de que el embarazo no la debilite lo suficiente —nos explicó nuestro líder fríamente.

—¿De verdad tienes que dejarla embarazada? ¿No es un poco cruel? —me atreví a decir.

Shadow me miró con frialdad.

—Es la única forma en la que puedo debilitarla para la Purificación y establecer una conexión con ella mientras la lleva a cabo.

—De acuerdo, señor, lo que sea para cumplir nuestra meta.

Mi mente vuelve al presente. Shadow llega a su trono y se sienta, masajeándose el cuello. Kain camina hasta quedar a un lado de él y se quita la capucha, revelando su rostro. Las similitudes y el parecido con Shadow son indiscutibles. El mismo cabello negro, la piel pálida, los ojos color carmesí. Pequeños detalles los diferencian, pero es obvio que son hermanos.

Un Purificador y su Protector.

—Supongo que ya no tengo que usar capucha —dice Kain, mirando a su hermano—. ¿Qué se siente volviendo a tu forma natural? ¿Echabas de menos tus poderes?

Shadow no dice nada.

—¡Vincent!

Me giro. Es Kaya, que viene corriendo hacia mí y, antes de que pueda hablar, me envuelve en un abrazo.

—¡Estoy tan feliz de verte! —Entierra su cara en mi cuello y sigue abrazándome con fuerza—. Sabía que todo saldría bien, pero temía tanto por ti —me dice al separarse y agarrar mi cara entre sus manos—. Nunca pensé que me alegraría tanto de ver tu arrugado rostro.

No puedo evitar sonreírle al quitar sus manos de mi cara. Kaya parece notar a nuestro señor y le hace una reverencia.

—Bienvenido, mi señor.

Shadow mantiene una expresión helada, pero le sonríe al tiempo que extiende las piernas frente a él.

—Este siglo debió de ser una tortura, señor.

—No lo creo, Kaya —interviene Kain—. Creo que alguien se divirtió bastante.

—Kain, nuestro señor fue el que tuvo que hacer el trabajo más sucio —dice ella—. Todos estos años cuidando de la Purificadora mientras crecía y luego hacerle creer que era su amor eterno para poder embarazarla justo antes de la Purificación. Tengo curiosidad, mi señor, ¿cómo fue la despedida? ¿Dramática?

Shadow se encoge de hombros.

—No lo recuerdo muy bien.

—Aburrido —murmura Kaya.

—¿Qué hay del Purasangre títere que creamos para que fuera hermano de Shadow? —pregunto, curioso: dejar cabos sueltos no es buena idea.

Kain suelta una risita.

—¿Byron? El Shadow Purasangre lo eliminó. Eso no lo planeamos, pero nos resultó beneficioso.

—Estoy tan feliz de no tener que fingir más ser la protectora de Kain; sin ofender —dice Kaya burlona—, pero Kain es demasiado intenso para mi gusto, extraño a mi Purificador.

Kain la mira molesto.

—Sigue hablando así de mí y no despertaremos a tu Purificador.

—Como si eso estuviera en tus manos, eres un simple Protector, como yo. ¿O es que te has creído eso de ser un Purificador de tanto fingir que lo eras?

Shadow ignora la discusión de Kaya y Kain.

—Necesitaremos tu ayuda, Vincent —me recuerda Shadow—. El humor de Kace no será el mejor después de dormir durante tantos siglos.

Kain chasquea la lengua.

—Despiértenlo en un lugar desolado, porque probablemente quiera destruir todo lo que haya a su alrededor al despertar, ya saben cómo es —recomienda—. Si su Protectora fuera eficiente, ya le habría ayudado a controlar su temperamento.

—Oh, ha hablado el mejor Protector del mundo —dice ella con sarcasmo.

—Mi Purificador es el señor, rey de la oscuridad, ¿qué ha logrado el tuyo, Kaya? —El tono de Kain está lleno de arrogancia.

—Ah, siempre lo mismo, supéralo.

Shadow los observa, se inclina hacia delante en su trono y se pasa la mano por el mentón.

—Finalmente, más de un siglo de planes han dado sus frutos —nos dice, y una sonrisa arrogante se extiende por su rostro—. Es hora de que todos sepan quién es el rey y señor de este Purificado nuevo mundo. ¿Están listos?

Kain, Kaya y yo ponemos nuestra mano cerrada en un puño sobre nuestros pechos y recitamos juntos nuestro juramento delante de nuestro señor:

—Mi lealtad yace ahora y siempre con nuestro señor el rey insurgente, protector de las almas que han sido teñidas, almas que han sido marcadas como perdidas.